錦鯉大仙要出道
1

BEHOLD THE COLORED
CARP SPIRIT

目錄頁
CONTENT

【第一章】半吊子錦鯉精

蘇錦黎扛著自行車，「呼哧呼哧」地往城區的方向走。

掛在自行車上的鏈條蕩來蕩去，拍打在自行車上發出清脆的聲響，居然頗有節奏感。

他額頭的汗滴順著臉頰順勢流進衣領裡，領口附近的肌膚也因為汗水的浸濕，有些許白紅相間的鱗片在皮膚上若隱若現，但因為疲憊，他並未察覺到。

其實在下山前，蘇爺爺曾經幫蘇錦黎算了一卦。

蘇爺爺當時正在吃泡麵，面前還放了本玄幻小說，他抽空瞥了一眼算卦的羅盤後，對蘇錦黎說：「你此次出山，凶多吉少。」

「啊？我是錦鯉精啊，為什麼會這樣？」他下意識覺得爺爺是不放心他下山，故意嚇嚇他。

「因為你是錦鯉中的異類。」

蘇錦黎立即閉上了嘴。他跟其他的妖不大一樣，甚至可說是非常……弱，這一點他一直都知道。他是純陰體質。世間萬物，皆分陰陽，陰陽調和，可以產生獨特的氣場，多半雄性屬陽，雌性屬陰，然而蘇錦黎卻是反過來的。

一般來說，這也沒什麼太大的影響，只是他無法將法術什麼的使用到極致，天生比其他的妖資質差一些，以致於蘇錦黎成妖這麼多年，法術也只略通皮毛。

蘇爺爺見蘇錦黎十分沮喪，猶豫了半晌，還是補充了一句：「不過，你可以放心，你到底是錦鯉精，命中註定會遇到貴人，能逢凶化吉。」

蘇錦黎終於鬆了一口氣。

「不過……」蘇爺爺突然再次開口。

蘇錦黎嚇得屏住呼吸，等待蘇爺爺繼續說下去。

「你遇到的貴人，需要由你來說明，才能成為貴人。」蘇爺爺補充道。

蘇錦黎聽不大懂，蹙眉想了一會兒，還要再問，卻被蘇爺爺打斷了：「言盡於此，去吧。」

「喔……那我走了？」蘇錦黎推開門，打算離開，臨走之前又回頭看了蘇爺爺一眼。

這些年裡，化為人形的妖都陸陸續續離開了，他走了以後，就只剩下蘇爺爺跟年幼的弟弟留在這座深山裡，他還是有些擔心。

「我還是要提醒你，你是陰性體質，陽氣越重的人，越喜歡接近你，甚至襲擊你，你務必要小心。」蘇爺爺看到最疼惜的孫子也要出去闖蕩了，到底還是有些不捨。蘇錦黎體質差，平日裡蘇爺爺總是特別照顧他，感情自然也最深，方才的冷淡其實是有些賭氣。

「爺爺，您放心吧，我是男孩子！」蘇錦黎拍了拍胸脯，自信滿滿地回答。

陽氣重的，一般都是男生，男生能對男生怎麼樣呢？頂多打一架。

蘇錦黎自認為，他雖然打架不行，但是抵擋兩下還是可以的。最重要的是，他體質再怎麼樣也比人類強，跑得比普通人類快，若是打不過就跑唄。

蘇爺爺的眼神裡閃過一絲複雜，遲疑了一會，最終什麼也沒說，只希望是自己多慮了，凡間應該沒有那麼混亂。於是，他對蘇錦黎說：「走吧。」

蘇錦黎充滿即將出去闖蕩的興奮感，沒有注意到蘇爺爺猶豫的表情，到院子裡騎了唯一的一輛自行車就下了山。

不料，自行車在下山的途中車鏈子斷了。

這些年裡，蘇錦黎家中沒什麼像樣的東西，都是蘇爺爺偶爾下山時，從城裡帶回山上的，這輛自行車已算是家裡比較新潮的東西了。

他捨不得扔，於是扛著自行車繼續走，打算去城裡修修看。

好不容易走到有柏油馬路的地方，蘇錦黎興奮地踩了踩路面，又把自行車放在路邊，到路上蹦了幾下。結果，突然有輛車快速行駛而來，大聲按著喇叭，嚇得他趕緊跑到路邊，慫慫地目送汽車離開。

蘇錦黎再次把自行車搬到路上，將車鏈子搭在扶手上，用腳踩著地面，一點一點地往前蹭著走，這樣要比扛著輕鬆一點。

他腿長，坐在車上兩條腿可以穩穩地踩著地面，因此坐在自行車上「行走」並不吃力。

他下山的時候還是早上，現在卻已入夜，馬路上車輛很少，就算靠近有人居住的地方也沒見到什麼人影。不過，難得下山的興奮還是讓蘇錦黎十分激動，依舊興高采烈地左顧右盼。

前幾次跟著下山都是在白天，他還是第一次看到山下夜裡的樣子。他覺得城裡超級厲害，店門口的燈居然是彩色的，還一閃一閃的。

終於，他看到前面有一個人，立即停下自行車，快步走過去，才走了幾步就發覺不對勁。

一名穿著紅色長裙的女子坐在橋頭，正在整理自己的裙襬，一邊整理一邊哭，她已經跨過欄杆，看這架式應該是想要下水。

蘇錦黎駐足看了一會，忍不住在心裡感嘆：城裡的女生游泳時都穿得這麼好看嗎？

「那個……您有沒有做熱身運動？現在的水還有點涼，您這麼下水游泳，腿會抽筋的。」蘇錦黎忍不住小聲提醒。

他說完這句話，成功引起那名女子的注意，扭頭看向他，表情有點猙獰。

「沒他媽聽說過自殺之前，還得做熱身的，難不成跳下去時還要表演花式死亡嗎？」

蘇錦黎聽完愣了一下，注意到女子的態度不好，意識到自己恐怕打擾到人家了，於是乖巧地點了點頭，「那您先忙。」

他回答完，倒是引得女子扭頭看向他，盯著他看了半天。

蘇錦黎往後退了一步，抬手讓了讓，示意她繼續，他不會打擾。

尤拉覺得自己簡直倒楣到喝水都能塞牙縫，特地開了兩個小時的車到荒郊野外自殺，還能碰到一個跑來看熱鬧的。

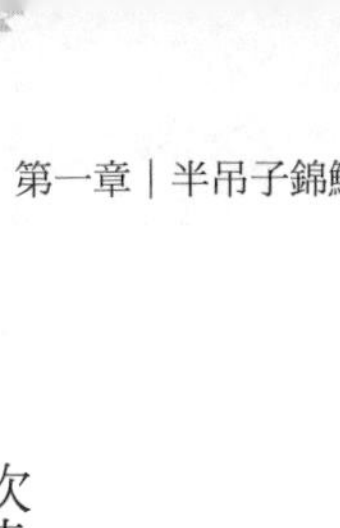

她就想不明白了，面前這個一臉鎮定的少年是怎麼回事，是覺得她不敢自殺啊？還是黑粉，有媒體一路跟著她，想要嘲諷她一下？

不過這種時候她已經什麼都不在意了，就當是謝幕演出，身邊的人是最後一名觀眾吧。

她抬手，又整理了一下自己的裙襬，做了一個深呼吸，接著看向天空。

就算仰著頭，眼淚也會流下來，現在，恐怕是她最後一次看天空了吧？

寂靜的夜，無月、無星、無風。

尤拉想起了，她也曾經輝煌過，擁有無數的鮮花、掌聲與讚美，最後卻落得這樣的下場……

她又穿上當初得獎時的禮服，還精心化了妝，想要漂漂亮亮地赴死。

她身為選美小姐冠軍，不論何時何地都必須豔冠群芳。

尤拉記得，前陣子有一名影后也是穿著得獎時的禮服自殺。自殺後，影后的名聲居然一下子好轉，黑粉瞬間消聲匿跡，不少人替影后抱屈，聲討渣男……自己死後也能這樣嗎？

再低頭看看橋下湍急的河水，心又涼了。過陣子，會以怎樣的方式撈出她的屍體呢？

尤拉百感交集，終於下定決心準備一躍而下。

「對不起，可以在您自殺之前，跟您問路嗎？」蘇錦黎原本要離開的，想起自己不認路，立即拿出口袋裡寫有地址的紙條，想要遞給尤拉，讓她幫忙指個路。

尤拉的身體一晃，險些沒控制好姿勢直接掉下去。

她不敢置信地看著蘇錦黎遞來的紙條，一巴掌拍開蘇錦黎的手。

蘇錦黎下意識收回手，突然一陣風吹來，竟將手裡的紙條吹走了。

蘇錦黎當場愣住。他白天下山的時候又熱又累，一陣風都沒有，偏偏在這一瞬間吹來一陣風，吹走了紙條。

紙條飄飄蕩蕩，落進了水裡。這麼差的運氣，若跟別人說他是錦鯉精，恐怕都沒人相信。

蘇錦黎愣愣地看著水面，遲疑著要不要下去撿紙條的工夫，尤拉已經爬回來，拽著自己的裙子，氣勢洶洶地走向他，「你是故意的吧？啊？你們不就是想拍我落魄模樣的視頻嗎？好啊，來拍啊！看你長得人模人樣的，怎麼不做點正經事呢？」

她說話的同時，還用手戳蘇錦黎的肩膀，讓他身體一個踉蹌後接連後退，還真挺疼的。

「我真的是想問路……」蘇錦黎委屈極了，努力解釋，心裡還急著想要去撿紙條。

尤拉十分霸氣地伸出手，捏住蘇錦黎的下巴，質問道：「你不可能不認識我是誰，這麼淡定不是裝的還是什麼？」

「我沒有……我得去撿紙條……」蘇錦黎說完便轉過身，想要繞到岸邊找找紙條漂到哪裡了。

尤拉本來就十分不爽，被蘇錦黎打擾了，自然不肯放過他。

她提著裙子，跟在他身後罵罵咧咧：「你小子別跑，跟我說清楚，你是哪家媒體的，我也得考慮你們的影響度，別讓我自殺都上不了頭條。」

兩人一前一後走了沒幾步，就有一輛車極速行駛而來，一頭撞上橋邊的護欄，剛巧就是蘇錦黎他們剛才待的地方，兩人同時停下腳步，震驚地看向那裡。

尤拉剛才還扶過的石頭欄杆，已經被車撞碎了，掉落到河裡。如果尤拉還站在那裡「仰望四十五度角，明媚且憂傷」的話，真不知道會是被撞死的，還是掉進河裡淹死的。

尤拉嚇得指了指車，扭頭問蘇錦黎：「這麼大手筆？賓利啊……我的頭條這麼值錢嗎？」

「我不知道妳在說什麼。」蘇錦黎回答得委屈極了，他突然發現凡間真的是太精采了，他有點反應不過來。

尤拉盯著蘇錦黎看了看，似乎是在確認，緊接著又朝空中聞了聞，總覺得不對勁：「怎麼這麼濃的汽油味？」說完，尤拉立即驚呼了一聲：「對了，救人！救……快！」

蘇錦黎雖然沒反應過來發生了什麼事，不過也懂尤拉的意思，立即跟過去查看情況。

尤拉首先去看駕駛座，在蘇錦黎的幫助下，艱難地用碎石砸碎車窗玻璃，這還是靠蘇錦黎偷偷用了些許法術才完成的。

尤拉往車窗裡面看了一眼，立即嚇得花容失色，「無人駕駛？」再往後面看了一眼，才罵道：「這他媽什麼情況啊！」

深夜裡，一輛無人駕駛的賓利，毫無方向感地行駛向橋邊，直接撞車了。

車的後座躺著一名身材纖瘦的老人，似乎已經昏厥，尤拉甚至懷疑這已經是一具屍體。

「要怎麼做？」蘇錦黎也看到了那名老人。

「死人吧？」尤拉嚇得身體都在打顫。

「沒死，身上還有陽氣。」

尤拉嚇得慌了神，沒注意到他話裡的玄機，只是鬆了一口氣，打開車子的安全鎖，開了車門。

蘇錦黎則快速地將老人拽了出來，背在自己的背上。

「接下來該怎麼辦？」蘇錦黎背著老人問她。

尤拉被問住了，她也是第一次碰到這種事情，手足無措了一會，這才想起來：「我的車在後面的小樹林裡，我們開車去醫院，這裡的事情趕快報警吧。」

蘇錦黎點了點頭，跟著尤拉往小樹林走，上了尤拉的車。

尤拉在車裡翻找半天，想要找尋手機，卻因為慌了神反而半天找不到。

就在這個時候，突然聽到巨大的爆炸聲，尤拉嚇得差點磕了頭，看向車窗外，只見小橋的位置發生了爆炸，她的臉色瞬間煞白。

蘇錦黎坐在後座，也扶著前排座椅跟著看向窗外，驚呼了一聲：「爆炸了？」

「嗯……」尤拉回答的時候聲音都在顫抖。

「好厲害的樣子。」

「你是不是傻啊？」尤拉被蘇錦黎的感嘆氣得不行，嚷嚷起來：「我窮，開不起賓利，不知道那無人駕駛是怎麼回事，如何做到的，但是這種高科技還不至於會撞到東西吧。而且這位大爺躺在後座，處於昏迷的狀態，這明顯是一場謀殺啊！」

「呃……」蘇錦黎覺得很神奇，每個字他都懂，組合在一起後卻不懂了……賓利是啥？

「開賓利的肯定很有錢，我們管了這件事，說不定就捲進什麼陰謀裡了。」尤拉邊說邊有點想把老頭扔下車。遇到這種事情，對於一個正常人來說真的有些詭異，尤拉多想一些也屬正常。

「您連死都不怕，為什麼要怕這些？」蘇錦黎下意識地問道，並且用真摯的眼神看向尤拉。

「是啊，我死都不怕……」尤拉感嘆了一句，終於下定決心，「就當臨死前做一件好事，走，去醫院。」

當尤拉把車開到醫院後，又開始猶豫了。

她是明星，最近還有很多負面新聞在網路上流傳，她今天穿得這麼誇張，只要踏進醫院肯定會引起圍觀，她不想顯得太滑稽，可以穿這樣自殺，但是不能以這種樣貌出醜。

「你扶著他進去吧。」尤拉回頭對蘇錦黎說。

蘇錦黎已經將老大爺架在自己的身上，點了點頭就準備下車，臨下車的時候還問尤拉：「如果他們要我做好事留名的話，您說我留不留呢？」

「不讓你墊付醫藥費就不錯了。」

「我有錢，出門的時候我爺爺給了我五百元。」

「喔，那你去吧，小富翁。」尤拉對蘇錦黎揮了揮手告別，蘇錦黎就此下了車。

尤拉坐在車上，終於找到手機，立即打電話報警，詳細說明了自己剛剛經歷的事情以及車禍的地點後便掛斷電話。找到菸盒，她取出一根菸，點燃吸了一口，就有人敲了敲車窗。

她看到是蘇錦黎緊張兮兮的小臉，以及跟在他身後的醫護人員，突然覺得場面還挺有意思的，

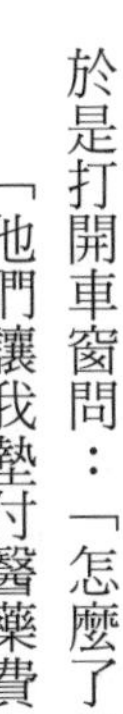

於是打開車窗問：「怎麼了？」

「他們讓我墊付醫藥費，要一千元，我的錢不夠了。」

「你墊付醫藥費了，自己的生活費怎麼辦？」

蘇錦黎搖了搖頭，回答：「不知道。」

「那你之後打算怎麼辦？」

「我原本要去找我哥的，但是地址丟了，我也不知道了……」

尤拉看著他，突然笑了起來。最近這段日子，她已經很少笑了，現在居然被一個小夥子逗笑了，她也不知道自己的笑點是什麼，只是特別想笑，笑得眼眶有點熱，似乎又要哭了。

「我沒有現金，但是有卡，這個卡給你，密碼是975310。」尤拉從自己的錢包裡抽出一張卡遞給蘇錦黎。

蘇錦黎立即點了點頭，對尤拉說道：「妳人真好，會有好運的。」

聽到他的話，尤拉自嘲地笑了笑。她哪裡有什麼好運啊，她簡直是霉運界的典範，不然也不會鬧到要自殺了，不過她還是含著眼淚微笑，「承您吉言了。」

蘇錦黎接過卡，接著伸手摸了摸尤拉的頭。

尤拉被摸得一怔，還沒回過神來，蘇錦黎就拿著卡跑進醫院。

蘇錦黎在醫院裡複述了三遍事情的經過。

第一次是跟醫護人員，第二次是跟主任醫生，第三次是跟員警。他們似乎還想留下蘇錦黎瞭解情況，畢竟蘇錦黎說他沒有手機，如果放他走了，想要再聯繫他就難了。

蘇錦黎不知道為什麼要這樣，於是他只能一個人坐在醫院的走廊裡，可憐兮兮地盯著來往的醫護人員、患者及家屬，一直坐到凌晨。

他的聽力比正常人類好，可以聽到那些人的竊竊私語，正想偷聽他什麼時候能走，就聽到有幾

個小護士的討論聲。

「那個男生真帥，是明星嗎？」

「他長得有點像哪個明星，誰來著，名字就在嘴邊，就是想不起來。」

「他是見義勇為嗎？」

「現在哪裡還有這麼多好人啊，估計他是肇事者之一吧。」

蘇錦黎朝那幾名護士看過去，她們幾個立即低下頭裝出忙碌的樣子。

醫院裡突然喧鬧起來，蘇錦黎轉頭看去，就看到尤拉披著一條大大的披肩走進來，徑直走向幾名員警。她跟員警說了自己是目擊者之一，並且是報案人，之後有什麼問題可以聯繫她。

尤拉是公眾人物，員警自然相信她說的話，讓尤拉做了筆錄後，便允許她帶蘇錦黎離開。

蘇錦黎立即樂呵呵地跟在尤拉的身後，問道：「妳還沒回去啊？」

「回去，回哪裡？回去繼續自殺？」尤拉反問他。

「妳會回去嗎？帶我一段路吧，我得回去找紙條。」

「你那張紙條早就泡爛了好嗎？」尤拉翻了一個巨大的白眼，他還打算讓她回去繼續自殺啊？

「那……那我不知道該去哪裡了。」蘇錦黎立即沮喪起來。

「你哥住在哪裡？我帶你過去。」

「我只是隨便看了一眼，沒記住具體的地址。」

「打電話問問你爺爺？」

「我們山裡沒信號，家裡也沒有電話。」

尤拉也覺得頭大了，想了想還是決定收留蘇錦黎一晚上。

開車回家的路上，尤拉覺得自己簡直是瘋了，竟然被摸一下頭就心軟了，幹了這麼離譜的事情。她甚至能想到，明天會鋪天蓋地出現她深夜盛裝出現在醫院，並且帶一名少年回家的新聞，還

能猜想會出現「棄婦包養小鮮肉」之類的標題。

然而，第二天事情並不像她想的這樣。

今夜的事情不但沒有上新聞，她之前的負面新聞也一夜之間……全部消失了……

蘇錦黎還是第一次乘坐電梯。他站在電梯裡興奮得直搓手，又怕被尤拉嫌棄，強行忍耐下來，故作淡定地跟在她的身後走出電梯。

蘇錦黎是從深山裡出來的小妖，他也知道自己很沒見識，所以在出門前就已經做好了心理準備。

遇到新奇的東西，不要顯得太震驚。

遇到不會的東西，就多看看周圍的人是怎麼做的，低調保平安。

尤拉帶著蘇錦黎回到家裡，打開房門才想起什麼，回頭審視了一番蘇錦黎。

蘇錦黎立即表現出乖巧的樣子。

「你來找你哥哥，都沒帶行李的嗎？」尤拉問他。

蘇錦黎這才想起來，驚呼了一聲：「啊！我自行車忘在路邊了。」

「除了自行車呢？」

「沒了。」

尤拉又盯著蘇錦黎看了半天，才讓蘇錦黎進家門，「我警告你啊，別有什麼歪心思。」

蘇錦黎還在擔心自己的自行車，沮喪地問：「我的自行車不會丟了吧？」

「我看那輛自行車比你年紀還大，就算賣廢鐵，估計也賣不了幾個錢，丟了也沒什麼損失，你就別惦記了。」

「喔……」

尤拉又覺得蘇錦黎有意思了，於是問他：「你幫陌生人墊付了五百元的醫藥費都不在意，怎麼自行車就這麼在意了呢？」

「醫藥費能救人啊。」

尤拉坐在沙發上，示意蘇錦黎也可以坐下，從口袋裡取出手機，「你知道你哥哥住在哪個社區嗎？我幫你查查。」

「我只記得是一個水果的名字，什麼……娛樂公司。」

「喲，娛樂公司？明星？助理？還是其他工作人員？」

蘇錦黎想了想，搖頭，「我不知道……」

「你哥哥叫什麼？」

「不知道……」

「Excuse me？」

「呃……什麼意思？方言嗎？」

尤拉用不可思議的眼神再次上下打量蘇錦黎，總覺得這名少年有點奇特。

願意救人，人不壞，可是什麼都不大懂的樣子，看起來傻乎乎的，還有就是……真他媽帥。

尤拉是演藝圈裡的人，見過不少男藝人，整過容的、天生麗質的都見過不少，素顏狀態下還能帥成蘇錦黎這種程度的還真不多見。

蘇錦黎給人的感覺就是乾淨、清爽的少年模樣。比較有特色的就是那雙天生的笑眼，總是彎彎的，眼角下垂，只是隨意地看著人，就好像在對你微笑，看起來很舒服，不讓人討厭。

但是……自己哥哥叫什麼名字都不知道，該不會是個傻子吧？

「你知道什麼？」尤拉問他。

「我哥哥肯定很帥。」

「你沒見過你哥哥？」

「他離家早，不知道現在成什麼樣子了，他還改了名字，我只知道他在一家水果名字的娛樂公司工作，好像有點成就。」

真不是蘇錦黎傻，而是連他爺爺都不知道他哥哥現在是什麼樣子了。

他們成妖也是需要過程的。百餘年前他們就成妖了，只不過最開始不是人類的樣子。

他是錦鯉精，就是長出了兩條腿的錦鯉，後期慢慢地長出手臂來，身體一點點的變化。

真要說的話，蘇錦黎化為人形也才十八年。

蘇錦黎的哥哥是眾多妖裡最優秀的一個，所以最早出山歷練，以致於蘇錦黎現在連他哥哥究竟長什麼樣子、改成什麼名字都不知道。還是爺爺給了他一個地址，怕他出門後什麼都不懂，會有危險，讓他投奔哥哥。可惜出師不利，地址丟了。

尤拉仔細想了想，說道：「水果名字的娛樂公司，本市比較厲害的就是木子桃了。我明天送你過去問問吧，實在找不到，你就回家問你爺爺。」

「不行啊……我爺爺是故意的，他不希望我下山，我若回去問了，他肯定不會再讓我出來了。」

尤拉聽完，抬手揉了揉太陽穴，甚至有點不耐煩，她沒有興趣管別人的家務事，她隨便點了點頭，說道：「那你在我這留一晚上，明天我讓助理送你去木子桃。」

「好，謝謝妳！」

「記得，今天的事情不要出去亂說。」

「好的。」

尤拉叮囑完就起身上樓，打算回房休息。

蘇錦黎看著尤拉離開，突然喊道：「小姐姐，妳會轉運的。」

「哈？」尤拉一臉無語地回應了一聲。

「一個小周天內。」

尤拉都懶得說話了，直接疲憊地拉著長裙上樓，沒再理會蘇錦黎。

她現在的煩躁程度，不亞於即將滅國的皇帝，自然不會有什麼好態度。

第二天早上五點鐘，蘇錦黎從沙發上翻身坐起，盤腿做呼吸吐納，排出體內的濁氣。

妖族會一些功法，對身體有益，以至於他們成了人形之後皮膚白皙，猶如布丁一般水潤光滑，也從來不會有長痘之類的困擾。

靜坐了一個小時後，蘇錦黎起身簡單地活動身體，在屋子裡走了走，去觀察房間裡的家用電器，看什麼都覺得新奇。

他又走到陽臺，剛剛看出去就覺得腦袋一沉，怎麼這麼高？他有點怕高……他只是一條小魚，不該站這麼高的。

不過，害怕歸害怕，他還是壯著膽子站在陽臺往下看，看了一會，就覺得風景十分漂亮了。

這就是城裡啊，跟山上的景色完全不一樣。

等到上午九點多，大門突然打開，有兩個人慌亂地走進來，看到放在門口的男鞋皆一個愣怔，緊接著看見蘇錦黎，他們有點詫異，不過還是對他點頭示意。

蘇錦黎乾脆鞠躬，比他們還客氣。

其中一個人開口道：「你好，我是尤拉姐的生活助理小咪，這位是經紀人亮亮。」小咪介紹完之後，問道：「您是？」

「我叫蘇錦黎。」

「是……尤拉姐的……」

「昨天我們一起見義勇為了。」

如果蘇錦黎回答他是尤拉的男朋友之類的，他們還能理解，畢竟蘇錦黎長得挺不錯的。但是，一起見義勇為是不是就有點扯了？自殺的間隙抽空救個人，這種事情還真是不常見。

小咪輕咳了一聲，乾笑著上樓去找尤拉了。

亮亮多看了蘇錦黎幾眼，有點心動，似乎想把他簽約成藝人，還想多問蘇錦黎幾句，但後來想到他有可能跟尤拉關係特殊，亮亮也就沒再說什麼，只是坐在沙發上，拿出手機刷消息。

他最近對尤拉已經產生放棄的念頭，所以也不想再跟尤拉牽扯太多，帶尤拉身邊的人。

沒一會，尤拉下了樓，問亮亮：「你說消息被控制住了是怎麼回事？」

「很神奇，一夜之間，妳的負面消息全銷聲匿跡了，不少之前的行銷號也主動刪文。」

「開玩笑吧？」

娛樂圈很多不為人知的事情尤拉還是知道的。一個普通的行銷號，發一條宣傳貼文，有可能才三千元，但是讓他們刪文就直接翻了一倍，要六千元。

尤拉之前的負面消息可謂是鋪天蓋地，加上她前夫跟前夫現任女友的摻和，更是難以控制，他們已經採取了放棄的態度。

還有就是買熱搜。熱搜有些是可以買上去的，但是排名越高越貴。

尤拉前夫想搞尤拉，雇了水軍鋪消息，要比買熱搜詞便宜一些，消息更是多了。

結果這些消息全部一夜消失了，十分神奇。

尤拉拿起手機看了一會，不但沒舒展眉頭，反而表情越來越凝重。

她可不覺得是前夫突然大發善心打算放過她，尤拉只是在懷疑，這是不是另一個陰謀？

蘇錦黎從頭到尾一直站在一邊，安安靜靜地等待，尤拉看了許久才想起他來，吩咐小咪：「送他去木子桃娛樂公司。」

小咪立即答應了，客客氣氣地帶著蘇錦黎走到電梯前，還偷偷看了他好幾眼。

「您有什麼事嗎？」蘇錦黎疑惑地問。

「稱呼我小咪就行了，我沒什麼事，就是覺得你好帥，你是藝人嗎？」

蘇錦黎搖了搖頭，「不，我是男人。」

「喔……」小咪覺得這有可能是蘇錦黎的冷幽默，乾笑了幾聲。

小咪把蘇錦黎送到木子桃公司的門口，蘇錦黎對小咪連番道謝，接著待在公司門口，想要在門口等哥哥出來。

坐在門口等人時他開始有點迷茫，如果哥哥從他的面前路過，他沒認出來怎麼辦啊？而且，聽說他的哥哥並不是按時上下班的，只是偶爾來公司，他豈不是要在門口等很久？

他重新站了起來，看著木子桃娛樂公司的大樓，突然有了一個想法。

他可以到這家公司裡上班，這樣可以在公司裡慢慢找哥哥。與此同時，他還能賺到工資，要是供吃供住就更好了！

想到這裡，他快步走到門口，問保安大哥：「大哥，你們公司最近招聘嗎？」

保安看向蘇錦黎，態度十分友好，畢竟是娛樂公司的門面，就算碰到胡攪蠻纏的娛樂記者，或者是瘋狂的粉絲，他們都要保持微笑。

他指了指門口的大海報，問：「來面試練習生的？」

蘇錦黎回頭看向海報，得退後幾步才能看清楚。

這個巨型的海報足有三層樓高，占了一整面牆壁，上面寫的是招募練習生，培養、選拔優秀偶像團體。剛巧，目前在招募的期限內。

蘇錦黎拍了拍胸脯，他果然還是很幸運的，碰上哥哥的公司正在招聘。

他笑著跑到保安大哥身邊，猶如一朵盛開的花朵，笑容燦爛，讓保安大哥都愣了一會神。

他又詢問了如何參加面試，就跟著另外一名應聘者一起在前臺登記，那個男生被沒收了通訊工

具後，他們進了公司。

此時，木子桃的一間辦公室裡氣氛有點尷尬。

安子晏坐在沙發上，長腿無處安放似地踩在面前的茶几上，也不顧及對面木子桃公司的王牌經紀人面色陰沉，依舊雲淡風輕地抖著腿。

張古詞翻看著手裡的簡歷，手指都在微微發顫。

檔案是安子含的。安子含是安子晏的親弟弟，是出了名的紈絝富二代，這位二世祖也算是名聲在外，不過真沒聽說他幹過什麼好事。

上次聽到安子含的消息時，還是安子含跟一名男藝人吵了起來，氣急之下用滅火器噴了男藝人一身泡沫後，還拿著手機對著男藝人拍照。

「安家也有公司，為什麼不把令弟簽到自己的公司裡親自帶呢，這樣也方便照顧。」張古詞努力地擠出微笑，詢問安子晏。

「我們家子含不想出名以後，被說是靠家裡捧他才出名的，他想靠自己的實力。」

這種話說出來，安子晏自己會信嗎？

「為什麼要選擇我們公司？」張古詞又問。

「你們最近不是要推一個男子組合嗎？就把子含安排進去吧，這樣你們組合成立了，我們公司有什麼資源也都可以給你們。」

「我們的確想要成立組合，但要先招募練習生，再從練習生裡選拔出最優秀的幾個人……」

「嗯，先把子含內定了吧。」安子晏打斷張古詞的話，說得特別不客氣。

「你可以先把令弟叫過來，讓他們參加面試……」

安子晏聽完，就冷笑了起來，調整好姿勢重新坐好，對著張古詞微笑。

安子晏是混血兒，眼眸深邃且好看，總是能夠吸引跟他對視的人陷進去，此時森冷的微笑，竟然也有幾分優雅，意外地好看。

「我的弟弟，還需要面試嗎？」

張古詞跟安子晏對視了片刻，竟有些心思淩亂。

張古詞認為自己直得很，並且已經結婚生子，不會對男人有任何感覺。但是，在跟安子晏對視的時候，竟然會有心動的感覺。

他終於意識到，業界傳聞安子晏是一個迷人的殺手，他的身上散發著某種神祕的魅力，這個傳聞是真的。

靠近安子晏，跟安子晏對視，就算之前多麼討厭這個人，都會在瞬間心動。

片刻後，張古詞終於妥協，直截了當地問道：「我們直接談互贏的條件吧，畢竟你也知道，如果我們簽了令弟，肯定要提前準備好公關費用。」

見張古詞終於鬆口，安子晏才舒展開眉眼，從自己的包裡取出一份檔案，打開後遞給張古詞，「我覺得你們會心動。至於公關方面，我們自己來。」

跟蘇錦黎搭伴上樓面試的男生叫常思音，性格很好親近，能跟蘇錦黎結伴去面試還覺得挺好的，至少沒有之前那麼不安。

「我聽說淘汰率超級高……」常思音看著電梯的數字變化，跟蘇錦黎說道。

「現在工作這麼不好找啊？」

常思音扭頭看了看蘇錦黎，問：「你去過幾家了？」

「我第一次參加。」

「我已經去過三家了，前面有一家想了好久，最後沒要我。像我們這種學歷不是太好，沒有後臺，只有夢想的人，實在是太艱難了。」

蘇錦黎似懂非懂地跟著點了點頭。

這個時候電梯門打開，蘇錦黎的心口「咯噔」一聲，下意識地想逃。

結果，手腕卻被常思音抓住，湊到他身邊，小聲說：「我去……是安子晏！」

蘇錦黎只覺得電梯裡走出來一輪太陽，身上陽氣重到泛著紫金之氣。

他是純陰體質，碰到陽氣這麼重的人會覺得渾身不舒服，一瞬間變成戰戰兢兢的小雞崽。

安子晏突然聞到一陣奇異的香味，走出電梯的同時看了一眼等候在門口的人，問身邊的助理：「怎麼這麼香？」

助理還在準備安子晏出門後的保安工作，突然被問了問題，還有點回不過神來，跟著聞了聞，回答：「我沒聞到什麼香味，是香水味嗎？」

「不……就是聞了很有食欲的味道。」

蘇錦黎聽到了安子晏的回答，瞬間嚇得腿都軟了。

蘇錦黎還是有點害怕人類的，在他還沒成妖，只是有了思維的這段時期，是在一家私塾的魚塘裡做供人觀賞的錦鯉。

那家私塾頗有盛名，出了不少的人才，不少學子也都成了狀元郎。

他在學堂的窗戶下被薰陶，也成了一條偶爾吃過墨水的魚。

然而，在蘇錦黎的心裡，提起他們就會瑟瑟發抖。

人們不知道，那位溫文爾雅的少詹事家公子，其實每次氣悶之後，都會到魚塘丟石子，嚇得蘇錦黎只能到處躲閃。

此外，某位大學士年輕的時候，曾經跟幾位同僚一起到魚塘釣魚，並且釣到了蘇錦黎，要把牠們烤了吃。

他們吃了第一條魚之後，覺得不好吃，就把其他的錦鯉放生了，蘇錦黎這才倖免於難。

那是蘇錦黎唯一一次慶幸自己是純陰體質，長得小被留在了後面，沒被他們一起殺了刮鱗片。

現在，突然碰到一位陽氣重到讓他瑟瑟發抖，還對他的味道很感興趣的人類，蘇錦黎又一次回憶起那些不堪回首的過去。

他下意識地吞咽唾沫，戰戰兢兢地抬起頭來，就不小心跟安子晏對視了。

四目相對的一瞬間，蘇錦黎只覺得自己渾身的汗毛都立了起來。

安子晏只覺得，他彷彿看到一隻受驚的小貓咪。

小貓咪的眼眸彎彎的，在看到他之後，眼睛瞬間睜得溜圓，瞳孔似乎都放大了。

花容失色。身為一個不愛學習的學渣，在這一瞬間想到的只有這麼一個成語。

仔細想想還挺貼切的，面前這名少年還真長得不錯。

注意到小貓咪皮膚白皙，五官精緻，被嚇到之後，似乎很好拿捏的樣子，讓他更加有……食欲了。安子晏不確定是不是因為沒吃早飯，導致他有點餓。

「安少。」安子晏的助理江平秋在這時提醒道：「地下停車場都是記者，司機將備用車開到門口了。」

「喔……」安子晏點了點頭，沒再理會蘇錦黎，大步走向門口。

走到門口，安子晏下意識地回頭，就看到蘇錦黎跟常思音小跑著進電梯，便沒再停留。

「你居然不知道安子晏？」常思音見到蘇錦黎的反應尤其震驚。

「我剛從山裡出來，我們那裡沒有電話、沒有電視，很多人都不認識。」

「也沒有網嗎？」

「什麼網？漁網嗎？」蘇錦黎又對常思音產生了警惕。

「你這是什麼都不知道啊！」常思音震驚極了，「當然不是漁網，是網路，啊……怎麼說呢，就是無線網路，可以互相聯繫，瞭解世界大事的東西。」

「好厲害的樣子……」蘇錦黎回答的同時鬆了一口氣。

「安子晏是童星出道的，他家裡就是開娛樂公司，是國內三巨頭之一，木子桃公司在他們面前就是一個小作坊。安子晏出道這些年裡資源好到炸裂，外加公關能力了得，讓安子晏雖然性格不怎麼樣也紅透半邊天，網路上隨便發些內容肯定都是頭條。」

蘇錦黎似懂非懂地點了點頭，努力在腦袋裡消化這些資訊。

剛才的陽氣男叫安子晏，不但陽氣厲害而且性格不好。外加家庭背景了得，就像曾經私塾裡的國公府世子爺一樣不能招惹。

「我會躲著他的。」蘇錦黎回答。

「……」躲著？當紅偶像難得一見，不少人想見都見不到，他居然要躲著？

他們走到面試的地方，發現這裡已經有將近四十個人在等待。常思音深呼一口氣，坐在椅子上等待時話就少了，而是坐在椅子上哼歌。

蘇錦黎什麼都不會，只是跟著瞎緊張。

等待將近兩個小時才輪到他們兩人。之前從面試大門裡出來的沒有幾個人臉色好看，弄得他們

兩人更加忐忑。兩個人互相依偎著，顯得那麼孤獨、無助、弱小。

成員是分批次進去的，他們兩個人一起報名，自然是一起進入。

進去之後會被要求……脫衣服，只剩底褲。

蘇錦黎下山的時候穿的是白色襯衫，藍色牛仔褲，雖然下山扛著自行車，襯衫有點髒了，但是看著還好。不過，脫掉衣服後就暴露了他十分沒品的底褲。

他的底褲是爺爺買的，特別騷氣的紅色，正中間印著一個猴子，小羞羞的地方鼓鼓的，正好是猴子的鼻子，怎麼看怎麼無語。

常思音努力讓自己冷靜，卻還是噗哧笑了半天，小聲說道：「你的品味倒是挺別致。」

蘇錦黎不好意思地笑了笑，看著前面面試的男生。

他們需要排隊去測量身高、體重，順便看看他們的身材，還要做幾個健身的動作，測試平衡感跟身體素質怎麼樣。

他聽到評審的人嘆了一口氣：「怎麼一個個的身材都這麼瘦？知不知道要有點腹肌跟胸肌才會好看？」

蘇錦黎進來之後，就躲在角落的位置。

一是因為他的底褲有點騷氣，二是因為一屋子的男生全都是陽氣，讓他有點不自在，出於本能地躲著。

聽到評審的人這麼說，他又觀察了一下身材被評審人員小聲讚揚的男生，開始悄悄地變化自己的身材。原本纖細瘦弱的身體，漸漸出現了一些肌肉，並不特別誇張，卻也顯得健美好看。

常思音在等待的時候，回頭看了蘇錦黎一眼，突然覺得不對勁，又仔細看了看，問：「你是不是比剛才……壯了？」

「熱脹冷縮，這裡太熱了。」

常思音覺得奇怪，卻也沒太在意，只當是自己看走眼了，繼續緊張於自己的面試。

測量完身高、體重後，常思音的身高是一百八十五公分，體重是七十公斤。

蘇錦黎是一百八十四公分，體重是六十五公斤。

「我們兩人居然差了五公斤？」常思音有點疑惑地感嘆了一句，「一般來說，你身材這麼好的人體脂率要比我們壓秤才對。」

「呃……我骨頭輕吧。」

「也有可能吧……」常思音回答完，到墊子上根據評審人員的要求做動作，蘇錦黎在他的斜後方，學著他的動作做，沒一會就結束了，再次穿上外套。

之後就是個人面試，常思音首先進去的。

他也算是有備而來，會唱歌也會跳舞，雖然有點緊張，但是總體表現不錯。

蘇錦黎在他之後進入面試的辦公室，站在空地，看著對面的幾位審核人員。

「自我介紹一下吧。」一位女士首先說道。

「我叫蘇錦黎。」

等了一會，那位女士才再次開口：「沒了？」

「身高一百八十四公分，體重六十五公斤。」

似乎是長得好看的男孩子，偶爾犯蠢也挺可愛的，女士沒忍住，揚起嘴角笑了一下，繼續問：「有什麼才藝展示嗎？」

他本來想說，自己游泳挺不錯的，但是想到自己碰到水會出現鱗片，於是犯了難。

「我會古詩詞，很多。」蘇錦黎回答。

「還有嗎？」

「會書法、國畫。」

「這些都不合適啊……你會唱歌嗎？」

蘇錦黎想了想後，搖了搖頭。

「跳舞呢？」女士又問。

蘇錦黎繼續搖頭。

「那我們能看什麼呢？」

「我很能吃苦。」

幾名評委面面相覷後，似乎都有點無奈。

其中一位評委，忍不住嘲諷起來：「你真以為你有一張臉就能進娛樂圈了？你知不知道同批來參加面試的人，都經過了多少年的努力？你什麼都不會就敢過來，誰給你的勇氣？」

蘇錦黎被批評了，也知道是自己莽撞，於是愧疚地低下頭。

「你這樣過來，是在浪費我們的時間。」女士也微微蹙眉，說道：「你看看你自己的襯衫，還是髒的，服裝都沒準備好，你是有多自信我們會選中你？你這樣也是對我們的不尊重。」

「你這樣的人若能紅，我就去跳黃浦江。」最先罵他的評委罵完，直接說道：「出去，簡直耽誤時間。」

蘇錦黎點了點頭，臨走的時候看了一眼評委的名字牌子。

他本體是魚，魚的記憶只有七秒。他們成妖後，百餘年裡努力彌補的就是記憶方面的缺陷。

蘇錦黎的法術不如其他的妖，就在其他方面彌補空缺，所以記憶力不錯，如今可以說是過目不忘，所以幾位評委的名字他一下子就記住了。

女評委的名字叫喬玉華，男評委的名字叫胡海高。

倒不是蘇錦黎記仇，只是下意識記住名字。

他自己也清楚，他的確是異想天開了，臨時起意就跑來面試，被這樣說也很正常。

像常思音，估計就已經努力了很多年，還在幾家公司爭取這樣的機會，而他呢？他只是想記住這些教育過他的人的名字，他覺得，他們說得對。

臨走時，他還是鞠了一個躬，「對不起。」

走出木子桃的公司大樓，常思音沒要到蘇錦黎的聯繫方式，兩個人就此道別了。

蘇錦黎有點沮喪，站在木子桃公司的門外，再次盯著招募的廣告看了良久。

之後，他該怎麼辦呢？

也不知站了多久，突然聽到有人叫他的名字，他扭頭看過去，就看到小咪站在他身邊，微笑著看著他。

「啊……妳還在嗎？一直在等我？」蘇錦黎有點詫異。

「不是啊，尤姐讓我回來找找你，我就又過來了。」

「找我？」

「嗯。」小咪微笑著點了點頭，「對啊，尤姐也是後來才想起來，你身無分文就走了，她讓我給你送點錢，她說你知道密碼。」

「啊……謝謝。」蘇錦黎立即伸手接過小咪遞來的卡。

「尤姐還說，如果你傻乎乎的混不下去了，就讓我送你回山上去。她還說，你不適合出來，還是在山上安全。」

尤拉的性格，好像真的是會說出這樣話的人。

蘇錦黎不好意思地笑了笑，其實他剛才真的差點就有了回山上的念頭。

就在兩個人說話的工夫，突然有一名個子不高，身材圓潤的男人走過來，笑呵呵地問蘇錦黎：「帥哥，你是木子桃公司的藝人嗎？」

蘇錦黎立即搖了搖頭，「我……我面試沒通過。」

男人聽了之後眼睛一亮，立即跟蘇錦黎熱情地握手，「你好，我是孤嶼工作室的王牌經紀人，遠遠看就覺得你的形象非常不錯，不知道您有沒有興趣來我們工作室做藝人？」

小咪做助理也有兩年了，立即看出來，湊到蘇錦黎身邊小聲說：「他們就是小型工作室出來狩獵的，今天木子桃娛樂公司有大型的面試，他們就在門口徘徊撿漏。你看他，後背都是汗，估計這麼久了一個人也沒拉到，他們這些工作室，都是招不到人，隨時都有可能關門的小作坊，大家都不願意去。」

「呃……喔喔。」蘇錦黎傻愣愣地點頭。

矮胖的男人還在繼續介紹：「你只要來我們工作室，就會是我們公司的一哥，是我們重點培養的對象。」

「你們公司有多少藝人啊？」小咪問。

「我們的確剛剛成立，如果不嫌棄的話，我們去工作室詳談？」男人避重就輕地回答。

小咪是一名二十歲出頭，外型還算不錯的女生，被矮胖的男人默認為是蘇錦黎的女朋友，或者是同學之類的人，所以也沒有怠慢，有問必答。

小咪又大致問了幾個問題後，扭頭看向蘇錦黎，「你感興趣嗎？」

其實聽到供吃供住、提供培訓，還有固定工資後，蘇錦黎就有點心動了。

於是跟小咪小聲商量了一會，他們就上了矮胖男人的麵包車，小咪打算親自跟著蘇錦黎一塊過去，幫忙把關。

車子行駛了約四十分鐘，小咪盯著車窗外，看著車子行駛出了市區，差點以為他們被綁架了，就在要拿出手機打算報警的時候，他們終於抵達目的地。

這裡臨近郊區，屬於正在開發的地帶，附近大多是正在施工的大樓，連餐廳都很少。

他們的工作室在這樣的環境襯托下，倒顯得比周圍的建築好一些。

門口掛著一個大大的牌匾，寫著工作室的名字，走進去後，小咪忍不住感嘆了一句：「居然有一種走進美容店的感覺。」

「這裡原來是一間美髮沙龍店，倒了之後被我們接手了，很多地方還不完善，裝修工作也沒全部完成。」矮胖的男人從口袋裡取出手帕來，擦了擦額頭的汗，引著他們去會議室。

坐下之後，矮胖的男人就開始介紹他們公司。

他們是最近影視業興起後，一位大型公司的高階主管離職，自己出來開的工作室，今年年初才剛成立。公司目前的主要成員就是音樂人、廣告人和媒體人，雖然有進軍影視，購買IP拍攝網路劇的想法，卻還沒開始施行。他們也是成立幾個月後才剛剛開始尋找藝人。

矮胖的男人自我介紹，說自己名叫侯勇，原本是華森娛樂的經紀人，跳槽到這裡的。

「華森？娛樂公司的三大巨頭之一，你怎麼來這裡了？」小咪忍不住問道。

侯勇乾笑了一聲，遲疑了一會，沒多解釋，只是繼續說下去了。

蘇錦黎卻能看到，侯勇的身邊環繞著暗黑色的霧氣，這證明侯勇也是霉運纏身，倒是不比尤拉輕多少，估計也是一個有故事的經紀人。

「我們的確是新公司，卻也有自己的奮鬥理想。並且，我們的團隊很年輕，能夠貼近年輕人。」侯勇繼續介紹。

「嗯，說自己團隊年輕，就是公司成立沒多久。跟員工談理想，就是不打算漲工資，這些都是套路，我們直接說待遇吧。」小咪倒是不客氣，她可是八百個不願意，不想蘇錦黎簽約這裡。

侯勇又擦了擦汗，繼續介紹起來。

工作室的確剛剛成立，沒有實力，但是有理想，想要長期辦下去。

如果蘇錦黎跟他們簽約，就會是工作室第一批藝人，他可以用全身的肥肉保證，他會認真對待簽約的藝人。

見小咪總是在猶豫，他還做了讓步，願意跟蘇錦黎簽短期合約，期限一年，一年後，蘇錦黎覺得可以就續約，不可以也能隨時離開。

這回，小咪終於不再說什麼了，只是拿侯勇遞來的合約，一條一條地幫忙研究，還時不時發消息，詢問自己的朋友，確認條文有沒有什麼問題。

後期還跟侯勇談了分成問題。或許是覺得這一年裡蘇錦黎賺不到什麼錢，所以侯勇做的讓步很大，只要他們前期培養的費用回本後，他們只收蘇錦黎兩成收入。

蘇錦黎跟小咪小聲商量後，直接同意了，跟侯勇簽了約。

蘇錦黎的想法很簡單，他剛剛下山，什麼都不懂，來這家工作室，能得到培訓，順便接觸一下人類社會，學習一下也挺好的。

這裡包吃包住，每個月還會發給他固定工資，足夠他生活。

合約只有一年，一年後蘇錦黎有什麼其他的想法，也可以再做打算。

蘇錦黎簽約完成後，侯勇終於輕鬆地微笑起來，走過來再次跟蘇錦黎握手。

他對侯勇也是感謝的，自然也表現得客氣。

兩個人握手的瞬間，侯勇周身黑色的霧氣奇跡般地散了許多。

小咪對侯勇提的第一個要求，就是要他們給蘇錦黎配一支手機。

這一個條件，侯勇還得打電話跟上級申請，等了一個多小時，侯勇才帶著他們去附近的店裡。

緊接著，蘇錦黎就一臉神奇、小咪一臉無奈地看著侯勇進了附近一家充值電話費的店裡，挑選櫃檯裡的手機。

工作室只撥給侯勇一千元買手機，侯勇挑來挑去，從充值一千零一元話費送手機活動裡，挑了一款手機給蘇錦黎。

小咪拿到蘇錦黎的手機號碼後，還嘆了一口氣，抬手拍了拍蘇錦黎的肩膀，覺得蘇錦黎簡直就

是一腳踏進了貧民窟裡。

蘇錦黎倒是不在意，拿著手機對侯勇萬般感謝，態度誠懇。

侯勇其實也有點不好意思，不過因為蘇錦黎這種似乎「很好養」的態度，讓侯勇十分感動，一再跟蘇錦黎保證：「等以後我們發展起來了，我一定給你配一個好的手機。」

「已經很好了，謝謝侯哥。」蘇錦黎發自肺腑地感謝。

「呃……叫我勇哥吧。」

小咪在旁邊「噗哧」一聲笑了出來，拿著蘇錦黎的手機，自動幫蘇錦黎註冊網路社群，順便加了好友。「以後有什麼不懂的，就來問我，著急了可以打電話，如果我沒接，多半是在處理尤姐的事情。你也知道，她最近有不少事情。」

蘇錦黎理解地點頭，對小咪充滿感激：「已經十分感謝妳了。」

他跟小咪、尤姐只有一面之緣，這兩個人願意這麼幫他，他已經十分感謝了，於是抬手揉了揉小米的頭，「善良的女孩子是會有好運的。」

其實他並沒有什麼其他的想法，他們錦鯉精撫摸對方的頭，就是送去來自錦鯉精的祝福，會給被祝福的人帶來好運。

小咪卻一瞬間紅了臉頰，原本還很雷厲風行的女孩子，一瞬間手足無措起來，跟蘇錦黎解釋：「我……我只是聽尤姐的吩咐，你感謝尤姐吧，她雖然嘴巴很壞，但是人很好。」

「嗯嗯，妳們兩個人都是好人。」

「什麼啊……」小咪有點不好意思，笑了笑後提醒蘇錦黎，「我看到合約上有一條，如果你想解約，必須提前三個月跟他們用書面提出解約，不然會自動續約一年，並且是無限期的。你不主動提，你就一年一年自動續約到你終老。」

「喔，我會注意的。」

小咪覺得，自己也只是一個小助理，無法幫蘇錦黎更多，於是沒再停留，叫車離開了。

蘇錦黎目送小咪離開，之後跟著侯勇回到工作室。

「你都沒有行李嗎？」侯勇帶著蘇錦黎進入工作室的宿舍，問道。

蘇錦黎將自己想投奔哥哥，結果地址丟失的事情，還有不能回家的原因告訴了侯勇。

侯勇一聽到蘇錦黎如果回山裡，就不一定能再出來，立即表示：「別回去了，我爭取幫忙問問你哥哥的事情，你先在這裡住著，我一會去跟公司申報一下你日常的費用。」

工作室的宿舍也十分簡陋。宿舍在整棟樓的最頂層，他們的宿舍位於陰面朝向，房間不大，裡面只有一張床、一張沙發，還有一個落地的衣櫃。

蘇錦黎坐在床上的瞬間，就聽到「吱嘎」一聲。

「衛生間跟浴室都是公用的，在走廊中間，洗衣房就在衛生間旁邊，衣服可以晾在那裡，也可以拿回來晾，隨便搭在哪裡。」侯勇站在門口跟蘇錦黎介紹。

「好的。」蘇錦黎覺得有一個能住的地方就可以了，所以一點也不挑。

「你的日用品跟換洗的衣服是個問題，一會我去給你買。」

「嗯，好的。」

侯勇說到這裡，又走到蘇錦黎的面前，近距離看蘇錦黎的臉。

蘇錦黎被看得有點緊張，下意識屏住呼吸，不知道的還以為侯勇要吻他呢。

侯勇看到蘇錦黎之後，想法就是蘇錦黎很省錢。

蘇錦黎的皮膚非常好，就連毛孔都不明顯，根本不用前期的護膚。外加蘇錦黎天生麗質，不用打針、不用整形，節省了一大筆錢。

還有就是，蘇錦黎性格看起來很好，這樣進入娛樂圈也省心，估計會省下不少公關費用。

「硬體條件不錯，我去給你買日用品。」侯勇說完，特別滿足地離開了。

【第二章】錦鯉系少年

蘇錦黎在工作室的第一週，一直無所事事。

他偶爾去其他部門看看，幫著換一桶水。或者是到音樂部門，跟著聽歌，看他們研究最近的流行歌曲，還順便摸了幾次樂器。

他發現，他的確是公司裡的一哥，因為公司目前只簽約了他一個藝人。

公司的其他員工對於侯勇居然能騙來這麼帥的小孩，還表示了驚訝。平日裡對蘇錦黎也頗為照顧，生怕這位難得的藝人突然跑了。

他們打算用真情留下蘇錦黎。

侯勇跟公司申請的前期培養費用，在一週後才核發下來。

侯勇拿著錢，先是興致勃勃地詢問聘用舞蹈老師、聲樂老師的費用，之後又垂頭喪氣地回來。

下午，他開著公司的麵包車，帶著蘇錦黎去一家舞蹈培訓的機構，給蘇錦黎報了一個街舞班，還有一個形體班。

聘請私人教練太貴了，公司負擔不起，外加工作室就蘇錦黎一個藝人，不大划算。

如果有十位藝人共用老師，招聘比較合適。但是只有一個人，還是去報班吧，讓蘇錦黎跟著隨便學學，等以後來了其他的藝人，再好好培養蘇錦黎。

蘇錦黎依舊一句怨言都沒有，神情裡也沒有半點嫌棄的意思，很快就接受這些安排，進入教室學習的時候也特別認真。

越是這樣，侯勇就越覺得自己愧對蘇錦黎，感動之餘，就是在自己的群裡猛誇自己的藝人，覺得簡直是碰到了天使。

晚上回到寢室後，蘇錦黎突然找到侯勇，客客氣氣地問他：「勇哥，你能教我打字嗎？」

「打字都不會嗎？」侯勇放下手裡的宣傳畫冊，接過蘇錦黎手裡的手機，點開後，說道：「用這個，點一下，選中文拼音就行了。」

「我不會拼音……」

侯勇原本還在按鍵盤，聽到這句話詫異地抬頭。

當初簽約太匆忙，沒問過蘇錦黎的學歷，聽到這個不由得有點慌，「你什麼學歷？」

「我沒上過學。」

侯勇震驚得一句話也說不出來，他簽約了一個文盲嗎？這……這以後會是很大的問題吧？

「你……你識字嗎？」侯勇問。

蘇錦黎點了點頭，「漢字都認識。」

「為什麼沒上學？」

「我是在私塾學習。」

侯勇在房間裡找了一本筆記本及筆，遞給他說道：「你寫個字我看看。」

「這種筆用不習慣……」蘇錦黎接過筆，在本子上寫了一段宋詞。

東風夜放花千樹，更吹落，星如雨。

寶馬雕車香滿路。鳳簫聲動，玉壺光轉，一夜魚龍舞。

侯勇拿來看了一眼，發現蘇錦黎的字寫得非常好看，屬於漂亮的正楷，筆鋒有力，帶著一股子磅礡的氣勢。一首詞，侯勇讀完都沒想起來作者是誰，突然發現自己其實更文盲。會古詩詞，應該不會文盲得太厲害吧？

「你會寫字，為什麼不會中文拼音？」侯勇問他。

蘇錦黎是從宋代的私塾開始學的，魚塘就在學堂的窗外，能夠聽到先生的教書聲。

那個時候沒有誰教中文拼音，所以蘇錦黎也不會。

「先生沒教……」

「你平時用什麼筆？」侯勇又問。

「毛筆。」

「看來是很傳統的私塾啊，你們還學了什麼？」

「我還會國畫，真要說的話，我還略通音律。」在蘇錦黎的概念裡，這些樂器都只屬於興趣愛好，甚至不覺得可以做為才藝展示，以至於上次面試被提問，他也沒說。

侯勇聽完立即眼前一亮，「你會什麼樂器？」

「琵琶。」

「這個……」琵琶是不錯，但是一個男生彈琵琶……

「還有古箏。」

「國粹很好。」

「吹簫可以嗎？」

「嗯，吹簫還不錯。」侯勇想著，蘇錦黎也不算是文盲，到時候給蘇錦黎的人設就是這種復古風也滿好的，正好蘇錦黎的氣質就是儒雅、斯文，面容也乾淨，給人一種如玉公子般的感覺。

「你唱歌可以嗎？」侯勇又問。

「是公司裡哥哥們放的那些歌嗎？」

「對，你前幾天跟著聽了吧？」

「嗯，聽了，我唱給你聽。」

蘇錦黎清了清嗓子，然後開始唱歌。

他唱歌的方式跟一般人不大一樣，因為他不知道別人是怎麼唱歌的，所以是從前奏開始哼。他就像身體裡放了一臺音響，居然連前奏的伴奏音樂都能模仿出來，侯勇聽到的瞬間就傻了眼。最讓侯勇驚訝的是，蘇錦黎開始唱的時候，聲音居然是唱歌詞的同時還自帶伴奏的配樂。

聽了一會，侯勇才發現，蘇錦黎不是在唱歌，他是在模仿聲音。

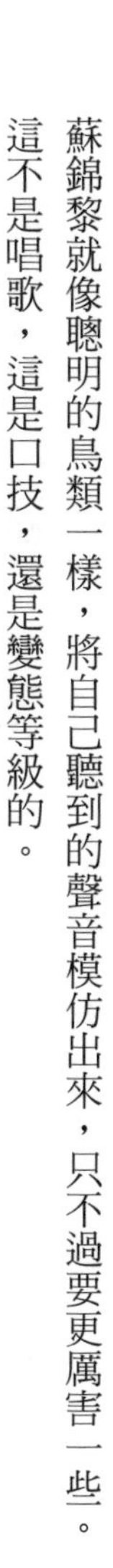

蘇錦黎就像聰明的鳥類一樣，將自己聽到的聲音模仿出來，只不過要更厲害一些。

這不是唱歌，這是口技，還是變態等級的。

侯勇聽到一半就站起身來，讓蘇錦黎暫停，接著到走廊裡大喊：「德哥，你來一下。」

德哥是公司裡的音樂人，也算是有點道行，只不過年紀大了，不願意太累，所以來了這家工作室養老。

結果，工作室依舊要加班，他今天就沒回家，住在宿舍裡，聽到侯勇的聲音，有點不爽地走出寢室的門，「你叫魂呢？」

「你來聽聽小錦鯉唱歌。」侯勇直接拽著德哥往寢室裡走。

「你說你長得挺穩重的，怎麼人一點也不穩重呢，再說了，小錦鯉這個外號什麼時候起的？」

德哥不情不願地進了蘇錦黎的房間，還撓了撓頭，示意道：「你唱吧。」

於是蘇錦黎又哼唱了一遍，德哥也傻了。

「這算是……天才嗎？」侯勇問德哥。

德哥搖了搖頭，回答：「不，是怪物。」

蘇錦黎被他們的樣子嚇到了，趕緊問：「我……我唱得不好嗎？」

「好，很好，但是……」德哥有點語無倫次了。

「小錦鯉是私塾教的，你還記不記得一篇課文，就是說口技的，這是不是就是口技了？這根本是絕技了。」

德哥本來打算回來休息一會再繼續加班，結果來了興致，問蘇錦黎：「你會正常的唱歌嗎？」

蘇錦黎問：「怎麼算是正常的唱歌？」

德哥想了想，取來設備，給蘇錦黎播放清唱版的歌，同時給蘇錦黎歌詞：「你別唱伴奏，只是唱歌，別學他的聲音，用你自己的聲音唱，就是按照他的旋律，唱出這些歌詞來。」

蘇錦黎拿著歌詞點頭，聽了一遍之後，看著歌詞唱了一遍。

唱完之後，侯勇都要哭了。他當初就是覺得蘇錦黎長得不錯，站在廣場上，那麼多人，一眼就看到了蘇錦黎，帥到讓人無法忽視。沒想到，唱歌居然也這麼好聽。

德哥聽完，比侯勇淡定不少，只是給了蘇錦黎指點。

比如哪些地方可以用假音唱，還有就是氣息的控制，教了蘇錦黎一些唱歌的技巧。

蘇錦黎唱第三遍時，就已經趕上原唱了，甚至要更好聽。

德哥在音樂方面也算是有些研究，聽到蘇錦黎唱的歌，還是忍不住讚嘆：「不錯、不錯，有天賦，一教就會。」

說著，還找了另外一首比較有難度的歌，讓蘇錦黎繼續學習。

這回只用了兩遍。第一遍，是德哥聽蘇錦黎唱歌，之後指出了問題所在；第二遍，蘇錦黎就已經唱得近乎於完美。

「憑這嗓子，木子桃怎麼可能讓你撿漏了？」德哥忍不住問侯勇。

「我當時不會唱歌，就沒唱。」蘇錦黎替侯勇回答。

「你一唱歌，估計直接被簽了。」德哥是這樣評價的。

侯勇怕蘇錦黎想回木子桃，於是快速轉移話題，問道：「你能模仿別人的聲音說話嗎？」

「你能模仿別人的聲音說話嗎？」蘇錦黎重複了侯勇的話，並且用了侯勇的聲音及語氣，或者說，只是將他的聲音複製下來。

每個人的聲線都有些不同，就算聲音還有著蘇錦黎自己的特點，但是也學得很像了。

「牛逼了……」德哥感嘆道。

「小錦鯉以後的臺詞功底應該會不錯吧。」

「他只是很擅長模仿，真的自己說臺詞，還是得看他的水準。」

侯勇現在對蘇錦黎有一種近乎於盲目的信任，總覺得蘇錦黎肯定可以。

他現在看蘇錦黎的眼神，根本不是在看自己手底下新簽約的藝人，而是一個未來的巨星。

「你能紅！」侯勇說道。

德哥跟著點頭，「你的口技這一點，可以做一個特長賣點宣傳，一般的藝人是不會的，不過也只能是一項個人才藝，不可能靠這個吃飯。你唱歌還是有點天賦的，培養一下，可以成為一位不錯的歌手，跳舞怎麼樣？」

「在學。」蘇錦黎回答。

「沒底子的嗎？」德哥微微蹙眉，像蘇錦黎現在的年紀，想再抻開韌帶就有點難了。

「我學過一點工夫。」蘇錦黎回答。

「中國工夫嗎？」侯勇問。

蘇錦黎點頭。

德哥聽完，立即看向侯勇，「可以啊，撿到寶貝了。」

侯勇也特別興奮地點頭，「我覺得，可以申請更多經費了。」

「在我們這裡委屈了。」德哥說了真話。

侯勇有點怕蘇錦黎有什麼情緒，偷偷看了蘇錦黎一眼，隨後說道：「小錦鯉，你別怕，我肯定會拚盡全力帶你的。」

「我們小猴子也很有實力。」德哥跟著說道：「要不是那個女瘋子，你現在在華森也能帶領潛力藝人了。」

提起這個，侯勇表情又苦澀起來，擺了擺手，讓德哥別再提了。

蘇錦黎每天都要去培訓班跟著學習舞蹈和上形體課。

這家訓練室還附帶健身房，蘇錦黎在學習完畢之後，還會在健身房裡留下健身。

侯勇為了給公司省水，每次都是讓蘇錦黎帶著洗漱用品，在健身房洗漱完畢後再回去。

好在浴室裡都是單間，他可以等皮膚上的水全部乾了才出去，這樣鱗片就不會被發現了。

於是，蘇錦黎每天騎著公司配給他的自行車，騎二十分鐘去培訓班。在培訓班裡待到下午，再自己騎著自行車回來。

偶爾，他還會去木子桃娛樂公司的門口徘徊，想要碰碰運氣，看看能不能偶遇哥哥。

這天，蘇錦黎回到公司，侯勇就拿著一份文件跟蘇錦黎嘚瑟。

「我跟公司申請了，外加德哥幫你說話，讓你每個月的工資漲了五百塊錢，給你的投資款，也每個月漲了一千塊錢，厲不厲害？」侯勇說的時候，高興得像要過年的孩子。

「這些錢能做什麼呢？」蘇錦黎對金錢沒什麼概念。

「啊……五百塊錢，咱倆一塊，多吃三頓火鍋。」

蘇錦黎這回才有了概念，興奮地感嘆：「勇哥，超級棒！」

「是吧！」

兩個人驚呼的聲音傳到其他工作人員的耳朵裡，不少人都對他們投去同情的目光。

這可能是最慘的藝人了，沒有之一。

蘇錦黎回到房間，取出手機，打算把自己漲工資的好消息告訴小咪。

他的通訊軟體裡目前只有小咪、德哥、侯勇。打開列表後，看到小咪居然主動發來訊息，是一條留言：嗨！尤姐想約你吃飯。

他立即用手寫輸入法回覆：我漲工資了，我請妳們吧。

小咪：我的天啊，你的那點工資，省著點花吧。

蘇錦黎：可以吃三頓火鍋！

小咪：……

蘇錦黎：我很開心。

小咪：不用你請客，尤姐轉運了，想在進劇組前跟你見一面。

蘇錦黎：她人好，轉運是正常的。

小咪：來吧，難得尤姐心情好。

蘇錦黎：好。

放下手機，就看到侯勇捧著盒子走進他的房間，興奮地說道：「我用新批下來的經費，給你買了一盒面膜，要不要試試看？」

蘇錦黎也覺得新鮮，讓侯勇幫忙敷上後，就看到侯勇一直眼巴巴地看著他。

「勇哥，你還有事嗎？」他問。

「你那個面膜十五分鐘後就可以取下來，到時候我還可以繼續用。」

「都乾了吧？」

「袋子裡有水，擠到臉上就行。」

「你敷一張新的吧。」

「不用，我就是不想浪費。」

蘇錦黎被嚇得一直用法術維持，才沒暴露出魚鱗來。

這家公司，窮得毫不遮掩。

晚上，侯勇開車送蘇錦黎抵達飯店。這家飯店在本市頗為出名，都是有身分的人才能夠在這裡訂到位置，並且保全水準不錯，還能夠保證隱私，所以不少名人喜歡來這裡吃飯聚餐。

有人約蘇錦黎在這裡吃飯，侯勇還暗自驚訝了一會兒，不過並沒有多問。蘇錦黎不跟他隱瞞，

他就跟著過去。蘇錦黎不想說的，他也沒必要刨根問柢，尊重藝人的一些隱私也是必要的。

蘇錦黎現在沒紅，不留下什麼黑歷史就行，其他的完全不用在意，隨便去哪裡都行。

到達飯店，侯勇帶著蘇錦黎進入包廂，進去看到尤拉後，侯勇的腳步一頓。不過侯勇還算機靈，很快就調整好表情，跟尤拉問好。

「你就是把孩子騙過去的經紀人？」尤拉說話特別不客氣，直截了當地問出這個問題。

如果是圈裡人，都知道這些都是怎麼回事，侯勇也不好意思在尤拉面前說出他們有夢想的那一套，於是笑咪咪地客套了幾句。

小咪跟尤拉對視之後，主動站起身來，對侯勇說：「侯哥，我們去點菜吧。」

「喔……喔……」侯勇立即跟著出去，雖然也有點遲疑，依舊一句沒多問。

等小咪出去後，蘇錦黎從口袋裡取出信用卡來，放在桌上，「我最近都沒花錢，所以卡裡的錢我沒動。」

尤拉看著卡，並沒有要拿回來的意思。

「你說的一小周天是什麼意思？」尤拉突然提起這件事情，問蘇錦黎。

「喔，就是地球自轉一周。」

「就是一天時間？」

「嗯。」

尤拉點了點頭，從面前拿起礦泉水喝了一口後，問：「你當時為什麼說我會轉運？」

「因為妳人好啊。」

「別打馬虎眼，你是不是懂玄學什麼的？」尤拉也算是問得直截了當。

這些天，尤拉一直在想這些事情。

回憶她這幾天離奇的經歷，再反覆琢磨蘇錦黎的話，漸漸品出了些許不對。

蘇錦黎能看到她的運勢嗎？蘇錦黎是怎麼知道她能轉運的？真的只是碰巧？

蘇錦黎點了點頭，「我爺爺精通風水玄學，在我出門前還給我算了一卦。」

「他老人家怎麼說？」尤拉見真是這麼回事，馬上追問。

「他說我此次出行，凶多吉少。不過，我會遇到貴人，凡事都可以逢凶化吉。」

「貴人？」尤拉微微蹙眉，心中在想這個貴人會不會是自己，還是說，侯勇也是蘇錦黎的貴人之一？她又問：「還有嗎？」

蘇錦黎也沒有什麼隱瞞的，只要不直接說自己是妖精，其他無所謂，直接回答了：「不過我爺爺說，我遇到的貴人，不是一開始就是貴人，是需要我說明後才能成為貴人。」

尤拉聽到這裡，眉頭一挑，越發覺得有意思了，繼續追問：「還有嗎？」

「沒了。」

尤拉原本不信這些，但是進入娛樂圈後，就漸漸信了一些玄學之說。

她還聽說，不少藝人會燒香拜佛，或者是家裡養一些奇奇怪怪的東西來為自己轉運。

小道消息傳聞，甚至有女藝人家裡供著什麼不乾淨的東西，用自己的陽壽換來幾年的爆紅。

在遇到蘇錦黎後，她的負面新聞就奇跡般地一夜之間消失。她原本以為，是前夫在醞釀什麼更大的陰謀，沒想到居然不是前夫主動刪除的。在那些消息被刪除之後，前夫那邊的人還氣急敗壞地找過她一次，告訴她，別以為消息刪了她就沒事了。

「上次我們救的那位老大爺，你還記得嗎？」尤拉不再詢問蘇錦黎算卦的事情，而是打算說自己最近遇到的事情。

「他康復了嗎？」

「具體情況我不知道，但是他身邊的人找到我了，跟我說明了一些事情。」

蘇錦黎這才認認真真地聽起來，「妳繼續說。」

尤拉也就說了下去：「在我們救了人離開醫院之後，老大爺的家人找到他，並且幫他辦理轉院。他的家人通過警方登記找到我，他們說，老大爺的事情不能宣揚，需要封鎖消息，所以我因為這件事情，負面新聞也消失了。」

蘇錦黎聽完點了點頭，特別真誠地表示：「我沒懂。」

「我之前負面新聞纏身，因為老大爺家裡要封鎖他出事的消息，我又是救他的人，順便將我的負面新聞全部刪除了，這回你懂了嗎？」尤拉問。

「懂了點。」

「嗯，他們還將我們墊付的醫藥費都給我了，還問我有沒有什麼需要他們幫忙的。我當時也只是試探性地提了一下，能不能幫我得到我一直想要的角色，結果，他們真的爭取到了。」

「那很好啊，我就說好人有好報吧！」

然而尤拉卻一直沉著臉，搖了搖頭，「我怕要封鎖消息的人，有可能是想要傷害老人家的人……我當時實在是太心動了，直接答應了下來，還簽了保密協議。但是現在仔細想想，我每天都坐立不安，怕我吃了沾著血的饅頭。」

蘇錦黎看出尤拉的煩惱，於是說道：「尤姐，妳該這樣想，妳碰到了一起交通事故，救了人，將人送到醫院。家屬為了表達感謝，將墊付的醫藥費還給妳，還給妳感謝的重禮。」

「嗯，這個我也想過。」

「妳就算懷疑事情沒那麼簡單也無能為力啊。而且，妳本來就是一個局外人。再說了，我們當初報警了，員警是代表正義的，他們已經知道這起車禍事故離奇，那些想害老大爺的人也不敢再輕易動手了，如果真的再出什麼事情，一定會被懷疑的。」

尤拉聽完，忍不住多看了蘇錦黎一眼，「我一直以為你傻。」

她哪裡會想不明白，只是心裡一直有點不舒服罷了。她跟別人不能說，但是跟蘇錦黎共同經歷了這件事，就只能跟蘇錦黎說真話了。

「真那麼傻也不敢下山啊，我只是知道的東西比較少，等我什麼都知道了，就不會這樣了。」

「總而言之，就是沒見識。」

「也……可以這麼說吧。」蘇錦黎不好意思地笑了笑。

尤拉心情突然舒暢了許多，跟蘇錦黎聊起自己的新戲。

之前，尤拉就在爭取這個角色，雖然不是主角，卻也是重要的女配角。

在戲裡，這個角色幾乎就是一個花瓶般的女生，是男主角的未婚妻，性格潑辣，卻也敢愛敢恨。後期跟男配角發生了點好感，終於放棄男主角，跟男配角在一起。

主角都是一線明星，加上知名導演，投資方也是各種給力。

「這個角色在初期有點招人恨，但是後期會洗白，看完全部戲還有點吸粉。像我這個年紀，還黑料纏身，能接到這樣的角色已經非常不錯了。」

「尤姐很漂亮啊！」

「漂亮也不頂飯吃。」

「但是飯天天都吃，像妳這麼漂亮的，可不是天天都能見到。」

尤拉真是被蘇錦黎哄開心了，還問他：「現在不跟我您您的了？」

「那是剛見面，客氣嘛。」

「嗯，還是這樣聊天舒服。」

兩個人又聊了一會，就聽到房間外有爭吵的聲音。

尤拉聽了一會，聽出了聲音的主人是誰，臉色陰沉下來。

這時，外面的人破門而入。

首先進來的是一個男生，看起來二十多歲，臉細長，頭髮都用髮蠟抓得立了起來，身上穿了一身運動品牌。他進來之後，就擋著門讓另外一名女人進來。

女人看起來也是二十多歲，盛氣凌人，看人的時候下巴微揚。進來後先是掃了蘇錦黎一眼，緊接著就陰陽怪氣地「喲」了一聲。

尤拉看著這名女人，扯著嘴角冷笑，接著語氣不善地問：「怎麼，有事嗎？」

表面鎮定，實際上已經暗暗地握緊了拳頭。

「沒什麼事兒，就是看到妳的小助理了，想著妳恐怕也在這裡，就想來跟妳打個招呼，沒想到打擾到妳約會了。」女人用讓人渾身不舒服的語氣嘲諷道。

尤拉似乎覺得跟她說話很沒意思，只是拄著下巴，懶得回答。

實際上，經歷了前陣子的事情，她已經沒了最開始的戰鬥力。

再加上，她最近好不容易接了新戲，不想再鬧出什麼負面新聞來，影響了角色。

「尤姐只是在跟晚輩見面，討論新戲，希望您不要扭曲他們兩個人的關係。」小咪在門口實在是攔不住他們一行人，只能努力幫尤拉辯解，可是門外有一名身材肥胖的女人一直拉著她。

「說戲需要一男一女單獨在一起，搞得神神祕祕的？」

「並不是誰都會因戲生愛的。」

小咪這句話，其實是在嘲諷這個女人。

果然，一下子就惹怒了她，立即罵道：「妳算個什麼東西，有什麼資格跟我說話？」

「娜姐！」侯勇在這個時候快步走過來，想要幫忙阻攔一下，「您消消氣，是我帶著藝人來見尤姐的，的確是希望尤姐幫忙牽線搭橋，讓我的藝人有上戲的機會。」

娜姐看到侯勇，似乎還努力回憶了一下，才又覺得場面變得有趣了。

「你不是滾蛋了嗎？怎麼又開始帶藝人了？」

「嗯……是啊。」侯勇依舊在笑著回答，似乎早就習慣這種事情了。

「真是什麼鍋配什麼蓋，你帶的垃圾藝人，居然需要她來牽線搭橋。」娜姐氣起來，連侯勇跟蘇錦黎也一塊罵了。

尤拉終於有點聽不下去，忍不住問：「妳怎麼樣才肯滾？」

「呵，妳之前不是很厲害嗎？怎麼？慫了？」

「沒看到開始上菜了嗎，妳再不走，菜就要涼了。」

娜姐扭頭看了看，果然有服務生被她堵在門外，似乎是要上菜。

她伸手從送餐車上拿了一盤菜，走進去直接朝尤拉揚過去，「那妳趁熱吃啊！」

蘇錦黎一直都在包廂裡，不明白是什麼情況，並沒有插話。

見到娜姐初期的動作，就有了防備，在娜姐揚菜的同時，擋在尤拉的身前，讓菜都撒在他的身上，還好不是湯……

「還英雄救美呢……」娜姐再次開啟了嘲諷模式。

尤拉氣得拍案而起，還沒等說話，就被一位剛剛走過來的人打斷了。

「我說你們餐廳怎麼回事？不是號稱最高檔的服務嗎？怎麼有人帶寵物進來了？」說話的是一個男生，語氣裡帶著玩世不恭。

他晃晃悠悠地走過來，朝屋子裡看了一眼，緊接著就笑了，「喔，不是狗叫啊。」

娜姐也看到這個男生，立即質問：「安子含，你說誰呢？」

「誰沒事瞎嚷嚷我說誰唄，我難得心情好，來這裡吃個飯，就聽妳在這裡吵個沒完沒了，煩不煩？就妳這破嗓子，叫床的時候付陽澤愛聽嗎？」

安子含說話的時候，帶著點自己的口音，這種口音更增添了安子含的那股子放蕩不羈的勁兒。

蘇錦黎抖落了自己衣服上沾的菜，抬頭的時候，就看到門口站著一個陽氣充足的男生，嚇得險些坐在地上。

安子含是混血兒，面部線條流暢，輪廓清晰，高挺的鼻梁算是臉上的最大特點。他的臉很小，配上高大的身材，就顯得這個人的身體比例極好。

偏偏這麼好的身材，卻穿著誇張的衣服，鬆垮垮的衣服上面有亮片組成的紅唇印，周圍都是線條畫著誇張表情的圖案。下身則穿著一條破洞褲，是十分標準的破洞褲，如果不是有點褲子連著點褲腿，這條褲子也就一褲衩。

鞋子還算正常，是一雙藍色的運動鞋，懂鞋的人估計會很喜歡，知道是限量款，不懂的人也只是覺得鞋子很好看。

「你這個人怎麼這麼不知廉恥呢？」娜姐被安子含問完，氣得整個人都在發抖。

「嘿呦喂，被您這麼一說，我還真覺得我這個人純潔到一定份兒上了，我是幹不出來您能幹出來的那些事兒。」

娜姐還想跟安子含再罵幾句，就被身邊穿運動服的男生攔住，「娜姐，咱們別跟他一般見識，誰不知道他見誰咬誰？」

「你這條狗當得真稱職，帶著你家主子滾吧。」安子含擺了擺手，示意這幾個人趕緊滾蛋，緊接著就大搖大擺地走進蘇錦黎所在的包廂。

娜姐還真走了，似乎也知道跟安子含咬起來，肯定只有吃虧的份。

「謝謝你了。」尤拉對安子含說道。

「謝我什麼啊，我就一個吃瓜群眾。」安子含笑呵呵地走進來，左右看了看，接著又問：「你們這屋裡有什麼味啊，一開門我就聞著了。」

「沒什麼味啊。」尤拉看了一眼一點點往後退的蘇錦黎回答。

「有味，特別香，一聞就覺得挺有食欲的味。」安子含說著，順著味道就到蘇錦黎的身前，湊過去聞了聞蘇錦黎的身上，感嘆道：「對，就這個味。」

「我……我身上沒有味道……」蘇錦黎嚇得都磕巴了。

「你身上這道菜叫什麼啊？」

這個時候，門口的服務生戰戰兢兢地報了個菜名。

安子含聽了之後點了點頭，說道：「給我那間上一道這個菜。」說完就打算離開。

「安子含！」一個聲音在走廊裡響起，嚇得安子含下意識地一縮脖子。

緊接著，就看到一名高大的男子走進來，看到屋子裡的狼藉，直接到安子含的身前質問道：「你幹什麼了？又惹事是不是？」

「沒有，我剛才路過，順便做了一件好人好事！」安子含趕忙解釋。

安子晏並不相信自己的弟弟，伸手拎起了安子含的衣領，「你長這麼大幹過什麼好事，你自己能說出來不？用不用我開個電話會議，給你集思廣益一下？」

安子含見到安子晏就慫成一團，扭頭對尤拉說：「妳說，我是不是幫妳了？」

尤拉站在旁邊，跟著幫忙解釋：「他的確是來幫我解圍了。」

安子晏鬆開了安子含，看向尤拉的同時，目光掃過蘇錦黎，稍微有點驚訝，卻也沒說什麼。

「見笑了。」安子晏帶著安子含離開，還對尤拉點頭示意了一下。

尤拉目送安子晏離開，緊接著就忍不住蹙眉，覺得奇怪。她之前對安子晏的印象一直不大好，為什麼在安子晏這樣隨意地進來一瞬間，就對安子晏產生了些許心動的感覺？

好在，在安子晏離開後，她就覺得好多了。難道娛樂圈關於安子晏的傳聞……是真的？

另外一邊，蘇錦黎終於鬆了一口氣，看著兩個陽氣男出現在面前，他還以為世界末日要來了，幸好他們離開了。

此時在另一間包廂裡，安子含吃了一口新送來的菜，又湊過去聞了聞，突然納悶起來：「聞著也不香啊，吃著也不好吃。」

「你希望秋葵有什麼香味？」安子晏忍不住問。

安子含立即給安子晏挾菜，「哥，你多吃點，聽說秋葵補腎。」

「滾蛋！」

「別啊，你得補補，讓你那玩意早點派上用場，不然總跟個擺設似的也不好……」

話音剛落，就聽到包廂裡傳出安子含鬼哭狼嚎的聲音。

在吳娜走後，尤拉的情緒一直不對勁。本來她難得轉運，約蘇錦黎一塊吃飯，聊天後她的心情已經轉好一些，結果吳娜把她的好心情全都毀了。

小咪也看出氣氛不對，試圖勸解尤拉：「尤姐，您別太在意，等您拍了這部大製作之後肯定會絕地翻身，到時就不用在乎那個吳娜。」

尤拉沒回答她，只是看向侯勇，「怎麼，你也認識吳娜？」

侯勇此時的微笑已經不那麼自然，他從口袋取出手絹，擦了擦額頭的汗，回道：「我以前也是華森的經紀人，當時帶的藝人是喬琳兒。」

「喔，那個挺漂亮的女孩子？」

「嗯。」

「我聽說過。」尤拉回答完，就示意蘇錦黎，「你可以吃飯了。」

「喔，好。」蘇錦黎換過衣服後一直在聽他們說話，不敢先動筷子，結果一桌子人忙著講話，似乎都沒有開吃的意思，他只能盯著菜等待開席。

小咪也覺得好奇，問侯勇：「你當時不會是因為吳娜離開華森的吧？」

「嗯，當時我以為做得足夠周全客氣了，沒想到還是惹怒了吳娜。」

「她就一個炮仗，一點就著火，也不是針對你，而是想給喬琳兒添堵。」小咪對吳娜的印象差到極點，「當小三還有理了，就沒見過這麼囂張的小三。」

很多人都不知道吳娜是小三的事情，尤拉跟小咪算是經歷過整件事情的人，知道也不奇怪，而侯勇是華森的老人，能聽說一點小道消息也正常。

只有蘇錦黎不知道事情的真相，然而他聽到了之後一點也不震驚，因為他根本不知道「小三」是什麼意思。

尤拉盯著蘇錦黎看了一會，看到蘇錦黎吃得那麼香，突然也覺得食欲大增，竟然神奇地覺得心情變好，也笑咪咪地繼續吃飯。

酒足飯飽後，在道別前尤拉又將卡遞給蘇錦黎，「你剛剛工作，肯定手頭比較緊，這張卡你留著，裡面的錢不多，不過也有十幾萬，需要的時候你可以拿來用。」

蘇錦黎連連搖頭，「不用的。」

尤拉走到蘇錦黎的身邊，單獨跟他小聲說道：「其實我也想過，如果不是你，我說不定已經跳河自殺或者被車撞死。因為你，我才能活下來，並且拿到這個角色，有了翻身的機會，要好好感謝你才對。其實他們那些人，可以提供你一夜爆紅的機會，然而卻被我用來換了這個角色，我……」

「如果我是妳，我也會這麼選擇的。」

尤拉看著蘇錦黎半晌，突然產生一點喜愛之情，完全是一名長輩對晚輩的那種疼惜感：「你這麼佛系，以後會不會挨欺負啊？娛樂圈不適合你這種單純的孩子，進來可惜了。」

「我現在只想混口飯吃，在這個圈子裡方便找我哥哥，等找到哥哥了，再考慮以後的事情。」

尤拉拿出手機跟蘇錦黎互相添加好友，臨走的時候還摸了摸蘇錦黎的頭。

尤拉是選美比賽冠軍，身高一百七十八公分，穿上高跟鞋後，站在蘇錦黎的面前並沒有矮多

少，這樣揉蘇錦黎的頭也挺自然的。

「有什麼事就跟我說，我盡可能幫你，畢竟我是你的貴人。」這是他們之前聊天的梗，尤拉用開玩笑的語氣說了出來。

蘇錦黎聽完「嘿嘿」地笑了幾聲，也點點頭，「嗯！」

「你再看看我。」尤拉突然退後一步，給蘇錦黎看。

「嗯，我看著妳呢。」蘇錦黎抬手，指了指自己的眼睛，接著指向尤拉。

「你說，我這部劇播出之後，會火嗎？」

「會！」蘇錦黎毫不猶豫地回答。

「借你吉言了。」尤拉的心情愉快，又問：「有機會的話，能請你爺爺給我算一卦嗎？」

這件事情，蘇錦黎就覺得有點為難了，「有點難，我爺爺不大喜歡跟外界的人來往。」

尤拉也不強求，只是點了點頭便跟蘇錦黎說再見：「我這兩天就會進組拍戲，提前過去，熟悉一下環境。」

「嗯，好。」

「希望我回來的時候，你已經火了。」尤拉說。

「希望妳回來的時候，妳已經火了。」蘇錦黎微笑著跟著說道。

尤拉發現，她真是越來越喜歡這個小弟弟，又一次揉了揉蘇錦黎的頭，才上車離開。

回去的路上，侯勇才開始試探性地詢問蘇錦黎怎麼認識尤拉的。

尤拉跟他叮囑過，不能說出他們一起救人的事情，於是蘇錦黎思考一下才回答：「偶遇吧。」

「你們倆之間……」

「怎麼了？」

跟蘇錦黎說話，不能拐彎抹角，於是侯勇直接問：「你們不是戀愛關係吧？」

侯勇覺得自己帶的藝人若跟正在風口浪尖上的藝人有牽扯，他得做個預防。

「沒有啊，其實是剛才才加的好友。」

「喔，那你談過戀愛嗎？」侯勇又問。

蘇錦黎搖了搖頭，「別提了，我們山裡連條母魚都沒有，我跟誰談戀愛啊。」

「那麼偏僻？」

「是啊……」

「要是這樣，你真出道了也會緋聞很少。我跟你說說尤拉的事情，讓你瞭解一些關於娛樂圈的事情，等以後進入這個圈子也要有心理準備。」侯勇一邊開車，一邊說了關於尤拉的事情。

尤拉跟吳娜鬧翻的初期，侯勇還在華森。

後來，侯勇為了維護喬琳兒成為犧牲品，被趕出華森，接著被德哥帶來孤嶼工作室。

因為侯勇被吳娜害得丟了很好的工作，華森看不上吳娜的人，也時常私底下跟他吐槽一些事情，讓侯勇也知道事情的全部經過。

尤拉跟她的前夫付陽澤，其實去年就已經確定離婚了。

尤拉年輕的時候非常漂亮，是選美比賽的冠軍，個子高、身材好，長相在當時也是數一數二。現在不少人提起尤拉，第一個想到的還是：漂亮、九頭身。

甚至在尤拉被負面新聞纏身的時期，依舊有粉絲說尤拉一直是心中的女神，就算知道這些消息也沒辦法攻擊她。

尤拉的前夫付陽澤是一名富商，尤拉在事業巔峰和付陽澤戀愛後，選擇結婚步入家庭。婚後也一直很內斂，成為一位稱職的夫人，很少拋頭露面了。

結果，前夫突然提出離婚，因為有婚前財產協議書，似乎在之前就有運作過，真正分給尤拉的東西非常少。

原本事情就這樣落幕了，結果尤拉在離婚後得知，付陽澤有了小三才會跟她離婚，而小三就是吳娜。

尤拉也是個烈性的人，竟然直接帶著記者去找吳娜當面對質，並且在記者的面前給吳娜一巴掌，說吳娜是小三。吳娜就此惱羞成怒，對尤拉記恨在心。

接下來的發展並不像尤拉想的那樣，估計尤拉以為找記者曝光吳娜是小三的新聞，吳娜會就此沉寂一段時間。

沒想到，吳娜竟然買通記者，封鎖尤拉找過她的消息。緊接著，關於尤拉的負面新聞鋪天蓋地出現，記者找出尤拉婚前的應酬相片，故意變得模糊一些，說尤拉在婚後亂搞，付陽澤憤而離婚。

付陽澤也在採訪中談及尤拉婚內出軌的消息，表示十分難過，甚至說尤拉用他的錢養小鮮肉，讓他十分氣憤。顛倒黑白，不過如此。

付陽澤財大氣粗，消息鋪天蓋地而來。

吳娜是華森公司高層的侄女，有些人脈，手底下有專業的炒作團隊，讓尤拉百口莫辯，無論她說什麼都沒有人相信。

這兩位一起黑尤拉，甚至沒有人敢站出來幫尤拉說話。

「尤拉也就只有漂亮了，她什麼背景都沒有，這些年積累的人脈關係，也都是跟付陽澤有關的。前夫翻臉不認人，小三又像一個瘋子，尤拉的處境的確不大好。」侯勇最後這樣評價。

「的確很氣人，那兩個人怎麼可以這麼壞？」蘇錦黎問的時候，小臉都皺在一起，顯然這件事情的發展顛覆了他的三觀。

「所以是你太善良了，因為自己是善良的人，就無法想像別人有多麼惡劣。」

蘇錦黎聽完後沉默許久，似乎也感到不舒服。

車窗外的景物飛速地被甩到身後，他也沒有心情細看，低頭想了想後感嘆：「尤姐人很好，心

地善良，不該承受這些事情。不過，她也的確是衝動了。」

「嗯，而且長得漂亮，就更讓人心疼了。」侯勇邊說邊嘆氣，看到尤拉本人後，讓侯勇不得不感嘆她是真的很漂亮，男人總是憐香惜玉。

「那你呢，你跟吳娜是怎麼回事？」蘇錦黎又問侯勇。

「華森是家大型集團，有很多股東，還有兩位董事長，畢竟當初是合夥創辦的公司。吳娜是其中一名董事長的侄女，所以在公司裡還是挺被關照的。我是華森藝人喬琳兒的經紀人。」

「嗯，然後呢？」

「喬琳兒長得挺漂亮的，性格也軟，也是一個努力的新人。結果，她被公司另外一位董事長的兒子看上了，對她頗為照顧，還為了討好她，搶了吳娜看中的角色。」

「然後吳娜就生氣了？」

「吳娜跟這位公子哥有過那麼點曖昧的事情，不過最後還是分開了。後來吳娜看上付陽澤，比那位公子哥靠譜多了，畢竟是事業成功的男人。結果公子哥翻臉不認人，搶了她的角色，吳娜跟公子哥鬧了一場，之後又開始找喬琳兒的麻煩。」

「這……有必要嗎，她不是已經有男朋友了嗎？」

「所以說吳娜就是被捧習慣了，稍微有人觸犯她，她一定會暴怒。」

「你因為這個被開除的？」

「後來鬧大了，董事長都親自過問這件事情，似乎想雪藏喬琳兒，我不想她在最好的時期被雪藏，就說是我求公子哥要來的角色，跟喬琳兒沒關係。」

蘇錦黎這回算是知道了侯勇被開除的原因，接著問：「喬琳兒一定很感謝你吧？」

侯勇被問這個問題後，沉默了一會，才回答：「她……」就沒再說下去了。

蘇錦黎意識到自己可能問錯了問題，立即安慰侯勇道：「勇哥，沒事，你以後有我呢，我肯定讓你翻身。」

「你以後肯定能紅！」侯勇說起蘇錦黎就興奮起來，為了給自己打氣，還按了兩下車喇叭。

「我會努力的。」蘇錦黎拍了拍自己的胸脯。

四個月後。

張鶴鳴回到公司，走進辦公室裡就將資料夾摔在桌面上。

他之前去木子桃娛樂公司拜訪，沒想到木子桃也拒絕了他的邀請。他是一名製作人，主要在製作真人秀節目，這一次策劃的是一檔選秀節目，他對這個節目信心滿滿，企劃主題是在素人以及娛樂公司的練習生中，選拔優質的年輕偶像。

然而，很多人不看好這檔節目。

前些年裡，選秀節目層出不窮，還真的火了一段時間，也因此捧紅一批新人。

比如《你最璀璨》、《最強美少年》之類的節目，但大多只有第一季大火，第二季反響平平，還是有一些引人關注的節目，通常到了第三季幾乎沒有選手紅了，第四季夭折。

這次張鶴鳴策劃的選秀，跟這些選秀節目大同小異。

不被看好，就接不到大型的投資，沒有資金就沒大製作，評委也沒能請到咖位足夠的流量明星、專業藝人。什麼都沒有，就連娛樂公司都不願意送他們的練習生來參加節目，寧願用其他方式送藝人出道。

張鶴鳴去過幾家娛樂公司提案，大公司不感興趣，小公司倒是很積極，會主動聯繫他。但是張鶴鳴也知道，優秀的練習生大多在大公司裡，被大公司淘汰的才會分到小公司去。

能進大公司的練習生，除了有後臺的，其他都有一定條件。

他對木子桃娛樂感興趣，是想讓木子桃派安子含參加這個選秀節目。

安子含居然要進入娛樂圈，這是一件備受關注的事情。他身上自帶光環，不少關心安子晏的人，也都會對安子含感到好奇。

再加上安子含之前雖然不在娛樂圈，但是新聞沒斷過，有話題度，就有熱度。

然而，他還是碰了壁，木子桃娛樂似乎對此並不感興趣，這讓他十分沮喪。

這個時候，張鶴鳴的手機響起提示音，他拿起手機看了一眼，忍不住嘆氣。

侯勇：你在公司嗎？我到你公司樓下了。

侯胖子又來了。

張鶴鳴跟侯勇是老同學，其實很多人在落魄後不願意碰到熟人，不想被人看到自己落魄的樣子。但是侯勇為了自己帶的那名藝人真是豁出去了，丟下面子，已經纏著張鶴鳴兩個星期，根本沒有放棄的意思。

張鶴鳴想了想，還是回覆：你手下的藝人，給我發幾張照片。

其實之前侯勇送過一份簡歷，但是張鶴鳴沒看，總覺得侯勇的那個小破工作室，能簽到的新人說不定還不如進了海選的素人。

沒多久便收到侯勇發來的相片，侯勇還補充了一句：純天然，沒整過，圖片也沒修過。

張鶴鳴點開相片，放大後看了一眼便立即坐直了身體。

又仔細看了一會相片，終於退出，接著打字回覆：我在公司，你上來吧。

蘇錦黎從培訓班出來後，再次騎車到木子桃娛樂公司的樓下，雙腿撐著地固定自行車，接著從口袋裡取出零食袋撕開，剛吃沒幾口，就有人快步走向他。

過來的人是常思音，剛走過來，就拉著蘇錦黎往角落的陰涼處，同時說：「你跟我過來一下，我有話跟你說。」

蘇錦黎立即騎著自行車，慢慢悠悠地跟著常思音移動，到了角落的位置停下，疑惑地問：「怎麼了？」

常思音在上次通過面試，現在已經成為木子桃公司的練習生之一。

蘇錦黎時常過來，但是每次來的時間都不固定，而且常思音通常都在練習，兩個人見面的次數並不多，上次還是匆匆加了好友，就沒再聯繫過了。

相較而言，同樣是練習生，蘇錦黎的時間就鬆散許多，像無所事事的無業遊民。

常思音的表情有點不大好看，吞吞吐吐了半天，才跟蘇錦黎說：「你以後別再過來了。」

「我來這裡，給這裡的治安帶來麻煩了嗎？」蘇錦黎還有點弄不明白是怎麼回事。

常思音氣得直跺腳，不過還是說出到底是怎麼一回事：「你經常來我們公司門口徘徊，被許多人看到。你還記不記得我們面試的時候，有一名男老師叫胡海高？」

「嗯，記得，他還批評過我。」蘇錦黎回答得坦然。

「他經常看到你，今天給我們上課的時候還說起了你。」

「說我什麼？」

「他說……有些人就是會癡心妄想，不努力練習，光想著靠一張臉就能進入娛樂圈。還說，之前就有這麼一名練習生，還說了你的名字，說你什麼都不會，態度也不端正，就來參加面試，結果被趕走了還不甘心。」

「我……」蘇錦黎覺得有點無奈。

「他在課上提起了你，說經常看到你在門口徘徊，但是不會有任何的憐憫之心。警告我們，如果不努力，就會像你一樣無所事事，只能仰望著別人。並且表示，我們現在的機會來之不易，你這樣的人一直在憧憬我們的生活，讓我們珍惜，努力練習，我聽到的時候都要氣死了。」

「我只是來找人的……」蘇錦黎弱弱地替自己解釋。

「你要找誰啊？」

「找我哥哥。」

「叫什麼，哪個部門的？」

「不知道……」

「啊？」

常思音還沒來得及問清楚是怎麼回事，又有幾個人走過來，看到蘇錦黎就笑了：「沒事總騎自行車在我們公司門口徘徊，像個癡漢似的男生就是他吧，怎麼，常哥你認識？」

在練習生裡，常思音這種大學畢業的也算是大齡了，在這批練習生裡，大家都叫他哥。

走過來的是兩個年輕的男孩子，外形還算不錯，屬於硬朗的類型，卻不是很精緻的那種，但身材還滿不錯的，拯救了些形象。

他們看著蘇錦黎時，臉上都是嘲諷的味道，弄得常思音也有點不自在。

「他是我的朋友，來找我的。」常思音沉著聲音回答。

「我看到他很多次了，也沒見常哥每次都出來見他啊，難不成他在追常哥，常哥沒同意？」

常思音是一名正經的小直男，聽到這個理論覺得很無語，問：「你瞎說什麼啊，難得放一次假，你出去逛逛街不好嗎？」

「行，既然常哥說了。」其中一個男生已經有了離開的想法。

一直沒說話的男生卻一直盯著蘇錦黎看，突然開口問道：「帥哥，要跟我們合照嗎？以後恐怕就沒機會了，畢竟我們有可能會紅，然而你連個機會都沒有。」

常思音也是有著音樂夢想的人，然而他似乎運氣總是不好，每次都會落選，或者是被別人搶走機會。這次好不容易進入木子桃，他還是心存感激的，也知道有夢想的人被這樣說會有多難過，立即覺得這兩個人有些過分了。

落井下石？痛打落水狗？只是一個練習生，還沒出道呢，就已經這麼囂張了嗎？

「別太過分了！」常思音幾乎是咬著牙警告這兩個人。

蘇錦黎垂著眼眸，心情沮喪了一陣子，才抬頭看向他們兩個人，回答：「嗯，拍個合照吧，以後你們不一定有機會能站在我身邊了。」

「我操！」提出拍照的男生聽完，立即誇張地大笑起來，問：「誰給你勇氣這麼說話？」

「那又是誰給你勇氣的呢？」蘇錦黎微微蹙眉問。

蘇錦黎脾氣挺好的，但是不代表他沒有脾氣。

被人惹到面前來了，他也不會一直佛系下去，該反駁就反駁，總之不會讓自己太受委屈。

原本是有怒氣的，結果看到一個小太陽般的男生探頭探腦地看向他們，他突然就閉了嘴，有點想躲開。

可是安子含不知道蘇錦黎怕他，只是雙手插進口袋裡，走到他們身邊，問：「幹麼呢？」

安子含跟他們幾人是同一批的練習生，也算認識，所以搭話搭得很自然。

兩個男生用誇張的語氣跟安子含介紹蘇錦黎，說蘇錦黎就是胡海高在課堂上提起的男生。他們都知道安子含的性格，覺得安子含來了肯定會有好戲看。

安子含「喔」了一聲，從口袋裡拿出菸盒，探頭探腦地左右看，沒看到記者，然後叼著一根點燃了問：「這麼想出道啊？實在不行我送你去世家傳奇，比木子桃這小破地方強多了。」

安子含說完，場面一靜。

世家傳奇，是安子含自己家開的娛樂公司，何止比木子桃牛逼？娛樂圈三大巨頭公司不是鬧著玩的。安子含沒數落蘇錦黎，反而提起這個，氣氛尷尬得有點可笑。

「不用了，我已經有公司了。」蘇錦黎回答。

「哪家啊？」

「孤嶼工作室。」

安子含想了想，覺得自己沒聽過這個工作室，又吸了一口菸，接著問：「哪個大佬開的？還是明星自己的工作室啊？」

「都不是。」

「你不會是被騙了吧？好多工作室瞎簽人，就等哪個碰大運小紅了，然後被公司收購過去。紅不了，就繼續挺著。」

蘇錦黎不大想跟安子含多聊，多說一句話，他的心跳就要多跳幾次。不是心動的感覺，而是不敢動的感覺。

安子含抽完一根菸，就看到蘇錦黎已經挪著自行車想要離開。

他沒放過蘇錦黎，走到蘇錦黎身邊，聞了聞之後問：「你身上怎麼總有股香味？」

「我……我一點也不香。」

安子含伸手握住蘇錦黎的手腕，抬起來聞了聞他的手臂，「我靠，真香，你這是往身上塗了奶油了嗎？」

「沒……」蘇錦黎猛地甩開了安子含的手。

安子含愣了一下，一會才醒悟過來，解釋道：「別誤會，我對你沒興趣，我有三個女朋友。」好像哪裡……不大對。

「太嚮往娛樂圈，所以病急亂投醫，隨便找一間工作室就簽約了？你這樣能出道就奇怪了，就等著合約到期、你都成老頭子了，還在混群眾演員吧！」之前數落過蘇錦黎的男生，再次開口。

「嘿！你這小嘴叭叭叭的，挺利索啊，你當個屁練習生啊，你怎麼不去說相聲？」

這回，那兩個男生不說話了。他們甚至想不明白，安子含這個看誰都不爽的人，怎麼就看蘇錦黎很爽的樣子，不幫著數落蘇錦黎，反而幫他說話，安子含的腦回路果然跟正常人不一樣。

兩個男生沒再自討沒趣，打了馬虎眼就離開了。

等他們離開，蘇錦黎小聲地說了一句：「謝謝你們。」

常思音立即搖了搖頭，接著說：「以後這件事情肯定會在公司內部傳出去，到時候大家都會議論你，對你以後入圈也有影響，你還是……別來了，以後我們私下聯繫，我幫你找人。」

「嗯，好。」

安子含本來打算離開的，想了想又回頭問蘇錦黎：「你們那個工作室，有給你安排工作嗎？」

「嗯，過陣子會參加一個選秀節目。」

「叫什麼啊？」

「全民偶像。」

「喔……」安子含隨意應了一句，就離開了。

蘇錦黎回到公司後情緒並不好。

他是天生的笑眼，平時也特別愛笑，今天因為心情不好，所以回來後一直悶悶不樂，很多人一眼就能發現。

侯勇放下手裡的漢堡，跟著蘇錦黎上樓，問他：「怎麼，要參加選秀節目心裡緊張嗎？」

「我在想，我是不是不夠努力。」蘇錦黎回答。

「也是我們這裡條件艱苦，平時只能讓德哥訓練你唱唱歌，舞蹈室裡的鏡子還沒來得及安裝，你都沒法訓練。」

「我之前的態度一直不算端正，只想著這一年裡熟悉環境，順便學習點東西就可以了，所以一直沒有盡全力。現在想想，我真的是在浪費時間。」

「你已經很努力了。」

「不，勇哥，回來的路上我想了很多，的確是我自己做得不夠好。一直追求夢想的人都比我努力，我卻只是想混吃等死。我應該更努力一些，讓自己變得更優秀，為了你，也是為了我自己，不然我為什麼要下山呢。等找到我哥哥的時候，也能讓他看到我更好的樣子。」

侯勇不知道蘇錦黎經歷了什麼，只是覺得蘇錦黎現在的心態其實是正確的。

他拍了拍蘇錦黎的肩膀，說道：「我明天就讓工人將公司練習室裡的鏡子安上，順便找來編舞老師，幫你編舞，準備比賽。」

「距離比賽還有多久？」

「一個半月。」

「其實我可以自己編舞。」

「啊？」

「我想試試。」蘇錦黎回答的時候，堅韌的眼神讓侯勇再沒說什麼，只是跟著點頭。

安子含一上午都坐在張古詞的辦公室裡鬧罷工。

張古詞目前還不算是安子含的經紀人，然而安子含就盯上他了，預設自己已經是組合的成員，組合以後就是給張古詞帶，所以有事沒事都喜歡來找張古詞。

張古詞拿安子含沒辦法，看劇本的間隙，抬頭看向安子含問：「要不我給你安排齣戲，你去演

個角色？」

「我自己也知道，我斤兩不夠，就不去丟人了。」安子含回答。

「那你就去繼續練習啊。」

「累。」

張古詞無語了，乾脆直接問安子含：「那你想怎麼樣？」

「老這麼枯燥的練習沒有意思啊。」

「你想怎麼有意思？」

「啊……給我安排到女生的練習室裡。」

張古詞乾脆沒說話，冷哼了一聲就繼續看劇本。

安子含等了一會，站起身來打算到張古詞身邊繼續磨，走過去就看到一個檔案，拿起來看了看後，丟給張古詞：「讓我去參加這個吧。」

張古詞拿來看了一眼，是《全民偶像》的節目策劃，隨便翻了翻後，又看向安子含，「那你就去吧，刷個臉熟，到一半的時候回來就行。」

「就我一個人去啊？」

「你還想讓誰去？」

「同批都去唄，我難得跟幾個人混熟。」

「我聽說你們在寢室裡還打過一架。」

「沒有，我打他們，他們沒敢還手。」

張古詞無語了，這貨怎麼就說得這麼理直氣壯呢？

不過最後他還是同意了，順便再派幾個在他看來潛力一般的練習生，過去陪著安子含一起胡鬧。正好這個節目採封閉式訓練，讓安子含趕緊滾蛋，他也眼不見心不煩。

【第三章】

全民綜合考驗第一關

孤嶼工作室有很多空的房間，他們租了這棟三層的小樓，做自己的工作室。

辦公區大多是在一樓跟二樓，三樓做了員工宿舍。蘇錦黎是最後進公司的，也沒分到好的房間，聽說還有地下室，不過只有一間不大的房間，平時都拿來堆放雜物。

在之前，工作室就準備培訓藝人，做了區域規劃，所以有空出一些房間，留給藝人們做培訓。

這棟樓的樓梯在樓體的中間，二樓左邊是音樂部門，右邊就是留下來的空房間，侯勇的辦公室也在這邊。

練舞室因為是把牆壁打掉，將兩個房間合併後裝修的，所以需要的時間多一些。

不過，幾個月都沒完成也是因為工作室經費不足。據說，工作室砸牆後不願意雇工人，都是員工把碎石搬出去的。用了好陣子，才把這個房間修整完畢，今天就要安裝鏡子了。

侯勇申請的是整間教室的鏡子。

然而，工作室只批下來一面牆的鏡子，侯勇咬咬牙也同意了，不過又申請了一套音響。沒過多久，音樂部門就搬來一個舊的。

侯勇看到舞蹈室的設備，氣得直用腦袋撞牆。

德哥看到了，忍不住提醒：「這房間裡的牆壁是後刷的，最開始打算安裝鏡子，選的漆不怎麼樣，你這麼撞掉渣。」

「我就是心疼我們家小錦鯉。」

「沒事，放心吧，入海選是沒問題的。」

侯勇聽到德哥這麼說，才覺得心情好一點。德哥也是在華森做過的人，有些眼界，知道蘇錦黎現在的水準想得前幾名有點困難，但是進海選不難。

而且，蘇錦黎長得好看，有眼緣，只要鏡頭給得不要太少，就有可能得到不少網路投票。

這是一個看臉的時代。

過來給他們安裝鏡子的是一位三十來歲的男人，身材魁梧健碩，面容不善，還留有鬍子，有種型男的感覺。可惜穿得太邋遢，所以並不會顯得很帥。

侯勇告訴他是哪面牆壁需要安裝鏡子，就看到工人大哥脫掉外套，裡面只有一件老頭衫，更突顯身材了，還有霸占了兩條手臂的花臂紋身更是顯眼。

侯勇有點慫，有點不敢指揮他，交代完便匆匆離開。

等蘇錦黎回到工作室時，聽說要安裝鏡子，興致沖沖地跑去舞蹈室，進去時已經安好了兩面鏡子，工人大哥正在安裝另外一面鏡子。

他看了一圈之後，主動問工人大哥：「大哥，我可以放音樂嗎？」

「嗯，你隨意。」工人大哥倒是不在意，擦了擦額頭的汗，繼續工作。

蘇錦黎找出自己的伴奏音樂，站在鏡子前，跟著音樂找感覺，沒一會就跟著音樂跳了起來。

他的身體素質跟其他的妖比起來要差一些，好在在山上的時候經常鍛練身體，又從小練習武術，學起舞蹈來不會太吃力，在培訓班跟著學了四個多月，他已經能夠跳首完整的舞蹈了。

工人大哥還回頭看了蘇錦黎幾眼，很快又繼續工作。

又安裝完成一面鏡子，工人大哥走過來，抬頭盯著之前安裝的鏡子看，覺得鏡面有些傾斜，抬手按了按，又往後退了幾步，似乎覺得哪裡有問題。

結果就在這個時候，鏡子突然塌下來，朝蘇錦黎的位置砸過去。工人大哥幾乎沒有猶豫，走到蘇錦黎身前，抬起手臂擋了一下，鏡子砸在他的手臂上，碎裂崩開。

蘇錦黎也被嚇了一跳，反應過來後，第一件事就是看看工人大哥有沒有事。

工人大哥的手臂沒有事情，然而鏡子碰到他的手臂後碎了，掉到他的腳踝跟腳面上，他穿的是人字拖，被劃出口子。

侯勇聽到聲音，快速跑過來，看到這個場面嚇壞了，趕緊問蘇錦黎：「你有沒有事？」

「沒事，大哥幫我擋住了。」蘇錦黎回答。

侯勇鬆了一口氣，不過還是看向工人大哥。

侯勇護犢子，見蘇錦黎差點遇到危險，慫樣都沒了，質問：「你怎麼安裝鏡子的啊，這以後砸了人，誰承擔責任？」

工人大哥原本在看自己的腳，被問了之後直接抬手指了指牆面，「你自己看看你們公司的牆面，豆腐渣工程，釘進去之後根本固定不住，水泥面都鬆脫了，還買了品質最差的鏡子。」

侯勇也說不出話來了，他也看到牆面是什麼情況。

「勇哥，別說這個了，大哥受傷了。」蘇錦黎扶著工人大哥，讓他去自己的房間裡。

他找出雲南白藥撒在工人大哥的傷口上，接著用紗布進行簡單的包紮。

「我先幫你處理一下傷口，這裡的東西不多，你回去再去醫院看看。」蘇錦黎幫工人大哥包完傷口後，囑咐道。

「都是小傷，沒事。」工人大哥回答。

鏡子沒再繼續安裝了，而是進行後續交涉。孤嶼工作室的人去查看了現場的情況，鏡子的廠家也在協商，看看這件事情由誰來負責任。

工人大哥一瘸一拐地走出蘇錦黎的房間，到樓梯抽菸，時不時打電話跟廠家的老闆解釋情況。

蘇錦黎下樓時剛巧聽到工人大哥說：「發現牆面有問題依舊繼續安裝，是我沒在之前跟他們協商，但是這就要我承擔損失，是不是說不過去？我來安裝這麼幾面鏡子，才抽四十塊錢……你也知道我家裡的情況，我媽治病需要錢……嗯……」

工人大哥回頭的工夫，看到了蘇錦黎，立即往另外一個方向走了走。

蘇錦黎起初還以為是他不想自己聽到他打電話故意避開，所以有點不好意思。

結果就看到工人大哥到垃圾桶邊掐了只抽了一半的菸，又走回來並且掛斷了電話。

「你沒傷著吧？」工人大哥問他。

「我沒事。」

「你是這個公司裡的明星吧？唱歌的？我看你長得不錯。」

「我還沒出道呢。」

「我看你們公司連個吸菸室都沒有，就在這裡抽菸了，下回碰到菸鬼躲遠點，吸二手菸對你們這些唱歌的嗓子不好。」

蘇錦黎看著工人大哥，遲疑了一會，才問：「大哥，你是遇到困難了嗎？」

工人大哥聽完，似乎覺得面子上有點掛不住，卻也沒瞞著，很快就笑了，「這件事本來就是雙方都有責任，我也有過錯，要不是我真的是手頭上有點緊，我也不願意計較這個。」

蘇錦黎點了點頭，從口袋裡摸出尤拉給他的卡，遞給工人大哥，「大哥，這卡裡有十幾萬，您要是真缺錢，就拿去用吧。」

工人大哥被蘇錦黎這一齣給弄愣了，還以為蘇錦黎在開玩笑，立即擺了擺手，「不至於，咱倆也不認識，你借我錢算怎麼回事？」

「剛才你如果不幫我擋一下，估計現在受傷的就是我了。我過一陣子有比賽，受傷了恐怕就耽誤了。」

「那也不至於給我錢。」

「借你的，你得還的，你先解決燃眉之急，之後再還給我。」蘇錦黎說的特別認真。

工人大哥倒是被蘇錦黎給弄懵了，乾笑了幾聲，說道：「我還真是頭一回遇到這種事情，老弟，你怎麼就敢相信我真的能還你錢？我要是拿著你的錢走了，你想找都找不到我。」

蘇錦黎跟長期在這個社會上混的孩子不一樣，他依舊相信這世界好人居多，而且，他也不是盲目信任，他是妖，能夠看透一個人的靈魂。

這位工人大哥的靈魂很乾淨，就像尤拉、小咪、侯勇一樣，在他看來都是善良的人。

如果工人大哥沒出於本能地幫他擋住，如果工人大哥沒有避開他抽菸，外加沒有回避自己的錯誤，他估計也不會這麼做。

他有能力幫助一個人，那就去幫，這對於一個妖來說，也是積德行善，積累道行。成妖，本來就是逆天的行為。

進入人間，想要享受人間的生活，也要相應地做出一些幫助人間的事情，他們才能夠更好地生存。凡事講究因果輪迴，今天他播下一個善，來日會收穫更多的美好。

他堅信，世間還是正能量比較多。

工人大哥的笑容慢慢斂去，嚴肅地看向蘇錦黎，遲疑了一瞬間朝蘇錦黎走過去，想要抬手接過卡，卻又陷入糾結。

不過最後，他還是伸手拿走卡，同時對蘇錦黎說：「我們加個好友吧。」

「嗯，好。」

「他們都叫我浩子，我看你歲數不大，你叫我浩哥吧。」

蘇錦黎加了浩哥的帳號，緊接著就聽到浩哥用有些哽咽的腔調說道：「其實我哥們不少，就是我好面子，不好意思跟他們開口。我媽老早就讓我好好做人，別跟他們混，等我媽病了，我才肯聽話，找個工作幹著，可是……正經幹活，真特麼的累……」

蘇錦黎抬手，揉了揉浩哥的頭，「善良的人，是會有好運的。」

浩哥幾乎是瞬間就沒了感動，往後一步躲開了：「別整這套，怪肉麻的……」

蘇錦黎看到自己的祝福只送成功一半，也沒再堅持。

最後這件事，孤嶼工作室跟廠家各承擔一半的損失，廠家跟浩哥也是各承擔四分之一，這件事就算是解決了。

其他的幾面鏡子也被卸下來放在一邊，不敢再繼續安裝，工作室打算過陣子再找人來加固一下牆面。

蘇錦黎沒地方練習了，就自己戴著運動耳機，到一樓，對著會議室門口的玻璃練習。大玻璃能夠映出些輪廓來，雖然看不清楚細節，但是能夠看清楚動作就可以了。偶爾有其他同事走過去，還不忘到蘇錦黎面前對他亮出一個大拇指，表示對他的讚揚。蘇錦黎也會回給他們一個大大的微笑。

私底下，大家都說蘇錦黎是個暖男，因為看到他的微笑就覺得心裡暖融融的。

浩哥在第五天後又來了一趟孤嶼工作室，給蘇錦黎送卡，並且給了蘇錦黎一張按著紅色手印的欠條，特別豪放，整個手都印上去了，幾行字就跟陪襯似的。

「一共取了九萬七千塊錢，把欠著醫院的錢還了，之後的錢我自己能賺。欠條你拿好了，等我還完錢了，你把欠條撕了就行。」浩哥這樣說道。

「嗯，行。」

距離真人秀開始的時間越來越近，蘇錦黎越來越不敢怠慢，每天早上五點起床。打坐吐納一個小時後，就開始一天的練習，到晚上十點回房間休息。

他的作息規律全部都是跟爺爺學習的，所以都是老一派的養生時間表。

他已經習慣了這段日子，每天晚上會收到浩哥發來的轉帳，每天八十到二百四十元不等，都是他當天的工資，日結。據說，他每個月還有固定工資，這些錢留下來生活。

在即將參加比賽前，浩哥還把蘇錦黎、侯勇叫出去，一起去擼串。

在浩哥的生活裡，路邊攤、小燒烤、一箱啤酒隨便喝就是他的待客之道，只要小酒一喝，就能跟你聊一晚上，天南海北，四海為家。

蘇錦黎沒喝過啤酒，只覺得這是一種口味別緻的飲料，喝了半天也沒有醉意。

他覺得浩哥說話很有意思，津津有味地聽浩哥吹牛，覺得浩哥吹牛的時候詞兒都賊新奇。

侯勇的酒量不行，喝了兩瓶就開始抱著酒瓶哭，說自己的不容易。

他們坐在路邊吃了一會，周圍的人都不敢大聲說話，實在是浩哥說到興頭上，扯著半截的袖子，全部擼到肩膀的位置露出花臂來，太過於唬人。

蘇錦黎就算看著面善，也拯救不了浩哥散發的危險感。

浩哥碰到蘇錦黎，就覺得罕逢敵手了。兩個人一塊對著喝，一人喝半箱，浩哥都有點扛不住，蘇錦黎依舊笑呵呵地看著他們，浩哥只能認輸。

其實六瓶不是浩哥的量，但是再喝他就懵了，怕蘇錦黎搶著結帳，回家不能照顧他媽。

蘇錦黎有點不好意思，於是指著對面露天廣場唱歌的地方，對浩哥說：「浩哥，我唱首歌給你打打氣吧。」

露天廣場那裡有人放著音響，給二十塊錢就能當眾唱一首歌，唱得好了，周圍的觀眾還會給點小費，說不定能反賺回來。

蘇錦黎過去在電腦上找了一會，發現歌單都是一些老歌，他只聽過幾首，於是他選擇了其中一首五月天的《倔強》。

他剛一開嗓，就把周圍許多人吸引過來。當大家看到唱歌少年的長相後，就更加瘋狂了，長得好看，唱歌好聽，這種畫面讓人移不開眼睛。

「……我和我最後的倔強，握緊雙手絕對不放，下一站是不是天堂，就算失望不能絕望。我和我驕傲的倔強，我在風中大聲的唱，這一次為自己瘋狂，就這一次，我和我的倔強……」

之前吃飯的時候，就有幾個女生覺得蘇錦黎帥，偷偷看了好幾眼。

在蘇錦黎過去點歌時，就用手機偷偷錄影。等注意到有其他人也在錄影後，她們幾個錄得更加明目張膽。

蘇錦黎前面不遠處，開始有人拿錢給蘇錦黎，從最開始一元錢硬幣，到後面出現了五十元、一百元。小盒子裡的錢越來越多，還出現尖叫聲。

「……逆風的方向更適合飛翔，我不怕千萬人阻擋，只怕自己投降……」

浩哥原本還在起鬨，細細地品了品歌詞，再聽到蘇錦黎深情的演唱，一個好面子的人竟然也被感染，沒忍住，捂住眼睛哭了。

侯勇原本就在哭，現在哭得更凶了，還跟浩哥說：「浩哥，我們小錦鯉唱歌是不是好聽？」

「好聽，天王巨星似的，不愧是我老弟。」浩哥一抹眼淚，跟著猛吹。

蘇錦黎深情款款地唱完一首歌，就準備離開，卻被攤主叫住，告訴他這些錢可以帶走。

蘇錦黎不知道還有這個規矩，還愣了愣。

周圍有人喊著，讓蘇錦黎再來一首。

蘇錦黎只是對他們微笑，卻沒答應，說了一句：「等一下。」

接著，拿著錢去附近的店裡，沒一會搬出兩箱汽水，「我請大家喝汽水。」

大家立即奔過來，紛紛將汽水拿走。

在錄影的幾個女生沒能拿到飲料，壯著膽子跟蘇錦黎搭話，用撒嬌的語氣說：「帥哥，我們沒拿到飲料！」

「那我再給妳們買一瓶？」蘇錦黎有點不好意思地問。

「不用，你可以讓我捏一下臉嗎？」

「啊？」為什麼要捏臉？

蘇錦黎還沒反應過來，就被女生掐了一下臉頰，緊接著三個女生落荒而逃。

他愣愣地站在原處，半天沒反應過來。

一邊的浩哥看到了，喊了一聲：「你小子被女生調戲了！」

蘇錦黎這才回過神來，有點不好意思地捂著臉，羞澀地笑了。

參加比賽的當天，蘇錦黎是從比賽場地附近的旅館裡出來的。

他的工作室距離比賽場地有些距離，侯勇怕耽誤比賽，提前一天帶著蘇錦黎住進這裡。

侯勇還利用跟張鶴鳴的老同學關係，軟磨硬泡後得到許可，他們可以提前過去，讓劇組的化妝師幫蘇錦黎化妝。

蘇錦黎扯著身上的衣衫，小心翼翼地往場地走，生怕弄髒了衣服。

他的衣服是古裝，白色跟接近薄荷綠的顏色相間，袖口與領口都有精緻的金絲線刺繡，走起路來衣袂飄飄。

到了場地，只有一些工作人員在準備現場，侯勇打了幾通電話後找到化妝師。

化妝師原本坐在椅子上發消息，看到蘇錦黎的衣襬就被吸引了目光，抬頭朝蘇錦黎看了看，不由得愣了神。

反應過來後，立即站起身來，對蘇錦黎說：「你好帥啊。」

蘇錦黎微笑著回應。

化妝師應該是……男生，然而穿得有點……像個女生，花枝招展的。說話的時候也故意細著嗓子，讓蘇錦黎覺得有點新奇，倒也不反感。

蘇錦黎坐下後，化妝師看著他問：「沒有假髮啊？」

蘇錦黎搖了搖頭，回答：「沒準備。」

「髮型我怎麼給你弄呢？」化妝師說的時候，還摸了兩把蘇錦黎的臉，「皮膚真好，平時都塗什麼啊？」

「大寶。」

「呃……」

「勇哥用剩了半瓶，給我的。」

「底子好，也得防曬啊，你知不知道紫外線就是我們美麗的殺手？」化妝師說話的同時，還拍了拍自己的臉頰，對蘇錦黎眨了眨眼。

「嗯，記住了。」

化妝師也沒多廢話，在幫蘇錦黎整理髮型的時候，跟他自我介紹：「我叫波波。」

「你好，我叫蘇錦黎。」

波波幫蘇錦黎設計髮型時，還是頗為苦惱的，為此讓蘇錦黎站起來三次，仔細看看蘇錦黎的服裝，還問蘇錦黎唱的是什麼歌。

後期就是蘇錦黎一邊哼歌，波波一邊幫蘇錦黎做造型。

波波覺得好聽，還拿出手機錄音，「你要是去做直播，能火，沒調音，聲音就這麼好聽。」波波按了停止鍵後，對蘇錦黎說。

「謝謝波波老師。」

波波老師是個顏控，碰到長得好看的人就喜歡多聊幾句，所以還囑咐了蘇錦黎幾句：「你啊，一會進組了就好好表現，說不定多少雙眼睛看著你呢。」

「嗯，好。」

「希望你不笨。」

做完造型，蘇錦黎看著鏡子裡的自己，的確有不少變化，似乎更精緻了一些，氣質也跟著一變。波波給他的頭髮全部攏到頭頂固定，還故意做得蓬鬆一些，紮了一個小揪揪，接著找來跟他髮色接近的假髮，套在丸子頭的上面。

還現場做手工，做出一頂髮冠給他戴上，看起來就像是真的長髮一般。

蘇錦黎臉小，皮膚白淨，眉眼秀氣且精緻，這樣能讓他的五官更清晰地呈現在眾人的眼前。妝容上，波波並沒有化濃眉大眼的妝。

蘇錦黎本來就是乾淨的少年氣質，波波給他設計了俊秀的公子形象，妝容帶了幾分書生的儒雅，還有些憂鬱。

「記得，微微瞇起眼睛來。」波波拿著手機，對蘇錦黎拍了一張相片，說道。

「為什麼？」

「會顯得很腹黑，你知不知道，瞇瞇眼會給人一種深不可測的感覺？你的眼角本來就下垂，是笑眼，微瞇效果更好。」

「腹黑是什麼意思？」

「就是顯得你很聰明。」

蘇錦黎似懂非懂，不過還是點了點頭，「波波老師你太厲害了。」

「造型不錯吧？」

「嗯，看著跟真的長頭髮似的。」

「只有這個？」波波的表情垮了下來。

「不止！還會做髮冠。」

波波擺了擺手，對他說：「行了行了，你去參加比賽吧。」

「嗯！謝謝波波老師。」說完，就高高興興地走了。

波波老師扠著腰看著他離開，忍不住笑了，嘟囔了一句：「傻乎乎的，還挺可愛的。」

侯勇不能跟著蘇錦黎進入選手等候的大廳。

蘇錦黎一個人在門口做登記，然後走進通道，左右看了看，忍不住張大了嘴巴。

在他看來挺可惜的，這條走廊裝修得很豪華，地面是長長的燈光通道，還有三角形的燈光指示行走方向。

可惜的是，走廊裡這麼多面鏡子，沒有一個是整面的，都是三角形的碎片，貼在牆壁上，是鏡子碎了，乾脆拿來做牆面裝飾了嗎？他們工作室也可以這麼做啊。

走到走廊的拐角處，遇到一個檯子，兩邊是大大的鏡子，終於是整面的鏡子了。

鏡子上寫著一句話：請寫出你自己的號碼牌。

下面還有括弧寫著提示：（登記號碼、名字，其他可以隨意發揮喔。）

他看著檯子上的東西，驚喜地看到了毛筆，於是打開硯臺，整理好袖子後磨墨，接著執筆，在卡片上寫下自己的數字跟名字：貳拾三，蘇錦黎。

寫好號碼牌後，他拿起來，繼續朝裡面走，這時有工作人員出來提醒他：「後面是膠，撕開能貼在身上。」

「墨水還沒乾，可以等會兒貼嗎？」

「喔，可以的。」

蘇錦黎繼續走，搞不明白走廊為什麼要這麼長，走了好久才到門口，於是敲了敲門後，走了進去。進去後，他第一眼看見就是整間屋子的鏡子。

震驚片刻後，就發現房間裡還有其他人，都朝他看過來，他立即朝那些人微微鞠躬，點頭示意。在座的這些人有男有女，有人也對他回應了，也有人對他並不理會。

蘇錦黎是二十三號，前面有二十二個人在房間裡等待。

有人在戴著耳機聽歌，低頭看著手機；有人對著鏡子練習舞蹈；也有人坐在一起聊天。

蘇錦黎聽力好，進來後找了一個角落的位置坐下，就聽到有人在議論他。

「穿著古裝來的，好隆重啊。」

「估計是唱古風歌吧，好特別啊，整個房間裡就屬他最特別了。」

「心機裝。」

「不過長得真好看，好帥啊……」

蘇錦黎拿著自己的號碼牌，等墨乾了才將號碼牌貼在身上。

坐下來無聊地等待時，他突然想起波波的話來，忍不住朝四周的鏡子看過去，又抬頭看了看，沒發現什麼特別的。

他在來之前，侯勇跟德哥跟他科普過什麼是攝影機，什麼是麥克風等等知識。

蘇錦黎在房間裡沒看到攝影機，卻看到了房間裡架著一些設備，不過都用布蓋著，估計是放在這裡的。

陸陸續續有更多人走進來，休息室裡漸漸不再安靜。

休息室足夠大，一共放了六十張椅子。進入的順序似乎是按照他們到現場的先後順序，蘇錦黎雖然到得早，卻因為化妝耽誤了一些時間，進場時是二十三號。

後面進來的人漸漸多了起來，各種類型都有，有的會互相看看，有的則是專注於自己的世界。

這個時候，又有人打開門，氣勢洶洶地走進來。

休息室裡突然騷動起來，有人小聲議論：「是安子含吧？」

「安子含是誰？」

「安子晏的弟弟啊。」

「我的天，這種大佬家的孩子，來跟我們搶名額幹什麼啊？」

安子含走進來後，左右看了看，一眼就看到穿古裝的蘇錦黎，很快就笑了，朝蘇錦黎走過來，主動問：「你這造型挺不錯啊。」

「錦黎你也在啊！」常思音看到蘇錦黎也很激動，跟著走過來。

蘇錦黎立即起身，跟他們打招呼。

再抬頭，就看到之前數落過自己的男生，其中一個也在他們身後，彆扭著沒有過來。

安子含大咧咧地坐在蘇錦黎的身邊，手臂搭在蘇錦黎椅子的椅背上，不爽地感嘆起來：「一個走廊跟馬拉松似的，顯擺自己場地大呢？」

蘇錦黎本來就怕安子含身上的陽氣，安子含還這個姿勢，讓蘇錦黎不自在得渾身難受，坐姿乾脆扭著，盡可能遠離安子含。

「走廊裡的燈挺好看的。」蘇錦黎只能強行尬聊。

「那我摳兩個下來送你？」

「不不不……不用。」這個人怎麼這麼自來熟呢。

常思音見蘇錦黎身邊沒有椅子了，只能坐在安子含的旁邊，探頭跟蘇錦黎說：「錦黎，你穿古裝還滿好看的。」

「你們的衣服也好看。」

「公司給訂做的。」

「真好啊……」蘇錦黎羨慕起來，他的衣服是自己訂做的，花的是尤拉卡裡的錢。

安子含看了一眼蘇錦黎的數字：「二十三號？那挺早就入場了。」

「嗯，是啊。」

「我五十六號，估計得坐到最後，不知道中午提供飯盒不？」

蘇錦黎搖了搖頭，他連早飯都沒吃，想起來就覺得委屈。

安子含他們進來之後，已經算是非常靠後，最後一名男生進入後，門正式關閉。

緊接著，正對面出現了一個大螢幕，是從牆壁的縫隙裡降下來的，懸掛在半空中，在場每個人都能看清。

深山裡出來的蘇錦黎比較沒見識，看到大螢幕落下的時候還震驚了一下，眼睛都睜得溜圓。不過他很快就淡定下來，因為大螢幕啟動，開始播放畫面，他開始認認真真地觀看。

最先播放的，是他們這個節目的宣傳短視頻，就像幻燈片一樣只放了不到一分鐘。

經費有限……做得還真不怎麼樣，足夠讓在場六十名年輕人安靜下來，這個宣傳視頻有冷場奇效。安靜下來後，大螢幕播放了舞臺的畫面。

第一個從走廊裡走出來的是一名男士，看起來個子不算太高，身材中等，走路的時候頗有氣勢。剛剛走出來，就有人驚呼了一聲：「韓凱老師！」

蘇錦黎不認識這些明星，只是沉默地看著，緊接著就聽到不遠處有人議論：「韓凱是誰啊？」

原來不止他一個人不認識。

跟安子含一同過來的，同公司的一個男生也跟著問了一句：「他是老前輩嗎？」這個問法也算是客氣了。

「他啊。」安子含看著大螢幕，想了想之後回答：「唱歌的，你爸那一輩的估計有部分人喜歡他。但是吧……他唱的是民謠，比較小眾，一直沒火起來，畢竟你爸那一輩的人，更喜歡能跳廣場舞的歌。」

「喔……」男生應了一句。

「實力派，有點底子。」安子含這樣點評完，本來已經可以收場了，偏偏還要加一句：「長得也實力派，就這落腮鬍子，看著就像個唱搖滾的，你唱民謠你收斂點啊！看著他就有種吃了黑胡椒

的感覺。」

常思音原本還在點頭，聽到安子含這種點評，沒忍住「噗哧」一聲笑了。

緊接著，進來的是一名女孩子，出場時能看出身材不錯，人還沒走出來，安子含就認出來了：「藏艾。」

過會走出來，真的是藏艾。

「厲害啊！」常思音跟著感嘆了一句。

「看身材就能看出來。」安子含回答，扭頭看向蘇錦黎，見蘇錦黎還是不認識似的，於是介紹：「她是一個女歌手，原本是一個女子組合的，現在單飛了。長得漂亮，身材好。」

常思音似乎是看到了女神，興奮得不行，跟著補充：「唱歌也好聽，跳舞也棒。」

安子含就是個嘴欠的人，立即問道：「這麼漂亮的女生在你眼前晃來晃去，你還能注意到別的呢？」

「肯定會看到啊，才華是遮擋不住的。」

「我看不到，她在我的概念裡就是：漂亮，欸媽啊真漂亮。然後一首歌結束了，她蹦躂完了，之前她幹什麼了我都沒記住。」

「她是我女神。」常思音回答。

安子含覺得有意思，笑了笑接道：「我記住她是因為她的名字，起個名跟葬愛家族似的，出道居然不改名，也是霸氣。聽說她那個組合，之前也因為她，被稱呼為過殺馬特家族。」

蘇錦黎愣愣地看著他們解說，就覺得自己是一個局外人。

接著看向大螢幕，覺得這個女生其實不如尤拉姐身材好，畢竟尤拉穿禮服的樣子可讓他記憶猶新的。

蘇錦黎並不知道，他剛到世間就碰到了選美比賽的冠軍，緊接著去木子桃公司參加應聘，見了一群要當偶像的人。起點太高，以至於眼光也特別高了。

之後又出來了兩個人，同樣是一男一女。

女士名叫蕭玉和，也是一名實力派的歌手。就是歌紅，堪稱KTV必點曲目，然而，人不紅，主要是外形不大好。

男士名叫顧桔，安子含都沒說出來他是誰，看著跟他們差不多大似的。後來在節目裡自我介紹，才知道，他是一個剛剛出道的組合成員之一。

四個評委老師已經出來了。四個人裡，只有藏艾算是比較出名，其他幾位過氣的過氣，沒紅起來的沒紅起來，團隊看起來真的讓人失望。

這時又有一個人從通道裡走出來，身材高大腿長，僅僅看輪廓就知道身材極好，就好像一名模特兒。

「不是吧……」安子含看到身影忍不住嘟囔了一句。

等看到安子晏真的從裡面走出來了，安子含立即在其他人的歡呼聲中翻了一個巨大的白眼。

「他一個演戲的，來這裡添什麼亂啊？他來了這個節目還能看嗎？」安子含忍不住評價道。

蘇錦黎看到安子晏也出現了，就已經進入心灰意冷的狀態，臉色都蒼白了幾分。這個節目沒法參加了，兩個陽氣男，他要怎麼堅持下去？

「他不是你哥嗎？」常思音看到安子晏就兩眼放光，那可是流量小鮮肉欸，有他在收視率有保證了吧？

「是我哥，但是他跟這種節目不沾邊吧？他根本不會跳舞，難得在一個跨年晚會上唱了一首歌，還假唱，被發現以後在網路頭條熱門吵了好幾天，他也好意思來？」

最親的弟弟，賣最狠的料。

緊接著，就聽到安子晏拿著麥克風進行自我介紹：「大家好，我是安子晏，這一次來這個節目很忐忑，畢竟還是第一次跨界做主持人。」

安子含聽完，才少了幾分嫌棄：「喔……主持人啊……」

這個時候幾位評委已經入座，跟站在臺上的安子晏聊起天來，也算是節目初期的破冰環節。

緊接著，藏艾就主動問安子晏：「我看了參加節目的名單，參賽選手是由四十名練習生，跟二十名參加海選的素人組成的。其中有一名選手很特別。」

韓凱：「沒錯，我也注意到了。」

安子晏站在臺上，聽到之後笑了笑，也不避諱，直接問：「說的可能是我們家的家醜吧？」

「家醜？」韓凱奇怪地問。

「就是家醜不可外揚的那種家醜。」

這明顯是一句玩笑話，安子含聽完氣得直喘粗氣，剛想罵幾句，就聽到一直沉默的蘇錦黎說了一句話：「這句話不是用來形容人的。」

安子含側頭看向蘇錦黎，「噗」地一聲笑了。

「你看過《五燈會元》嗎？」蘇錦黎問。

「是……什麼？」

「這句話的出處。」

「喔……」安子含發現，他和蘇錦黎聊不來。

這個時候，就聽到安子晏說：「不過既然他已經來了，就讓他第一個來表演吧。」

安子含聽完整個人都傻了，驚呼了一聲：「不是按照序號來啊？」

安子晏是動真格的，後臺已經有工作人員來找到安子含他們，讓他們首先出場了。

安子含趕緊站起身來，一邊整理自己的衣服一邊說：「這是親哥嗎？我的天。」

蘇錦黎卻鬆了一口氣，微笑著對安子含揮了揮手，有種你終於要走了的愉悅。

安子含看到蘇錦黎的笑臉，有一瞬間的愣神，他還是第一次看到蘇錦黎對自己微笑。

不過，要去參加比賽，安子含也沒多留，快步往出口走去。

不久後，安子含的組合就出現在舞臺上，安子晏站在他們一側，讓他們進行自我介紹。

「你們是以組合的形式表演嗎？」安子晏問他們。

幾個人互相看了一眼之後，還是由安子含來回答：「其實就是臨時搭夥。」

「是因為公司知道你一個人上來肯定會出醜，才這麼安排的嗎？」

安子含聽完有點想笑，卻強忍著，反問：「你能少說兩句嗎？」

「怎麼這樣跟哥哥說話呢？」

「我就不信你能在臺上揍我一頓。」

藏艾聽他們對話覺得特別有意思，於是問：「安子含，在家裡你哥哥會揍你嗎？」

「經常。」安子含拿著麥克風就像打開了話匣子，吐槽起安子晏的惡行，「小時候，我們倆在家裡玩，弄壞了我爸的一個古董花瓶，我們倆都覺得爸爸肯定要生氣，商量好了一起承擔。結果我爸的車剛開進院子，我哥就開始揍我屁股，我爸進門後看到心疼了，就說：『行了兒子，你別累壞了。』然後從我哥手裡接過我，接著揍，我哥就沒事了。」

四位評委老師聽完全部笑翻了，安子晏也是無奈地好半天沒接上話來，跟著尷尬地笑。

只有蘇錦黎聽得特別認真，小聲感嘆了一句：「嗯，真壞。」

他哥哥就不這樣，他哥哥特別護著他。

四位評委老師，會在每組選手表演完之後給予評分，每位老師打分的平均數，即為這名選手的最終分數。

拿到分數後，他們會按照分數的排名，最終進行分組。

安子含、常思音這個組合一共四個人，是在一個多月前臨時組建的組合，配合方面不算是特別

整齊，但是底子都在，表現也可圈可點。

別看安子含平時裡沒有正經的模樣，但是在唱歌、跳舞方面還是有點天賦的，外加也是從小學習，在整個組合裡，都是最出挑的存在。

四位評委進行點評的時候都對安子含進行了表揚。

安子晏在旁邊接兩句話，然後愉快地宣布最終得分。

安子含八十七分。

常思音七十四分。

對蘇錦黎很是鄙視的喬諾六十五分。

最後一名隊員六十三分。

全部勉強及格。

之後，就是五十八號上臺表演節目了，其實也沒在蘇錦黎的前面加幾個人。

不過，每個選手上來後都會先自我介紹，導師詢問問題後，表演節目，再進行評分。快到蘇錦黎的時候已經接近中午了。

蘇錦黎上場時還是有點緊張的，不知道自己只學了半年的東西能不能拿出手。

侯勇跟德哥都誇獎，是因為他們都是公司的人，別人會怎麼看呢？之前選手的表演他都看到了，突然發覺自己的不足還是有一定差距的。

不僅第一次上場表演讓他緊張，前面選手的演出也給他壓力，另一方面是害怕安子晏，他真的很害怕這兄弟兩人，不知道他們愛不愛吃魚？

他穿過通道，走到場上後，引起全部評委的注意。

安子晏看到他並不覺得驚訝，只覺得蘇錦黎這身行頭讓他眼前一亮。

上場前，就有人把麥克風遞給蘇錦黎，小聲告訴他已經打開了，他走上場就聽到安子晏問他：

「你這身衣服很有意思，讓人一下子就記住了。」

蘇錦黎拿著麥克風，警惕地看著他，半晌才回答了一個「嗯」字。

安子晏做主持人沒有經驗，所以這種場面下一般已經不知道該如何接話了。不過他看著蘇錦黎，就莫名的覺得有意思，於是接著問：「你為什麼會選擇穿這樣一身的衣服來參加比賽？」

蘇錦黎老老實實地回答：「比較符合我的歌路，而且……我的經紀人也有這方面的想法。」

「具體是什麼想法呢？」

蘇錦黎羞澀地笑了笑，回答：「呃……我的經紀人讓我在一開始就把人設立穩了。」

安子晏沒想到蘇錦黎連這個都敢說，還真驚訝了一瞬間，不知道這是一個梗，還是這個孩子真的很單純。他朝蘇錦黎走近一步，問：「那你的人設目標是什麼樣的？」

蘇錦黎怕他，於是下意識地往後退了一步說道：「就是溫文爾雅、文質彬彬，特別帥的那種復古型男生。」

安子晏就好像在跟他較勁似的，又追了一步問：「那你覺得你的人設立穩了嗎？」

「只立住了一部分。」

「哪一部分？」

「特別帥的男生。」蘇錦黎回答完，自己都羞得耳朵通紅。

安子晏聽完直接被逗笑了，好半天停不下來。

幾位評委也笑得前俯後仰，只當剛才是一個幽默的梗。

安子含坐在觀眾席，聽完忍不住大笑：「這小子有點意思啊。」

常思音也跟著點了點頭，因為知道這裡有鏡頭在拍，表現有點拘謹：「我覺得他的人設應該是呆萌。」

藏艾拿著蘇錦黎的檔案看，問：「你做練習生多久了？」

「不到半年的時間。」

「時間不長啊，之前學過嗎？」

蘇錦黎搖了搖頭。

「怎麼想到這麼早就來參加比賽，我看你的檔案也只有十八歲，其實可以等多學些東西再來。」藏艾繼續問。

蘇錦黎答道：「其實我的公司從成立到現在，一直都是虧損的狀態，他們希望我能出來拯救一下公司的情況。」

「這麼慘？那平時練習什麼呢？」

「就是騎車去附近的培訓班，跟著其他學生一起學。不過他們都不是練習生，有好幾個是去減肥的。」

藏艾聽完，覺得十分不可思議，整個人都陷入呆滯狀態。

安子晏也忍不住問：「公司也沒包裝你嗎？」

「什麼算是包裝？」

「比如語言、行為的培訓，形象方面的包裝，還有就是維護你的微博，寫你的宣傳稿，給你拍攝一些相片。」安子晏回答的時候，還在朝蘇錦黎走，想要站在他的旁邊，鏡頭裡看著才更好看。

結果，蘇錦黎又躲開了，想了想後回答：「我的經紀人有給我買過面膜。」

安子晏看著蘇錦黎，伸手握住了蘇錦黎的手腕，把他拽回到舞臺中間，說道：「別躲了，再躲都到臺下了，你怕我什麼？」

「沒！您……您特別和藹。」蘇錦黎立即否認了，然而卻十分想抽回手腕。

和藹……安子晏也沒再糾纏，把他拉到舞臺中間就鬆開手。

這時，韓凱說起了自己年輕的時候也從來沒練習過，只是因為熱愛唱歌，到處奔波追尋夢想。

藏艾點頭，「其實他這樣對於素人來說很正常，我只是沒想到公司派來的練習生，居然也是這樣的……毫無專業包裝過。」

的確，如果包裝過，在回答問題的時候是不會說出這些話的。

蘇錦黎簡直是有什麼說什麼，直白得讓他們都覺得蘇錦黎很有趣。

也可能在很多人看來，有點傻。

說了一會，他們就示意蘇錦黎可以開始他的表演了。

其實大家都準備好看一場鬧劇一樣的表演，畢竟通過剛才的問答，他們對蘇錦黎公司的定位就是不專業，對蘇錦黎的印象也是沒怎麼培訓過。

然而開始表演後，評委們都震驚了。

蘇錦黎的聲音很乾淨，在唱歌的時候甚至十分輕靈。

被天使吻過的聲音，似乎可以唱到靈魂的深處，震撼心靈。

一首古風歌曲，用美妙的聲音唱出來，蘇錦黎的舞蹈不算難，亮點是在半途突然從袖子裡抽出一把扇子來，伴著扇子跳舞。

舞蹈融入了太極扇，剛柔並濟，動作行雲流水，衣袂飄飄中帶著一絲灑脫。

他的動作力度是夠的，大開大合，又能夠掌握身體的平衡，可以看出他有武術的底子。

尤其結尾的幾個空翻，讓觀眾席上的幾名學員都鼓起掌來。

少俠果然身手不凡。

安子晏站在舞臺旁邊，有些不舒服地捏了捏自己的鼻子，總覺得臺上的味道太香了，香得他甚至有些不自然。

香味，足以醉人。

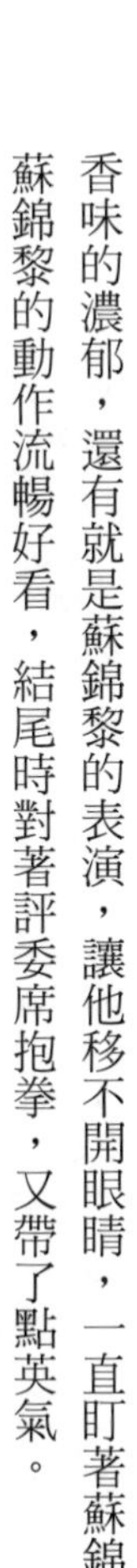

香味的濃郁，還有就是蘇錦黎的表演，讓他移不開眼睛，一直盯著蘇錦黎看。

蘇錦黎的動作流暢好看，結尾時對著評委席抱拳，又帶了點英氣。

常思音心裡是暗暗驚訝的，他一直以為，蘇錦黎是真的能力不行才會被木子桃淘汰。

就像胡老師說的，蘇錦黎都不敢開口唱歌。

然而，這次蘇錦黎剛剛開口他們就被震驚到了，蘇錦黎唱歌真的非常好聽，為何他沒能進木子桃實在令人匪夷所思。

「他是因為什麼沒通過木子桃的面試？公司裡的老師們集體眼瞎了嗎？」安子含問道。

常思音汗顏……安子含不僅僅是賣哥哥啊，而且賣公司也是一把好手。

表演結束了一會，安子晏才回過神來，重新走上臺，韓凱已經問了蘇錦黎問題：「我想聽你唱一首抒情歌曲，聽一聽其他風格的歌，能唱嗎？」

蘇錦黎還是學了幾首歌的，於是清唱了德哥最開始給他放過的歌，評委們聽完頻頻點頭。

藏艾是舞蹈類的評委，又問：「會跳其他的舞嗎？」

蘇錦黎點了點頭，緊接著小心翼翼地問：「我能脫掉外套嗎？」

「古裝太熱了？」安子晏問。

「今天早上覺得冷穿了秋褲，現在有點熱了。」蘇錦黎如實回答。

「脫吧。」安子晏說著走過來，幫著蘇錦黎脫衣服，然後接走蘇錦黎的外套，表現得十分貼心，一點架子都沒有。

這回，又把所有人逗笑了。

蘇錦黎的外套有兩層，裡面就是一件白色的無袖上衣，下身則是寬鬆的褲子。

安子晏站在他身邊，拿著他的外套，往後讓了幾步，打了一個手勢：「music。」

蘇錦黎聽不懂英文，但是能夠聽到音樂，之前在培訓班也跟著老師學過一陣子街舞。

在音樂響起後，隨著音樂的節拍表演了一段即興街舞。

放的音樂是《Shudder》，首先是這首歌的前二十秒，緊接著進度條快速拉了過去，從兩分三十二秒繼續。

蘇錦黎也配合著音樂，跳了一段Popping，中間就算音樂快進，也做到了無縫銜接，隨機應變的能力很強，引來一陣掌聲。

這種舞跟蘇錦黎剛剛表演的太極扇有很大的不同，是一種肌肉快速收縮與放鬆的技巧運用，讓身體產生出在震動的姿態。

蘇錦黎剛剛學了半年，卻已跳得有模有樣了。

「哇喔！」藏艾忍不住鼓了鼓掌，「帥帥帥。」

連續誇了三個字後，就低頭寫了分數。

「這麼快就決定好了？」安子晏看完藏艾的動作，忍不住問。

「對，已經可以了。」

安子晏扭頭看向蘇錦黎，將衣服遞回去，接著問：「還有其他的特長嗎？」

「有，不過經紀人告訴我，那個要留在快被淘汰的時候保命用。」

「我有點好奇，如果你不表演就淘汰你呢？」

「我看過賽制，這一輪沒有淘汰。」

安子晏見騙不過，於是又問：「還有什麼其他的嗎？」

他突然想到，他說起自己會樂器的時候侯勇曾表揚過他，於是回答：「我會吹簫。」

安子晏有一瞬間想歪了，即使強忍著，還是歪著嘴角笑了一下。

安子含看到大螢幕裡安子晏的微表情，指著螢幕說：「我哥想歪了。」

「呃……」常思音從來沒見過這麼能賣哥哥的弟弟。

「我哥挺喜歡他。」安子含又說了這樣一句。

「啊？怎麼看出來的？」常思音很驚訝，立即追問，同時心裡有點羨慕。

安子含道：「我哥不願意跟他不喜歡的人多說話，都是速戰速決。現在我哥一個勁地搭話，跟個臭流氓似的。」

常思音不說話了，他發現之前的選手好像都是速戰速決，包括他自己。

幾位老師賣了會關子，最後發布蘇錦黎的分數：九十一分。

目前場上最高分。

蘇錦黎行禮後，朝觀眾席走，就看到安子含在對他招手。

他不想坐在安子含旁邊，可是……他現在如果不過去，安子含會很尷尬吧？於是他對安子含也揮了揮手，接著坐在了角落。

安子含見蘇錦黎並沒有過來，也不在意，直接走過去坐在蘇錦黎的身邊，笑咪咪地問：「你外套能借我穿穿不？」

蘇錦黎無奈了，只能遞給他，安子含美滋滋地穿上，不過顯然不會穿，蘇錦黎小聲提醒：「反了，應該是這邊在上面。」

「還有反正？」

「嗯。」於是伸手幫安子含整理了一下。

安子含穿好古裝，問蘇錦黎：「好不好看？」

「嗯，綠油油的，挺帥的。」

「真不像是誇獎。」

不久後，臺上又來了一名選手，可以說是技壓群雄。

「波若鳳梨公司的，確實有點實力。」安子含看完表演後，托著下巴點評了一句。

「波若鳳梨？」蘇錦黎重複了一句。

「嗯，三大公司之一。」

蘇錦黎沉默了。

他發現，原來不止木子桃公司名字裡帶水果，還有這家波若鳳梨。

他仔細回憶了一下，發現……好像哥哥的公司是波若鳳梨這個名字，他之前都蹲守錯公司了，怎麼能蠢成這樣。

波若鳳梨的烏羽最後得分九十四分，超過蘇錦黎。

此時蘇錦黎依舊沉浸在絕望中，所以沒有什麼表情，也沒有注意到攝影師特意照了他一個面部特寫。

「這個名字起的，烏羽，也真夠無語的。」安子含笑了笑說道。

「跳舞好好看……」蘇錦黎終於回過神來，感嘆了一句。

「也就是還行。」安子含撇了撇嘴。

「長得也好看。」

「也就是還行。」

等烏羽上了觀眾席，蘇錦黎就感嘆不出來了。

又一個陽氣充足的男生！只是沒有安氏兄弟可怕罷了。

所有的節目都表演完畢已經到了晚上，在場所有人都沒有中途休息過吃飯什麼的。

據說，這第一輪的表演就會播放兩期。

等全部參賽選手都落坐後，安子晏拿著麥克風做最後的總結，在結尾公布了一件讓所有人震驚的事情。

「在座的各位恐怕不知道，在你們入場的時候，就有很多鏡頭對準了你們。」

聽到這句話，在座很多人都覺得莫名其妙。

「在進場後，走廊裡，還有休息室裡的鏡子，都是單面透視鏡，在鏡子的後面隱藏著鏡頭。在你們一進場，就有鏡頭記錄著你們的一言一行。」安子晏拿著麥克風說話的時候，似乎還特意看了安子含一眼。

安子含震驚得表情都木了，想罵髒話卻忍住了。

蘇錦黎突然明白，波波暗示他的意思了。

安子晏：「我們這個節目要選的，是全民優質偶像。無論你們是在臺上，還是在幕後，都要是一個優秀、有禮貌的人。觀眾們會通過鏡頭，看到之前不加掩飾的你，你的人設是否始終如一？」

全場譁然。

緊接著，就聽到安子晏最後問他們：「全民綜合考驗第一關，你通過了嗎？」

之後，安子晏又對著鏡頭說了下面的話：「螢幕前的各位觀眾，通過對這些選手的觀察，估計你們心裡，已經有了你們的想法。如果在座的這些年輕人裡，有你喜歡的選手，可以拿出手機，打開……@￥@#……進行投票。」

「哥！」結束初選的錄製後，安子含就像彈簧般蹦了起來，「嗖」的一聲追著安子晏跑走了。

評委跟主持人最先離場，緊接著才是選手，而且選手們要按照順序退場，這回這些人知道有鏡頭跟拍，開始收斂起來，出場也不著急。

蘇錦黎原本為了離安子含遠一點，故意選擇坐在角落，剛巧是出口的位置，他只能跟著安子含離開現場。

走出去，安子含就像一隻蹦蹦跳跳的兔子，狂奔著追著安子晏，嘴裡念叨著：「哥！哥！救我，救我啊！哥哥！」

「現在想起來我是你哥了？」安子晏回答得特別不走心。

「一直都是，我最親愛的哥哥！」安子含都開始撒嬌了。

安子晏白了安子含一眼，「噁心不噁心？」

「救我啊……不能播啊！不然我就完蛋了。」

「沒得商量，你也是要進娛樂圈的人了，一言一行都被盯著，看你以後注意不注意。」

「也不能剛開始錄影就這樣安排啊。」

安子晏甩開安子含，繼續大步流星地離開。

安子含繼續追，喊了一句：「我說你假唱的事了。」

安子晏聽完，氣得鼻子都歪了。上次假唱的一共是六個人唱一首歌，他總共沒幾句歌詞，幾個人站在一排，其他五人都假唱，難不成他真唱？

結果假唱的事曝光了，就他被罵得最狠，公關都有點擋不住，想起這件事他就氣，回頭就罵了一句：「你他媽的……」

蘇錦黎一直跟在他們的後面，安子晏突然生氣，周身陽氣大盛，猛地面目猙獰地回過頭來，嚇得蘇錦黎身體一顫，險些跌倒，好在扶住了牆。

他扶著牆緩了一會神，心臟還在「撲通撲通」地亂跳。

他差點以為安子晏要用陽氣把他紅燒了。

紅燒錦鯉不好吃QAQ。

「你看看你把人家小朋友嚇的。」安子含指著蘇錦黎質問安子晏。

安子晏也沒想到蘇錦黎居然會這麼怕他，結合前幾次他遇到蘇錦黎時，蘇錦黎閃躲的狀態，安子晏總算確定了這小子似乎很怕接近他。

為了試探，安子晏還走過去問蘇錦黎：「你沒事吧？」

蘇錦黎幾乎是蹭著牆壁往後躲，磕磕巴巴地說：「沒事……您……您先走吧……」

「真沒事？」安子晏又問。

安子晏身高一百九十三公分，比蘇錦黎高九公分，並且比蘇錦黎「膨脹」後的身材還要健美一些，這樣站在蘇錦黎身前，帶著一種壓迫感。

蘇錦黎只覺得讓他渾身緊繃的陽氣撲面而來，更加難受了。

相較於安子含，他更怕安子晏。

安子含的靈魂看起來乾淨一些，是一個骨子裡善良的人，坐在一起還能忍受。但是安子晏不是，安子晏並不是一個好人。

「沒事……」蘇錦黎回答後，慢慢繞開他們，繼續前行。

安子晏看著蘇錦黎離開，又走到安子含的身邊，抬手用食指推了推安子含的頭。

畢竟是親兄弟，安子含知道這個舉動的意思，沒忍住，揚起嘴角笑了笑。

不過，他突然戲精附身，非要繼續演，嚷嚷道：「你不幫我刪，我以後就天天說你黑料。」接著甩袖離去。

安子晏無奈看著安子含離開，接著跟幾位評委聊天：「你們有兄弟姊妹嗎？」

「沒有。」藏艾回答。

「我現在的涵養，都是透過安子含鍛練出來的。」

安子晏坐在剪輯室裡，同時盯著三臺螢幕，身後站了一排剪輯師，一句話都不敢說。

其實安子晏根本沒有時間接這個選秀節目，只是在聽說安子含要參加錄影，拿節目策劃案看了看，看到第一個環節就意識到了不妙。

如果按原本的安排拍攝，安子含說不定第一期就會在鏡頭前跟其他選手吵起來，或者乾脆去泡妞了。他需要派人來節目組掌握絕對的主動權，可以控制安子含的鏡頭數量，還能保證不利於安子含的畫面不會播出去。

然而，突然決定接這個選秀的主持，是因為另外一個人——蘇錦黎。

他看著選手檔案，停留在蘇錦黎的這一頁看了很久。

其實他們只見過兩次面而已，他卻對蘇錦黎莫名其妙地念念不忘。看到蘇錦黎也會來參加節目，他居然衝動地接了這個活。

安子晏天然彎。他很早就意識到了這件事情，又出生在這樣的家庭，從小耳濡目染後知道了自我保護，以至於這麼多年來他都沒談過戀愛，也沒傳過什麼緋聞，將自己的性向隱藏得很好。

他自己並不知曉什麼是陽氣男，只是從小有一個困擾，經常有人靠近他之後就會莫名其妙地對他產生好感，甚至糾纏不清。

剛剛到青春期時就有女藝人，甚至年紀能當他媽媽的女性對他產生好感。還有不少男人以為他沒有那方面的意識，男人之間沒什麼，大多是趁機碰他手臂或後背兩下。

後來在他爆紅的初期，曾經收到過粉絲的血書。還有瘋狂的私生飯經常跟著他，在他不知情的情況下躲進他的家裡，他打開房間的門就看到一地的衣服，接著看到那個女粉絲全身赤裸地躺在他的床上，他直接關門離開，讓助理江平秋去處理，後來他連那間房子都不想要了。

最噁心的還是他小時候，有一位長輩把他拉進一間房間，關上門，對他說：「過來，讓叔叔抱抱。」安子晏差點咬爛了那個人的手，之後兩家再無聯繫。

長大後，安子晏漸漸習慣了這種奇怪的現象，甚至加以利用，從而得到自己想要的東西。並且對身邊進行嚴防死守，不許任何人輕易近身，也很少辦粉絲見面會。

只要不近距離接觸，情況就不會太嚴重。

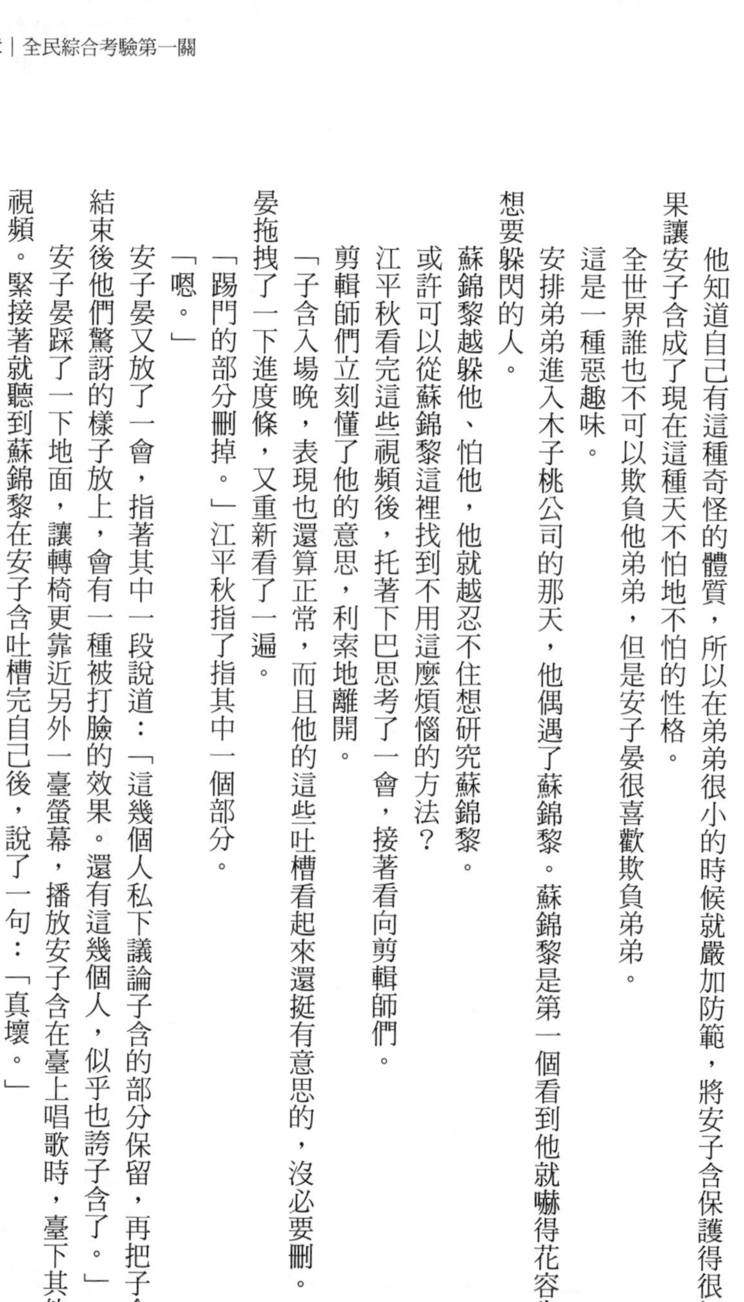

他知道自己有這種奇怪的體質，所以在弟弟很小的時候就嚴加防範，將安子含保護得很好。結果讓安子含成了現在這種天不怕地不怕的性格。

全世界誰也不可以欺負他弟弟，但是安子晏很喜歡欺負弟弟。

這是一種惡趣味。

安排弟弟進入木子桃公司的那天，他偶遇了蘇錦黎。蘇錦黎是第一個看到他就嚇得花容失色，想要躲閃的人。

蘇錦黎越躲他、怕他，他就越忍不住想研究蘇錦黎。

或許可以從蘇錦黎這裡找到不用這麼煩惱的方法？

江平秋看完這些視頻後，托著下巴思考了一會，接著看向剪輯師們。

剪輯師們立刻懂了他的意思，利索地離開。

「子含入場晚，表現也還算正常，而且他的這些吐槽看起來還挺有意思的，沒必要刪。」安子晏拖拽了一下進度條，又重新看了一遍。

「踢門的部分刪掉。」江平秋指了指其中一個部分。

「嗯。」

安子晏又放了一會，指著其中一段說道：「這幾個人私下議論子含的部分保留，再把子含表演結束後他們驚訝的樣子放上，會有一種被打臉的效果。還有這幾個人，似乎也誇子含了。」

安子晏踩了一下地面，讓轉椅更靠近另外一臺螢幕，播放安子含在臺上唱歌時，臺下其他人的視頻。緊接著就聽到蘇錦黎在安子含吐槽完自己後，說了一句：「真壞。」

安子晏抿著嘴唇忍笑，把蘇錦黎這一瞬間認真的表情翻來覆去看了五次，才指著螢幕對江平秋說：「你覺不覺得他挺有意思？」

「嗯，二少似乎也很喜歡他。」

「子含是個顏控。」

安子晏又看了一會視頻後，對江平秋說：「順便多給他幾個鏡頭吧，長得好看，能吸引一些顏控過來圍觀節目。子含錄的第一個節目數據別太丟人。」

「嗯，好。其實有您在，收視率是可以保證的。」江平秋聽完點了點頭，「那波若鳳梨的練習生呢？」

「把這家公司的練習生請來不容易，節目組不可能不給那個孩子鏡頭的，我們打壓也沒用。」

安子晏看著螢幕裡表情冷漠的少年，不知道這位究竟是被波若鳳梨捧的，還是被放棄的？烏羽。

通過初選的選手各自休息一個晚上後，第二天會統一回到這裡集合，一起去訓練營。

蘇錦黎錄完出去後，就被侯勇擁抱了。侯勇個子不高，抱著蘇錦黎時反而顯得侯勇身材嬌小可愛了。

「不錯不錯，全場第四名，男子組第二名。」侯勇激動地拍了拍蘇錦黎的後背，接著鬆開蘇錦黎，問道：「餓了嗎？」

「餓……」蘇錦黎都要餓成一條鹹魚了。

「想吃什麼？」

「火鍋。」

火鍋真是人間美味。蘇錦黎通常會點牛羊肉以及蔬菜盤，從來不會點魚蝦之類的丸子，因為蘇錦黎不吃魚，海鮮類的東西都不吃，唯一吃的東西是海帶。

「你之後要搬到他們安排的地方去住，進行集訓，我去給你買點日用品，還有一些生活必需品，你先吃，我等會就回來。」侯勇幫蘇錦黎點完菜，就風風火火地出門採買了。

這回侯勇十分大方，給蘇錦黎買的東西不便宜，因為蘇錦黎恐怕會在訓練營待一陣子，這期間報補習班的費用都省下了，可以花在這裡。

外加第一次上節目，經費給的比較多。

蘇錦黎自己吃了一會後，就看到迎面走過來一個男生，直接坐在他的面前，他驚訝得嘴裡的東西都忘記咀嚼。

烏羽看著蘇錦黎驚訝的模樣，解釋道：「一個人吃火鍋會顯得很可憐，我不想他們在我對面放毛絨玩具。」

「喔……」蘇錦黎把口中食物吞嚥下去回答。

烏羽叫來服務生，一臉冷漠地點了他自己要吃的東西，又讓服務生換來鴛鴦鍋，卻兩邊都是清湯，他們需要唱歌，過陣子還要錄節目，不能吃辣的。

於是烏羽跟蘇錦黎面對面，各吃各的。

烏羽身上的陽氣充足，倒沒有到安氏兄弟那麼恐怖的程度，只有靠近了才會有一些不舒服。

蘇錦黎努力調整自己的狀態才鎮定下來，就當烏羽只是平常人。

「你跟安家的人很熟？」烏羽突然看向蘇錦黎。

顯然烏羽早就注意到蘇錦黎，看到蘇錦黎一直跟安子含坐在一塊。

「不……安子含比較自來熟。」

「我知道的安子含，好像並不好相處。」

「我也不知道。」

烏羽又看了蘇錦黎幾眼，問道：「你怕我？」

「沒……沒有！」蘇錦黎態度強硬地回答，然而口吃出賣了他。

「我很凶嗎？」

「並不是……我就是……就是慢熱。」

烏羽點了點頭，緊接著說：「我比你大兩歲，今年二十，你可以叫我哥。」

「喔……」

「我初期也沒經過什麼培訓，都是這兩年裡自己學習的。」

「哇，真的？我覺得你超厲害！」

烏羽咀嚼著東西，抬眼看了蘇錦黎，發現他的崇拜似乎是真的，忍不住笑了笑，「我倒是覺得你比我厲害。」

「沒有，我很多東西都不會，今天是比較幸運，放的歌剛巧是我能跳的，不然就完蛋了。」

「等到了培訓營，我們倆應該是在同一間寢室。」烏羽又說了其他的事情。

「啊？」

烏羽解釋：「寢室是按照排名分的，我是第一，你是第二。安子含也會跟我們一個寢室，他是男子組第四。」

蘇錦黎眼睛都直了。

這個訓練營還能混下去嗎？

【第四章】

展開合宿生活

侯勇沒能進入現場，也看不到後期剪輯，不知道蘇錦黎在參加比賽的時候都說了什麼，所以還在樂此不疲地幫蘇錦黎立人設。

以至於蘇錦黎今天的衣服就是復古款的格子褲，灰色的襯衫配著褐色的紋理馬甲，頭頂還戴了一個格子的鴨舌帽。

蘇錦黎沒有近視，侯勇還是給蘇錦黎戴了一副復古款的圓框眼鏡，眼鏡帶著鏈子，搭在脖子上。這樣穿起來，還真顯出了幾分斯文。

蘇錦黎拖著行李箱抵達拍攝基地，緊接著節目組安排大巴將他們載往訓練營。

蘇錦黎注意到練習生的身邊都跟著一個小團隊，其中安子含的團隊最誇張，居然還有私人化妝師，在安子含上車前還在給安子含補妝。

素人參賽選手也有自己的家人陪同，只有烏羽一個人形單影隻。

之前吃火鍋的時候就是，為了不顯得孤單，坐在根本不熟的蘇錦黎面前。

這回也是，一個人拖著行李過來，然後一個人直接上了車。

波若鳳梨不是大公司嗎，為什麼烏羽身邊連個助理或者經紀人都沒有？

上車後，蘇錦黎遲疑了一下，還是坐在烏羽的身邊。

烏羽側頭看了他一眼，覺得奇怪：「怎麼沒跟你的朋友坐在一起？」

「他們正好四個人。」蘇錦黎知道他說的是常思音他們。

「面和心不和。」

「常思音人很好的。」蘇錦黎跟烏羽說。

「一個人也代表不了一個組合，不過，他們的組合表演完那麼一回就散了。」

「嗯……」蘇錦黎不知道該說什麼了。

兩個人坐在車上，烏羽打開自己的行李，取出耳機打算戴上，扭頭問蘇錦黎：「要聽歌嗎？」

「嗯。」蘇錦黎點了點頭。

烏羽分給蘇錦黎一個耳機，主動插進蘇錦黎的耳朵裡，接著播放手機裡的音樂。

蘇錦黎挺羨慕烏羽可以用手機聽歌的，他有手機，可惜手機記憶體不夠，相片都得拍幾張之後就刪除，下載幾個APP之後手機就卡卡的了。

「這首歌好好聽。」蘇錦黎聽到一首旋律他很喜歡的歌，立即興奮地對烏羽說。

烏羽看了看左右，接著提醒：「你不用說得那麼大聲，我聽得見。」

「喔。」蘇錦黎尷尬地輕咳了一聲，問了他很感興趣的話題：「你的公司員工多嗎？」

「對外宣傳五千人。」

「對內呢？」

「流動性很大，而且部門很多，很多助理還沒轉正就被藝人嫌棄了，所以這個真不好說。」

蘇錦黎低著頭，想像著自己在五千人裡找到哥哥的可能性。

實在不行，等綜藝結束之後，他就回山上找爺爺問一問吧，然後再軟磨硬泡著下山。

現在的情況，真的很讓人心灰意冷。

到達訓練營後，果然跟烏羽說的一樣是按照排名分寢室。

參加比賽的選手，在訓練營裡不再分為練習生跟素人了，大家都會住在一起。

所有的參賽選手裡，男選手有三十六人，女選手二十四人。

訓練營的房間是像酒店一樣的規劃，走廊是「回」字型。

男女生並沒有分開，都住在同一層，只是女生住的房間大多是在走廊裡面，男生的在外面。

蘇錦黎的房間是501房，就像與世隔絕了一樣。從電梯走出來，往左走是大部隊的房間，往右側走一段，裡面只有一個房間，就是501。

讓蘇錦黎喜歡的是門對面有一面金色的鏡面牆壁，他可以在走廊裡練習。

他站在鏡子前欣喜的工夫，烏羽已經走進寢室，蘇錦黎趕緊跟著進去。他從來沒有住過集體寢室，進來後覺得很新奇，看著房間裡的上下鋪，還特意蹦起來看了看上面。

「你們好。」另外一名室友已經在寢室裡了，看到他們進房連忙跟他們問好。

這名室友是第三名範千霆，是一名說唱型的男生，長得不算多帥，但是帶著點痞氣，有種壞男孩的感覺。範千霆也算是自來熟的性格，會主動跟他們說話，說話的時候自帶一點五倍速，一不留神，範千霆前一句話就說完了，蘇錦黎還沒回過神來。

烏羽指著床鋪，問：「你們想怎麼分配？」

「我隨意。」範千霆回答。

蘇錦黎怕高，所以不大想住在上面，於是回答：「我可以住在下面嗎，我有點怕高。」

「我習慣倒頭就睡，下面比較方便。」烏羽回答。

「行。」範千霆開始收拾上面的床鋪。

安子含姍姍來遲，進門就開始罵：「我他媽繞著走廊整整走了一圈，都跑女生那邊去了，結果發現寢室在這呢，還被數落了幾句臭流氓。我就不懂了，我真流氓，會在剛進寢室的時候去嗎，肯定是晚上夜襲啊！」

蘇錦黎沒答話，低下頭認認真真地收拾床鋪，生怕安子含注意到他。

安子含拿著行李箱，看著他們幾個，只有範千霆回答他：「那邊是502，這邊就是501了唄。」

「我當這邊是消防通道呢。」安子含說完，不客氣地又補充了一句：「欸，我要住下鋪，我個子高，住在上面不行。」這句是說給蘇錦黎跟烏羽聽的。

蘇錦黎立即停下來，可憐巴巴地看著安子含，猶豫要不要讓給安子含。

烏羽沒理安子含，繼續收拾。

「報身高吧，我一百八十七公分。」安子含主動說了身高。

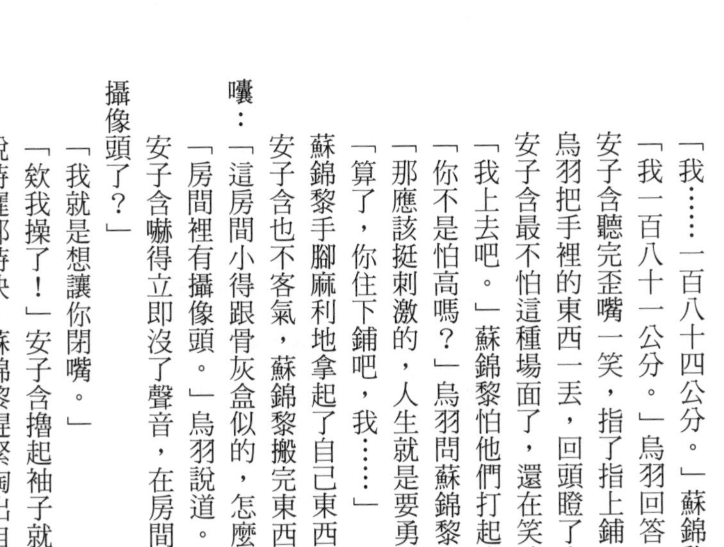

「我……一百八十四公分。」蘇錦黎回答。

「我一百八十一公分。」烏羽回答。

安子含聽完歪嘴一笑，指了指上鋪，「矮子，你上去。」

烏羽把手裡的東西一丟，回頭瞪了安子含一眼。

安子含最不怕這種場面了，還在笑嘻嘻地看著烏羽，一副你能把我怎麼樣的態度。

「我上去吧。」蘇錦黎怕他們打起來，主動做了讓步。

「你不是怕高嗎？」烏羽問蘇錦黎。

「那應該挺刺激的，人生就是要勇於冒險。」

「算了，你住下鋪吧，我……」

蘇錦黎手腳麻利地拿起了自己東西，往上鋪扔，「沒事沒事，我睡那裡就行。」

安子含也不客氣，蘇錦黎搬完東西就直接坐在下鋪，用手撐著身子，翹起二郎腿，看著環境嘟囔：「這房間小得跟骨灰盒似的，怎麼住人？」

「房間裡有攝像頭。」烏羽說道。

安子含嚇得立即沒了聲音，在房間裡找了好幾回也沒看到攝像頭，這才又去問烏羽：「哪裡有攝像頭了？」

「我就是想讓你閉嘴。」

「欸我操了！」安子含擼起袖子就朝烏羽走過去。

說時遲那時快，蘇錦黎趕緊掏出自己壓箱底的零食，問他們：「你們吃速食麵嗎？」

場面一靜。

范千霆原本趴在上鋪想要看熱鬧，看到蘇錦黎勸架時慌張的樣子，「噗哧」一聲被逗笑了。

烏羽不再理會，繼續收拾東西。

安子含也沒再糾纏，行李箱一扔就到處參觀起來，還去浴室裡看了看設備，又打開櫃子，拍了拍其中一個位置說：「這個是我的了。」

沒人理他。

「這個是蘇錦黎的。」安子含還順便幫蘇錦黎占了另外一個上面的櫃子。

烏羽回頭看了安子含一眼，「住著下鋪，偏去占上鋪的櫃子。」

「怎麼，就是我素質低啊。」安子含回答得理直氣壯。

「小學生吧？這麼幼稚。」

「管得著嗎？」

蘇錦黎撕開袋子，取出一塊小圓餅的速食麵，塞進安子含的嘴裡。

安子含下意識地嚼了，問：「你也想我閉嘴？」

「的確是你……不大對……」

安子含看著蘇錦黎，撇了撇嘴，沒再說什麼，只是把自己的行李箱扔進下面的一個櫃子裡，算是妥協了。

這個場面如果是在熟悉安子含的人面前發生，估計這些人都會驚訝，向來不受管束的安子含，居然乖乖聽話了，真是神奇。

烏羽沒再說什麼，這場戰爭就這樣結束了。

蘇錦黎還想繼續看看門口的大鏡子，他的公司窮到鏡子安裝一直不順利，一個裝飾牆面的暗金色的鏡子都讓他喜歡得不行，又到了鏡子前晃悠。

在蘇錦黎出門後，範千霆探頭看了看門口，忍不住嘟囔了一句：「在比賽的時候，我還覺得他是裝的呢，沒想到私底下也這樣。」

「裝什麼啊，因為沒通過木子桃的審核，天天去木子桃門口晃悠，看著怪可憐的。」安子含回答，依舊沒有收拾床鋪。

「他挺厲害啊，怎麼沒選上木子桃呢？」

「不知道，我也納悶。」

「你們覺不覺得他長得有點像波若鳳梨的沈城？」

安子含原本還挺愜意的，聽完就不樂意了，直接反駁回去：「放屁，蘇錦黎比那個假笑臉強多了，不是天生笑眼就都是一個系列的。」

「像不像先不說，世家傳奇跟波若鳳梨不和，我今天算是確認了。」範千霆回答。

烏羽跟安子含互看一眼，同時冷哼了一聲。

沈城是波若鳳梨的一哥，史上最年輕的影帝。

沈城拿影帝的時候才十三歲，一個少年獨挑大梁，扮演一名少年英雄，在電影裡演技精湛，讓很多老戲骨都讚不絕口，說沈城是一個好苗子。

事實證明，他們的看法是對的。之後幾年，沈城的事業一直順風順水，又因為為人低調，且多行善事，成了娛樂圈難得的無黑點男藝人。

波若鳳梨跟世家傳奇兩家娛樂公司，向來不和，是擺在明面上的競爭關係。

安子晏跟沈城每次同框都會展現出商業化的微笑，以及眼底遮掩不住的殺氣。

誰也不服誰，誰也看不順眼誰，說不定哪天就會鬥起來。

正當蘇錦黎捧著速食麵袋子，在鏡子前晃悠的時候，常思音走了過來，問他：「錦黎，子含在寢室嗎？」

「嗯，在呢。」

他跟著常思音一塊走進寢室，接著就看到常思音特別自然地打開安子含的行李箱密碼，然後拿出東西來幫安子含整理床鋪。顯然，常思音經常幹這件事情，安子含像是早就習慣了似的，站在旁邊跟著看，還到蘇錦黎的身邊抓了一把速食麵吃。

「這是自帶老媽子？」範千霆忍不住問了一句。

「唉……」常思音嘆了一口氣，「我在家裡就經常照顧妹妹，所以都習慣了，再加上安子含什麼都不會。」

「就像一個癡呆的孩子。」烏羽靠在床上，手裡捧著一本書正在看，在這時插了一句嘴。

「癡呆打死人不犯法我告訴你！」安子含指著烏羽，開始隨口胡謅。

「有沒有點常識？」

「沒有，我癡呆。」

常思音正在幫安子含整理床鋪，抬起頭來看了看他們倆，又回頭看向蘇錦黎，問：「你們寢室的氛圍這麼火爆？」

「呃……你們寢室怎麼樣？」

「都挺好的，室友還帶了特產分給我們。」

安子含好像得到了靈感，蹲下身翻自己的行李箱，翻出一個平板電腦給蘇錦黎，「送你了。」

「這個是……你們那裡的特產嗎？」蘇錦黎捧著平板電腦，詫異地問。

「不，別的東西真沒法送了，我有一包沒開封的內褲你要不要？」安子含還在行李箱裡翻找。

烏羽扯著嘴角冷笑了一聲，估計是在嘲笑安子含的幼稚。

「我不要了……」蘇錦黎遞還回去。

剛巧這個時候，節目組的人招呼他們去錄東西，蘇錦黎趕緊歡歡樂樂地走了，他現在覺得只要在寢室少待一會就是幸福的。

需要錄的是個人的單獨視頻。

他們四個人被安排在一個小房間裡，房間裡的背景牆是這個選秀節目的LOGO。

烏羽補了妝，是第一個進去錄製的，畢竟是全場最高分。其他三個人則被安排在外間化妝，等會要拍攝他們的個人海報，以及拍攝出來做投票用的頭像，還滿重要的。

烏羽出來時，蘇錦黎還在吃速食麵，怕碰到口紅，吃的時候張大了嘴，就像被餵食的小鳥。

「這麼好吃？」說著，烏羽伸手在蘇錦黎的袋子裡抓了幾塊。

「不是，如果不吃完，很容易就軟了。到裡面是做什麼？難嗎？」蘇錦黎指了指小房間。

安子含跟範千霆去拍攝相片了，他被安排在這裡等。

「會問你一些問題，你跟著回答就好，表現自然點就可以。還有就是錄一個單獨拉票的小視頻。」烏羽回答。

「剛才安子含分析，輪到後面幾組估計會很晚了。」

「明天練習的途中單獨叫出來錄唄，反正我們一直都在這裡。」

「也是。」

工作人員來叫蘇錦黎後，他將速食麵給烏羽，烏羽幫他擦掉嘴角沾著的東西後，蘇錦黎起身去錄製的房間。

蘇錦黎坐下後，工作人員拿著本子問他：「你有沒有印象比較深刻的表演？可以點評一下其他人的表現。」

「嗯，有啊。」緊接著，蘇錦黎就打開了話匣子，可是說了半天，都是哪個選手唱得好好聽、哪個選手跳舞好好看，沒了。一點可以拿來播放的梗都沒有。

工作人員開始跟蘇錦黎講解：「你可以看一下這些視頻，想像你現在就在現場，對他們的一些表現進行點評，還可以有一些有趣的表情啊、總結什麼的。你這樣每個人都誇，到最後可能連你一個鏡頭都沒有。」

早在蘇錦黎來之前，侯勇就給他科普了搶鏡頭的重要性。只有他有鏡頭了，觀眾們才能注意到他，才能吸引粉絲喜歡他。只有被喜歡了，他才能順利地出道，幫助公司走出困境。

蘇錦黎開始苦思冥想，工作人員再次提示：「批評他們也行。」

「烏羽吧，在被採訪的時候，還是一張很嚴肅的臉，話也不多，我還以為他會唱很酷的歌。沒想到表演以後，中間有一段這個動作，還配合了一個噘嘴的表情，我就覺得好可愛。」

說著還站起身來，學了一下烏羽的動作跟表情。

又錄了一會，他們就放棄了，只是讓蘇錦黎錄一段單獨的拉票視頻。

蘇錦黎對著鏡頭，突然微笑，笑容自然且燦爛，讓不少工作人員都感嘆起他的顏值。

「善良的人給小錦鯉投票，是會有好運的喔！」蘇錦黎回答完，突然想起了什麼，抬手捏了一下自己的臉。

上次有女生調戲他的時候就被捏了臉頰，是不是證明現在的人喜歡這個？

想了想，又覺得視頻恐怕太短了，於是雙手抬起來，在身體兩側分別做海浪的動作，接著故意抖著聲音說：「水逆退散。」

最後轉了一個身，擺了一個街舞姿勢，結尾。

出去後，還要拍攝相片，蘇錦黎依舊是對著鏡頭露出燦爛的微笑。之後攝影師指揮他變化姿勢跟表情，見他實在是不會配合，還找來之前安子含拍攝的相片給他看。

別看安子含的性格最讓他們頭疼，在其他方面卻是節目組最喜歡的。

比如安子含在錄單獨視頻，採訪他對其他選手的看法時，簡直是侃侃而談，並且各種梗接連不斷，表情也特別有趣，隨便截圖都能做顏表情。

拍攝相片也是這樣，他的鏡頭感很強，幾乎不需要指揮就會自己變換動作與表情，並且知道自己的哪個角度比較好看，一直亮出那個角度。

蘇錦黎又佩服了安子含幾分。

蘇錦黎的模仿能力還是有的，看了安子含的相片找到感覺，跟著模仿了幾個表情跟動作，立即換了一種風格。

安子含結束全部工作後，回來看蘇錦黎拍攝，一看就樂了。

「你怎麼傻乎乎的呢，我的衣服擺這個姿勢還行，你就有點怪了。」安子含說完，過來幫蘇錦黎調整姿勢，順便整理了一下衣服，「繼續。」

相片全部拍攝完畢，蘇錦黎到一邊看了看成片，選擇幾張做自己的宣傳海報，還有選一張做投票的頭像。

「頭像選擇笑的吧。」安子含看了幾張之後給出意見：「你的風格就是這樣，會讓人一下子記住，這個頭像比較重要，有些人瞎選就是看臉亂投。」

「嗯嗯，好的。」

烏羽完成了所有的拍攝，到他們這邊跟著看，指著螢幕說：「選這張吧，五官看得清楚。」

「他還是選擇笑的比較好。」

「他本來就是笑眼，這樣笑的話就看不出來了，選這個比較好。」

蘇錦黎絕望了，好像不管選哪張都會得罪一個人，他們倆看對方不順眼，別拿他開掐啊！

「我……選這個！」蘇錦黎指了一張非他們兩人選擇的照片。

微微低下頭朝前看，單手推眼鏡。

「這個撞造型的太多了。」安子含立即搖了搖頭。

「沒錯。」烏羽也跟著說道。

這兩個人倒是意見統一了。

最後還是攝影老師幫蘇錦黎選的，蘇錦黎終於得救了，到一邊去休息。

然而，到食堂吃飯時，左邊坐著烏羽，右邊坐著安子含，真的是人間地獄。

范千霆就坐在蘇錦黎的對面，因為想笑，吃飯的途中直噴飯粒，畫面看起來賊噁心。

第二天就開始上課了，所有的選手分為三組進行分別培訓。

蘇錦黎寢室的人全部都在A組，常思音比較幸運，是A組最後一名。

A組中有十一名男生、九名女生。

大家在訓練室裡席地而坐，蘇錦黎的左邊是烏羽，右邊是安子含，他真的覺得這個訓練營不好混。兩個陽氣充足的男人似乎跟他死磕上了，總是跟他形影不離，一左一右，還總是對著幹，他真的是毫無辦法。

在訓練室裡等了二十分鐘後，終於有人推門進來，進來的人是韓凱。

韓凱進來後，直接宣布了比賽規則。比賽第二輪會以抽籤的形式進行分組，四個人一組，組成五個隊伍。

這一次比賽是由評委老師對每個人的表現進行打分，每個組裡分數最低的一名成員將被淘汰，進入待定區。

進入待定區，只有開通投票平臺後，得到票數前五名的選手可以留下，其他選手將不會再有復活的機會。

他們是A組，都是初賽表現最好的選手。也就是說，他們抽到的對手也是最厲害的，並不是進入四十五人名單就完全沒事。

投票平臺開始後，四十五人裡，投票最少的五人會被淘汰，也就是跟待定區投票最高的五人進行互換。這一輪，將會直接淘汰六十人中的十五人。

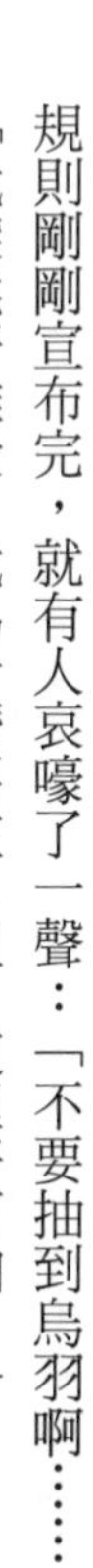
規則剛剛宣布完，就有人哀嚎了一聲：「不要抽到烏羽啊……」

「我突然好難受，我為什麼要在A組，這裡好可怕！」

韓凱聽完突然嚴肅下來：「其實你們在A組，也不是說明你們就是最優秀的，在別的組的選手就是差的。只是他們第一輪的發揮，給了我們第一印象，如果因為緊張失誤了呢？所以，這並不是你們能夠掉以輕心的理由。」

「有點意思。」安子含揚起嘴角笑了笑，扭頭問蘇錦黎：「你最不想和誰一組？」

「只要別跟你們幾個在一組就好。」蘇錦黎回答。

「我倒是期待跟某人一組，然後親自幹掉他。」安子含瞥了烏羽一眼。

烏羽扯著嘴角冷笑，沒回答。

韓凱老師那裡有五首歌的歌名，他們需要到盒子裡抽籤，抽到同一首歌的人自動成為一隊。

蘇錦黎深呼吸後抽了歌名，打開後看到歌名《新不了情》，一首經典的歌曲。

他拿著歌名回到原來的位置坐下，探頭看了一會，就看到烏羽、安子含、常思音都不是他的這首歌。他們幾個人裡，只有烏羽跟常思音碰到一組，常思音似乎有點絕望。

原本蘇錦黎是鬆了一口氣的，結果韓凱剛剛給他們上課，他的心就沉了下來。

韓凱讓幾個組的成員一起唱一遍他們抽到的歌，找一下感覺。

輪到蘇錦黎這組的成員唱歌後，韓凱只點了蘇錦黎的名字：「蘇錦黎，你的問題很大啊。」

「啊？」蘇錦黎愣了一下。

「其實在初選的時候我就注意到了，你唱情歌的時候，沒有情感，只是乾巴巴地按照旋律將一首歌的歌詞唱出來。」韓凱繼續指點。

蘇錦黎有點慌，小心翼翼地問：「這樣不對嗎？」

「你唱歌的時候根本沒有投入情感，你抽的這首歌又是非常考驗情感的歌。別人都在悲傷，用

情至深，你就像個渣男一樣，根本沒有認真對待這份感情。」

蘇錦黎抿著嘴唇，心中忐忑起來。

「你談過戀愛嗎？」韓凱試圖讓蘇錦黎代入情緒。

蘇錦黎搖了搖頭，「沒有。」

「那有沒有暗戀過？」

「也沒有。」

「這個可以不用害羞，別在意偶像包袱，會對誰有好感很正常。」

蘇錦黎再次搖頭，「真的沒有。」

「那有人追求過你嗎？」

蘇錦黎被問得幾乎絕望了，「韓老師，您問的這些問題真的太讓人難過了……」

「你這麼帥，都沒有人追求過你嗎？」韓凱特別驚訝地問蘇錦黎。

蘇錦黎苦著一張臉，委屈兮兮地說：「對啊，其實我特別想談戀愛。」

「為什麼，是因為沒談過想試試？」

「不是，就是感覺不談戀愛、不多吃些好吃的，我做人幹麼啊？」

蘇錦黎回答完，其他旁聽的學生笑成一片。

安子含最誇張，「咯咯咯」地笑得左右亂晃，最後乾脆在地板上躺下，身體還在一顫一顫地「咯咯咯」，一副需要被搶救的樣子。

「那你有沒有特別思念的人？」韓凱還是堅持，希望蘇錦黎能夠代入感情。

「有，我的哥哥。」

「很久沒看到哥哥了？」

「嗯，我剛當人沒幾年就和哥哥分開了，我這次想出來闖蕩，就是為了找哥哥，但是，因為很

多原因，至今還沒找到他。」
韓凱不能在這個問題上跟蘇錦黎聊太久，畢竟後面還有其他的學生要指導，於是，只是告訴他：「那就代入對你哥哥的思念，想想你一直很想念一個人，因為某種原因，你們再也不能見面了。你們明明可以做很好的兄弟，偏偏一直被耽誤，你會不會不甘心？」
蘇錦黎點了點頭，「會。」
「心裡會不會難受？糾結？思念？不能在一起，他還偶爾出現在你的視野裡，卻叫別人弟弟、對別人好，你會不會心情有波動？」
蘇錦黎突然愣了一下，仔細想了想，回答：「會哭的。」
「好好去體會。」
蘇錦黎又低下頭，看著手裡的歌詞，在其他的組唱歌時，試著代入感情去唱這首歌。
為了不打擾別人，他特意到角落裡一個人小聲哼哼。
安子含走到蘇錦黎的身邊，蹲在他身側，拍了拍他肩膀，說道：「沒事，以後我就是你哥。」
「你別搗亂啊，我剛代入感情。」
「嘿，你小子還不領情？」
「你多大？」蘇錦黎問。
「比你大一歲。」
「安哥。」蘇錦黎特別乖地叫了一聲，純屬是因為禮貌。
安子含被叫得渾身舒坦，笑咪咪地點頭，接著拍了拍蘇錦黎的頭，「乖弟弟。」
到了訓練後期，蘇錦黎發現他選的這首歌是A組裡比較簡單的。
烏羽、常思安抽了需要飆高音的歌，好幾次唱破音，一邊喝水，一邊找韓凱詢問控制的方法。
安子含的歌需要邊唱邊跳，在蘇錦黎哼歌的時候，安子含還要去跟舞蹈老師學習舞蹈。

範千霆最慘，一個擅長說唱的人抽了一首抒情歌，唱著唱著就變了調，於是開始研究能不能改編。他的這首歌只需要四個人坐在椅子上，安靜地唱歌就行了。

據說，他們唱歌的時候舞臺燈光會變暗，只照到他們幾個。旁邊的樂隊會給昏暗的燈光，只能看清輪廓，舞臺上只會聚焦他們幾個在唱歌而已。

這首歌需要準備的時間是一個星期，他們幾個人分了詞之後，蘇錦黎開始對著鏡子唱歌。

到了中午休息時間，蘇錦黎覺得嗓子有點不舒服，在訓練室裡席地而坐，感到虛脫。

烏羽跟著坐在旁邊，從自己的包裡掏出潤喉糖，擠出一粒給蘇錦黎。

安子含也在這時過來找蘇錦黎，到他們身前還在跳動作。

烏羽抬頭就看到安子含在面前晃來晃去，立即不爽地問：「你能不能別在我面前晃胯？」

烏羽說完，安子含還變本加厲了，把外套一搭，掛在手臂上露出肩膀來，專門對著烏羽扭來扭去，手順著大腿根往下摸了一把，這也是一個舞蹈動作。

安子含又是那種有點小性感的男生，做這樣的舞蹈動作還挺有衝擊性的。

烏羽蹙著眉頭看完，抬腳就要朝安子含的褲門踢過去。

安子含立即快速躲開，順勢坐到蘇錦黎對面，眼巴巴地看著烏羽手裡的潤喉糖。

其實烏羽特別不想給，又不想在鏡頭前鬧得不愉快，最後還是無奈地給了安子含一顆。

結果安子含不領情，吃了之後就感嘆一句：「真難吃。」

「難吃就吐了。」

安子含沒吐，嚼碎了吞下。

常思音垂頭喪氣地坐在烏羽的對面，小聲嘟囔：「這回的這些歌都是經典曲，倒是會唱。但是一想到要參加比賽，不是平時的場合就有點緊張，唱著唱著，突然就覺得好像不是那個調了，而且高音部分也是在乾嚎。」

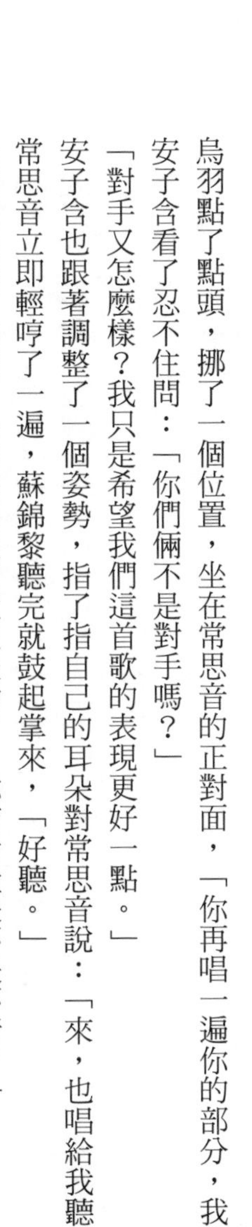

烏羽點了點頭，挪了一個位置，坐在常思音的正對面，「你再唱一遍你的部分，我聽聽。」

安子含看了忍不住問：「你們倆不是對手嗎？」

「對手又怎麼樣？我只是希望我們這首歌的表現更好一點。」

安子含也跟著調整了一個姿勢，指了指自己的耳朵對常思音說：「來，也唱給我聽。」

常思音立即輕哼了一遍，蘇錦黎聽完就鼓起掌來，「好聽。」

烏羽則是搖了搖頭，「你唱到後面就沒後勁了，你肺活量是不是不行？」

「不是很好。」

烏羽其實也算是看出來了，木子桃這個組合裡，也就安子含的實力強一些，其他的人都是過來陪著安子含的。

常思音其實資質一般，長相端正，卻沒有其他的閃光點，唱歌不錯，卻也沒非常好。跳舞的力度有了，但舞蹈的後半段有點喘，錯了幾個節拍。

性格上也有點太好說話了，沒有個性特點。

「腹式呼吸法知道吧？」烏羽起身，伸手按住常思音的肚子，讓常思音跟著他的節奏呼吸。

蘇錦黎發現烏羽教的方法，跟他從小就開始練習的吐納有些接近。

「聲靠氣傳。」烏羽繼續指導，「這是很淺顯易懂的，你應該知道吧？」

常思音點了點頭。

蘇錦黎跟著呼吸一會後，拿來常思音的歌詞，哼哼了兩聲之後，唱了常思音的部分。

他在高音部分控制得非常好，並且游刃有餘，唱完後驚喜地抬起頭說：「我發現這種呼吸方法我也會欸！」

結果就看到三張齊刷刷的震驚臉，一直埋伏在練習室的攝影師，還過來給了他們幾個一個特寫鏡頭。

「怎麼了？」蘇錦黎覺得很奇怪。

「你會海豚音嗎？」安子含下意識地問。

「公司的哥哥教過我，是不是就是這種？」蘇錦黎清了清嗓子後，開始飆起了海豚音。清澈的聲音，沒有一絲雜質。

並不是蒼白的乾嚎，而是用好聽的聲音，唱出了天籟般的旋律。從高音，又降了下來，接著低聲吟唱，沒有一句歌詞，旋律都很陌生，偏偏特別好聽。

「好聽。」安子含第一個讚嘆起來，「你這首歌叫什麼啊？」

「沒什麼歌，我就是自己編的調子，用來每天早上開嗓的。」

「自己編的？你是不是有作詞、作曲的天賦啊？」

「上一次的表演，我自己編舞。」

常思音則是驚訝得表情都沒有了，不過很快就鬆了一口氣：「幸好沒抽到跟你一組，不然我的自信心都要崩塌了。」

「可是我覺得你唱得很好聽啊。」

蘇錦黎不是那種會在攝像機前就故意擺出另外一張面孔的人，他這時的誇獎都是認真的，看著常思音的眼神特別真摯。

「我……總是覺得我實力好像還不夠。」常思音唉聲嘆氣了一句。

蘇錦黎伸出手，在常思音的頭頂揉了揉，「善良的人是會有好運的。」

「我這算是收到了錦鯉的祝福嗎？」常思音開玩笑地說道，現在大家都知道蘇錦黎的名字諧音是錦鯉。

「啊，你怎麼知道？」

「你還真承認啊？」常思音終於好了一些。

《錦鯉大仙要出道1》 墨西柯◎著 原若 森◎繪
愛吻文創 https://www.facebook.com/iyao.book/

結束練習，蘇錦黎回到寢室，發現寢室裡一個人都沒有，終於鬆了一口氣，從自己的箱子裡取出換洗的衣物，打算去洗個澡。

這時，安子含突然從門口走進來，看到蘇錦黎要洗澡，立即問：「一起洗啊？」

「啊？」

「我們東北澡堂子都是開放式的，大家都一塊洗。」安子含回答。

「你還去澡堂子啊？」

「肯定的啊，我住校生。」安子含說完，就快速地收拾東西，打算跟蘇錦黎一起洗澡。

蘇錦黎把頭搖得像個撥浪鼓，連連拒絕：「別了吧。」

他不能出汗，稍不留神沒用法術控制住，魚鱗就會出現，所以才選擇這個時候偷偷回來洗澡。

他沒想到安子含竟然跟著回來，就像一個跟屁蟲。

「行了行了，瞅你那樣，你自己洗去吧，我在寢室裡待會。」安子含坐在寢室的椅子上，暫時休息一會。

蘇錦黎趕緊進浴室，將門鎖緊了，站在浴室裡洗澡。正愉快地刷著魚鱗，安子含就在門口敲門，對著浴室裡面喊：「蘇弟弟，你再唱一遍你的海豚音。」

蘇錦黎整條魚都提高了警惕，問：「能等我出去再唱嗎？」

「不能，你現在不唱，我就踹門進去。」

蘇錦黎沒辦法，關了水，一邊刷魚鱗，一邊哼唱自己練嗓的調子。

結果哼唱完了，安子含還是不滿意：「你再唱首歌聽聽。」

「你幹麼啊？」蘇錦黎都無奈了。

「就是想聽。」

蘇錦黎沒辦法，就又唱了一遍《新不了情》。

安子含拿著視頻，對著視頻通話裡的安子晏說：「怎麼樣，我新弟弟唱歌是不是不錯？」

安子晏還是戲裡的扮相，穿著一身特警的服裝，臉頰上還有點血，造型看上去很爺們，安子含看著還挺順眼的。

「嗯，行，就是我把手機的聲音開到最大了，你說話聲小點。」安子晏靠著椅子，手裡拿著劇本繼續看，只是戴著耳機跟自己的弟弟聊天而已。

「訓練太累了，煩死我了。」安子含終於放過蘇錦黎，再次坐回到椅子上，小聲地說。

「你不是自己想去的嗎？」

「我就想一直比啊比的，誰知道不是自選曲目啊，還是得練習。」

安子晏隨便看了看安子含，想看看自己的弟弟有沒有變瘦，結果看到視頻後面有一樣東西在空中飛了過去，立即蹙眉。

安子含一直背對著，並沒有看到，所以根本沒在意。

安子晏整個人都不好了。

「你……寢室……」安子晏欲言又止。

「怎麼了？」

「還有別人在嗎？」

「就我新弟弟一個啊。」

「……」

蘇錦黎發現自己居然忘記拿內褲了，內褲都放在床鋪上，他又不能出去，只能將門開了一條縫，趁安子含沒注意，用控物術將內褲隔空取物過來。

拿到內褲後，用浴巾擦乾淨全身，還吹乾了頭髮，確定身上沒有魚鱗了，才穿上衣服出去。

安子含回過頭，看到蘇錦黎出來，忍不住問：「你怎麼翻來覆去就這麼兩件衣服？」

「我……經紀人沒給我買太多。」

安子含起身，在自己的行李箱裡拿出一套衣服，丟給蘇錦黎，說道：「我的衣服你應該都能穿，你穿吧。」

「不用……」

「穿著吧，過兩天我家裡還給我送衣服過來，我一身都是汗，洗澡去了。」安子含說完就進了浴室。

然而……視頻沒關，手機還放在懶人手機架上。

蘇錦黎的微信沒有幾個朋友，根本不會視頻通話，也不知道這回事。在安子含進去之後，就站在寢室裡換衣服。

上衣跟褲子都脫掉了之後，他拿起安子含的衣服，來回看哪邊是正面，以及吊帶褲該怎麼穿。

安子晏看著視頻裡的畫面，有點不知道自己該不該繼續看。按理說，他一個大老爺們，看另外一個男人換衣服沒什麼，但他是GAY。

這麼看著蘇錦黎在鏡頭裡肆無忌憚地換衣服，再看看蘇錦黎的身材，就覺得這波不虧，他是不是該誇安子含幹得漂亮？

安子晏承受著心中道德底線的批評，還經歷了一場嚴峻的內心掙扎，仍目不轉睛地看完蘇錦黎換衣服。

小夥子身材不錯。安子含的品位不大對，所以買的衣服都不大對。

蘇錦黎穿著一條非常亮眼的檸檬黃吊帶褲，褲腿特別肥大，走起路來一蕩一蕩的。

上身是一件白色跟檸檬黃相隔的條紋T恤，心口的位置有著一個香蕉的刺繡。

他穿上以後，就覺得自己簡直就是一個刺眼睛的存在。

他在寢室裡晃了晃之後，就不在意了，而是坐在椅子上繼續唱歌，依舊是《新不了情》。

「回憶過去，痛苦的相思忘不了，為何你還來撥動我心跳，愛你怎麼能了，今夜的你應該明瞭，緣難了，情難了……」

安子晏低下頭看了一會劇本，又抬眼看了看視頻裡認真唱歌的蘇錦黎。

耳機裡是蘇錦黎清唱的聲音，視頻裡是蘇錦黎清秀的臉龐，似乎是唱得動了情，眉頭微蹙，竟然讓安子晏有點心疼。

不該讓這個少年傷心難過的，應該保護起來。

結果蘇錦黎剛剛唱完，就突然起身，在自己的櫃子裡取出零食吃，吃完一袋接著一袋，讓安子晏覺得自己簡直是看了一個吃播。

蘇錦黎似乎有點著急，所以吃得狼吞虎嚥，臉頰鼓鼓的，努力咀嚼，然後嚥下去。

其實他是想在安子含洗完之後，再跟安子含一塊去練習室，那裡不許吃零食。

安子含出來以後，看到蘇錦黎就說了一句：「你穿這身挺顯白啊。」

「有點太亮了。」

「今天，你就是全《全民偶像》裡最亮的仔。」

蘇錦黎抬頭看向安子含，揚起嘴角笑了一下。

安子晏的心口突然一顫，這個少年的笑容可以直戳人心。

「我覺得我們寢室裡有點不對勁。」安子含伸手取下手機，當自己哥哥早就不再看了，直接關了視頻，對蘇錦黎說。

「什麼啊？」

「浴室裡總有一股魚腥味。」

「……」

浴室總有魚腥味這件事，被安子含定義為501靈異事件，並且神經質地召集了501全部的成員來調查這件事情。

安子含跟範千霆說完，範千霆也立即回應，說自己也注意到了，最開始還當是這裡的住宿條件差，怕顯得自己矯情就沒提起過。

後來他發現，周圍都沒有做菜的地方，怎麼會有魚腥味呢？而且開了風扇也半天不散。

烏羽覺得無趣，卻也跟著安子含他們一起爬樓梯去了六樓。

蘇錦黎心虛得直打嗝，一直「咯咯」地跟著他們。

一起到了六樓，幾個人探頭探腦地看，想要看看樓上有沒有人養魚。

結果他們驚訝的發現，六樓的601居然是設備室！

安子含嚇得說話都不成調了，指著房頂問：「我們、我們……要不要再去樓頂看看，是不是樓上有蓄水池？」

「反正來都來了。」範千霆好像膽子挺大的，首先帶著他們上了頂樓。

樓頂是個大露臺，上面還在晾床單，都是他們這些寢室裡換下來的。

他們在上面晃了一圈，什麼都沒發現，最後又下了樓。

蘇錦黎拍著自己的胸脯，試了憋氣的方法，也沒讓打嗝停止。

烏羽站在他身邊，小聲問：「要不要喝點水？」

「啊……不要提水。」

「害怕？」

「嗯，沒有水就不會有魚了。」

烏羽撇了撇嘴，對蘇錦黎說：「別聽他們倆瞎扯，寢室的水是乾淨的，我試過。」

「試過？」

「就是接水到盆裡，端出去之後再聞，是沒有魚腥味的。」

什麼時候這麼做的？原來烏羽也注意到了？

回到寢室，安子含敷著面膜，扠著腰，拿腔拿調地說了起來：「我覺得我們寢室有問題，我去常思音他們寢室看過了，根本沒有這些古怪的味道。」

烏羽又說了自己做過實驗的事情，他們就沉默了。

「會不會是水管子裡死過魚，一直卡在裡面？」範千霆問。

安子含拿著面膜，拿水燙了一下後遞給蘇錦黎一張，「這個面膜效果挺好的，你試試。」

蘇錦黎依舊沉浸在心虛之中，搖了搖頭說：「不……不用了。」

烏羽覺得蘇錦黎就是被安子含他們嚇到了，於是制止他們：「你們別嚇唬蘇錦黎了，他膽子小，洗澡次數還多，以後會害怕的。」

安子含大手一揮，「蘇弟弟，你別怕，哥以後保護你呢。」

「我們要不要請兩張符啊？」範千霆詢問。

一直比較沉默的蘇錦黎終於說話了：「別，千萬別。」

「為什麼啊？」

「會……會影響風水，影響我們的運勢，錦鯉被封住，是會逆向而行的。」

「你究竟是真迷信，還是開玩笑呢？」安子含鬧不明白了。

「我出去唱歌了！」蘇錦黎立即起身，走出房間，去樓梯間裡練習唱歌。

三十六計走為上計。

安子含則是去了門口，對著門口的鏡面牆壁跳舞，沒再討論這件事情了。

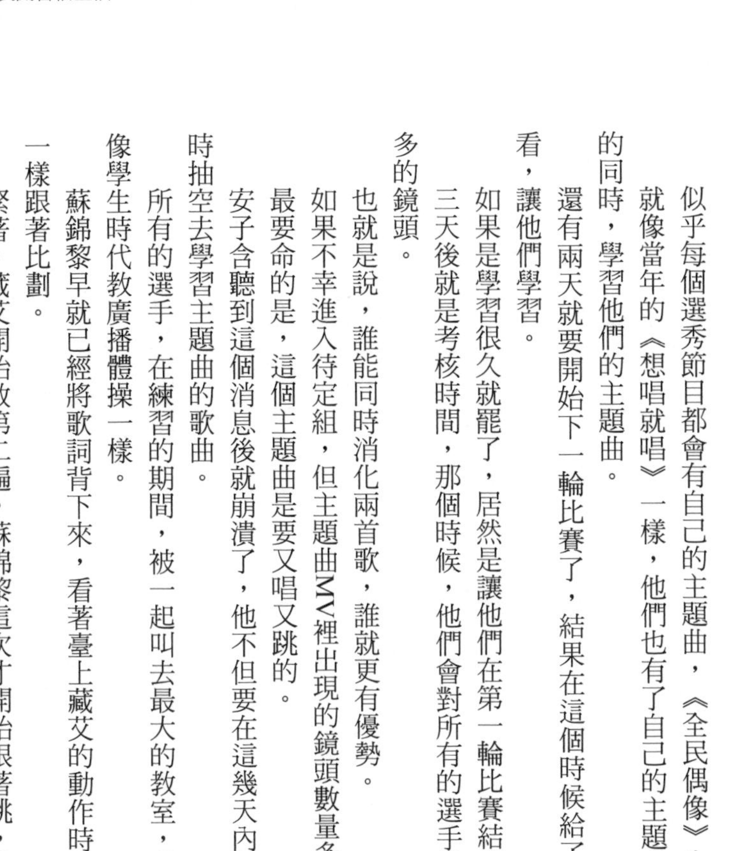

似乎每個選秀節目都會有自己的主題曲，《全民偶像》也一樣。

就像當年的《想唱就唱》一樣，他們也有了自己的主題曲，還需要所有選手在準備下一輪比賽的同時，學習他們的主題曲。

還有兩天就要開始下一輪比賽了，結果在這個時候給了他們主題曲的歌詞，還有視頻給他們看，讓他們學習。

如果是學習很久就罷了，居然是讓他們在第一輪比賽結束後的第二天，就要錄製主題曲。

三天後就是考核時間，那個時候，他們會對所有的選手進行考試，表現足夠好的選手就會有更多的鏡頭。

也就是說，誰能同時消化兩首歌，誰就更有優勢。

如果不幸進入待定組，但主題曲MV裡出現的鏡頭數量多，說不定會拉回一些人氣來。

最要命的是，這個主題曲是要又唱又跳的。

安子含聽到這個消息後就崩潰了，他不但要在這幾天內跟同組的人練習好他們的舞蹈，還要同時抽空去學習主題曲的歌曲。

所有的選手，在練習的期間，被一起叫去最大的教室，藏艾站在臺上教他們主題曲的動作，就像學生時代教廣播體操一樣。

蘇錦黎早就已經將歌詞背下來，看著臺上藏艾的動作時並沒有動，而是一直看著，不像其他人一樣跟著比劃。

緊著，藏艾開始教第二遍，蘇錦黎這次才開始跟著跳，動作已經幾乎沒差了。

過目不忘，在這裡用到了。

顧桔一直在場邊看，看了一會後，突然把蘇錦黎叫上臺。

蘇錦黎突然上臺，面對臺下其他五十九名學員還有點緊張，於是詫異地看著顧桔。

顧桔示意了一下，讓藏艾跟蘇錦黎一個面朝前、一個面朝後地跳舞。

音樂響起來後，臺下的其他學員就看到蘇錦黎跟藏艾好像一起練過很久似的，一點不差地將整個舞蹈都跳了出來。

木子桃娛樂的喬諾看到蘇錦黎學得這麼快，不由得直咬嘴唇。

他可是數落過蘇錦黎的，覺得蘇錦黎只有長相而已，沒想到學東西這麼快，還跟前幾名的選手混得這麼好。誰不知道跟著這幾位待在一起，肯定能混到不少鏡頭。

韓凱一直站在臺邊看著他們表演，忍不住感嘆：「蘇錦黎學習的速度很快。」

顧桔也跟著點了點頭，「並且每個動作都做到位了，等一會我再去糾正他幾個小細節，他就算是學會了。我覺得，可以給他MV的C位。」

「可是他在跳舞的時候面無表情。」

「這的確是一個問題，他的舞臺表現能力太差。」

「再看看吧。」

他們一同練習了五次之後，隊伍就解散了。

安子含回去的時候問蘇錦黎：「你跟他們學過嗎？」

「沒有啊，我就是現學的。」

「挺牛啊，不過你的表情不夠炸，就是舞臺的感染能力幾乎等同於零。」

「我不大會這個。」

安子含拉著蘇錦黎進入練習室，往後一退，跳起了他比賽時需要跳的舞，並且同時清唱歌詞。

他的表情跟舞臺表現力，恐怕是所有選手裡數一數二的。

他平日生活夠瘋，到舞臺上更瘋，就像終於掙脫了鐵鍊般，整個人都野了起來。

「I don't want to do this any longer, I don't want you, theres nothing left to say, Hush hush, hush hush.

I've already spoken, our love is broken, Baby hush hush……」

安子含唱著蘇錦黎一句都聽不懂的歌詞，他只能聽旋律。

看著安子含對著他一個人單獨跳舞，好幾次被安子含的氣勢弄得下意識後退，想給安子含讓開場地，這種氣勢真的炸。

訓練室裡突然亂了起來，剛剛進來不久的人又紛紛離開訓練室。

「沈城居然來了！」有人驚呼了一聲。

「他來當評委嗎？」

「不是，就是來找烏羽的。」

接著，圍觀的人更多了，可惜他們好像都沒看到沈城本人。

蘇錦黎扭頭看過去，卻被安子含拽了回來，對他說：「你再跳一遍給我看。」

「那邊怎麼了？」

「喔，來了個小明星，你過去也看不到，那人最喜歡搞神祕。」

果然，之前跑出練習室的人都被趕了回來。

蘇錦黎想到是波若鳳梨公司的人，有點不死心，到門口探頭探腦地看了看，直接被顧桔趕回去：「蘇錦黎，你的舞臺表現能力有問題。」

「剛才子含在指點我了。」

「你再努力，我也想幫你再爭取一下，過來，我教你。」

烏羽走進三樓的會議室，左右看了看，這個破地方跟倉庫似的，也就沈城能選擇這種地方見

面。他進來後，沈城依舊坐在椅子上，看著落地窗外的景色沒理他。

「有事？」烏羽問他。

「沒有。」

「哈？」

「你爸讓我來勸勸你，可我知道勸了也沒用，我又不大能拒絕他，只能過來意思一下。」

烏羽冷笑了一聲，問：「怎麼？需要我配合你在這個房間裡多待一會，讓他們告訴你的主子，你勸了我很久嗎？」

「不好意思，我沒空，我會在十分鐘後離開。」

烏羽翻了一個白眼，坐在椅子上也不打算說話了。

沈城轉過轉椅來，看向烏羽，突然感嘆：「長高了。」

「我已經二十歲了。」

「喔……」

「你也沒必要沒話找話。」

「想出道當藝人？」沈城單手拄著下巴問烏羽，似乎覺得聊聊天總比尷尬地坐著強。

「你們不想我拋頭露面，我知道。」

「其實你爸前陣子，想把你送到那個財閥家族的老爺子那裡去。」

烏羽微微蹙眉想了想，緊接著就暴怒而起，「他不會想把我送去當繼子吧？」

「反正你的身分也見不得光，不如就送到那邊，萬一老爺子看中你，收了你呢。」

烏羽越來越憤怒了，站起身想要砸東西，最後卻忍住了。

財閥家族的老爺子，中年失去獨子，晚年傳出消息想要收養一名繼子，改為他的姓，可以繼承他的家產。

為了這讓人仰望的財富，很多年輕人擠破了頭。
烏羽估計，他爸也動了這個心思。
「我倒是好奇，老爺子有什麼要求，我爸會想到讓我去。」烏羽又問。
「命硬吧。」沈城隨意地說。
那麼多人不擇手段地想得到那個身分，命不夠硬，估計是不行的。
「就這個？」
「不，就是讓老爺子覺得相處起來舒服就行。還有消息說，老爺子不喜歡藝人，所以你爸不想你出道。」
「喔……」烏羽隨便答應了一聲。
沈城站起身來，走到烏羽身前，伸手拍了拍烏羽的頭，「加油吧，我走了。」
烏羽沉默地回到練習室，心情差到極點，卻更有鬥志了，想要更加努力，他一定要出道！
剛剛走進練習室沒幾步，蘇錦黎就突然撲到他身上，緊張兮兮地問：「誰摸你的頭了嗎？」
「你怎麼知道？」烏羽詫異地問。
「誰？」
烏羽被蘇錦黎這麼緊張的樣子弄愣了，下意識回答：「沈城。」
「他在哪裡？」
「剛剛離開。」
蘇錦黎沒有猶豫，立即衝了出去。
蘇錦黎跑出去的時候，沈城他們早就離開了，他連個汽車尾氣都沒看到。
如今沈城正當紅，經常是來去一陣風，以此躲避記者跟私生飯。
跟烏羽聊完，沈城就直接快速離開，還帶著一個小團隊來護行，節目的工作人員都沒幾人看到

沈城本人的。

烏羽又因為心情低落，在會議室裡多坐了一會才回去，蘇錦黎衝出來的時候，自然早就找不到人影。

蘇錦黎失落地回到練習室，看到安子含在門口蹲著，看向他，問：「怎麼，你是沈城粉絲？」

顯然，安子含看到他風風火火跑出去，故意在門口等他呢。

「也不是……就是想跟他確認一件事情。」

他現在沒辦法跟安子含說，他懷疑沈城是他的哥哥，畢竟沒有確認，不能說這種話。

而且，沈城似乎很紅，他也懂了一些人情世故，知道這樣算是一種抱大腿的行為，如果沈城不是哥哥就尷尬了。

「放棄吧，他那個人踐得要命，我跟他見過幾面，都沒跟他說過一句話。」安子含對沈城的印象真就不怎麼樣。

「他應該很溫和吧？」

安子含聽完冷哼了一聲，笑道：「溫和是在鏡頭前，私底下逼人一個。」

聽到沈城被安子含這麼說，蘇錦黎有點不舒服，於是反駁：「那是你不瞭解他。」

「瞧你這標準粉絲的口氣，別再隱藏了行嗎，小迷弟。」

蘇錦黎也沒再說什麼，只是拿出手機搜索沈城的消息。

用手機搜索之後，就能看到沈城一系列的新聞跟相片。他點開相片看了一眼，看到沈城俊朗的面容以及那一雙笑眼，突然有點想哭。

他思念了哥哥很多年，終於熬到他滿十八歲可以下山找哥哥，拿到地址就迫不及待地出來了。

結果出來後把地址弄丟了，他在木子桃公司門口晃悠了半年，還被人數落。

現在，一個人在人間闖蕩，什麼都不懂，經常鬧笑話。

他特別想跟哥哥說當練習生好累啊，他真的不會英語，他好多不懂的地方，現在都不怎麼敢洗澡，他特別害怕。

他有好多好多話想跟哥哥說，看到安子含跟安子晏的關係那麼好，他真的很羨慕。

可是……他怎麼這麼蠢啊……蘇錦黎蹲在走廊裡，委屈地縮成一團，簌簌地掉眼淚。

安子含一下子就懵了，回頭看到有攝影師走過來，立即擋住，「這個不用拍。」

攝影師還想執著，不過杠不過安子含，最後還是放棄了。

安子含最近可是沉浸在當哥哥的喜悅中，看到蘇錦黎這樣忍不住安慰道：「你別哭啊，不就是沒見著嗎，過兩天我託人給你要一張簽名？」

安子晏如果知道安子含去找沈城要簽名，一準暴跳如雷，安子含說不定還會挨頓揍，但是現在毫無辦法。

「你能聯繫到他本人嗎？」蘇錦黎試探性地問。

「我是世家傳奇老總的兒子，跟波若鳳梨是對頭，上哪兒聯繫他去？估計被我聯繫到了，沈城也會直接掛斷電話。」安子含說得也在理。

「那我去問問烏羽。」

蘇錦黎擦了擦眼淚，回到練習室，看到烏羽對著鏡子，一邊跳主題曲的舞，一邊唱自己即將比賽的歌，看起來不倫不類，卻意外認真。

這勁頭也是拚了，蘇錦黎有點不敢打擾，於是打算等晚上再問烏羽。

「沈城？」烏羽啃了一口蘇錦黎請的雪糕後，微微蹙眉問。

蘇錦黎認真地點了點頭。

「你是他的小迷弟？」烏羽又問。

好像這個理由更能說服人，於是蘇錦黎點了點頭。

烏羽往休息的長椅上一靠，搖了搖頭，「我跟他根本不熟，只是同一間公司而已。他今天過來也不是看我，而是完成任務，慰問一下而已，之後我們估計依舊是陌生人。」

「那你能聯繫到他嗎？給我一個聯繫方式就行了。」

「你恐怕不大瞭解沈城，他的微信好友人數不超過二十個，一般人都不加，只有關係好到一定程度才行。想從沈城經紀人、助理那裡聯繫沈城更是直接被拒絕，連問的餘地都沒有。」

烏羽說完，從口袋裡取出手機，想了想後打了一通電話，想要跟同公司的人要到沈城的聯繫方式。答案是：「沈城不喜歡被打擾，整個公司裡知道沈城聯繫方式的，恐怕只有高層那幾位。」

烏羽放下手機，看到蘇錦黎失落的樣子有點於心不忍。

他自己也不知道為什麼，見到蘇錦黎就對他印象特別好，想要親近，估計是覺得他性格好？

烏羽吃完了整根雪糕，才鼓足勇氣，給自己的父親打了電話。

接通後，是父親冷漠的聲音。

烏羽一向不喜歡聯繫他，每次聽到這種聲音就心灰意冷，尤其是今天知道父親居然要把他推出去做財閥家族的繼子，就覺得自己在父親的心裡一點重量都沒有。

「我想問問你，有沒有沈城的聯繫方式？」烏羽說道。

「你去參加一個破選秀節目，我就不再管你了，你還想跟沈城有點牽扯，讓他給你拉票嗎？」

「你……不想我跟他有聯繫？」

「自然。」

「喔。」烏羽的反應特別快，直接掛斷了電話，跟蘇錦黎說：「抱歉，我也無能為力。」之後

陷入了沉默。

沈城不是他父親安排來勸他的，那為什麼要過來告訴他這些事情？是……怎麼回事？

沈城好心來告訴他父親的決定，還是來挑撥離間的？真是一個讓人捉摸不透的人。

蘇錦黎坐在烏羽的身邊也陷入沉默，完全是一種絕望的狀態。

他終於知道爺爺為什麼那麼自信，覺得他很快就會回去了。

爺爺不想他出來，所以只給他一個地址，讓他自己去找哥哥。他對外界一無所知，興奮感使然，直接出來了。

現在看來，爺爺是篤定他就算知道哥哥的地址，也找不到哥哥，真找到住址附近，也會被當成是粉絲攔下來。

哥哥不知道他下山了，也不會有所準備，根本不會注意周圍的人，真的很讓人崩潰啊。

他怎麼忘記了，爺爺可是一個狐狸精啊！老狐狸就是他！以後怎麼辦啊？

「你說……等我紅了，是不是就有機會接近他了？」蘇錦黎問烏羽。

「嗯，應該是吧，你就那麼喜歡他？」

「我就是很想見見他。」

「其實見過心情反而會不好，他私下跟鏡頭前並不一樣。」

已經第二個人這麼說沈城了，蘇錦黎側頭看向烏羽，有點疑惑。

他哥哥人很好的啊……

烏羽也在看他，看著蘇錦黎失落得眼皮都有點下搭了，就更加捨不得，思考著該如何勸他。

沒成想這個時候，安子含走了過來，拿著手機，對著他們倆照了一張相，「你們倆這個深情對視的相片發出去，肯定就一腐圖。」

烏羽看到安子含就會秒變臉，一臉不耐煩。

安子含也不在意，笑嘻嘻地站在他們對面問：「馬上第二輪比賽了，緊張不緊張？」

「還好。」蘇錦黎回答。

「肯定不會在第二輪就被淘汰。」烏羽自信滿滿。

「聽說了嗎？有人抗議他們私底下藏鏡頭，暴露自己的隱私，去節目組抗議了。節目組一直沒鬆口，那人乾脆要退賽，只求節目組把鏡頭刪了。」安子含八卦之心大起，聊起這件事情。

「不是一直在鬧嗎？」蘇錦黎也知道這件事情，只是沒仔細問過。

「最新消息是，新來的替補練習生會是華森娛樂的，節目組就當之前根本沒有那個人，補錄一份第一輪比賽的視頻，之後直接安排進那個退賽人的組裡，頂替位置。」

「我們都練習這麼久了，他突然來能行嗎？」蘇錦黎想了想，就覺得這種事情很不可思議。

「怎麼不行，華森娛樂的那位據說非常牛逼。而且我們第二輪比賽的歌都是老歌，八零後跟九零後的回憶，張口就來，熟悉的人根本不用練。」

烏羽發現，安子含說的時候小眼神一個勁地瞅他。

那模樣根本就是：華森也來牛逼人了，你怕了吧？

烏羽懶得理他，只是問：「空降C組，會不會有點丟人？」

「丟什麼人啊，這就需要演技了，你知道嗎？」安子含回答得理直氣壯。

烏羽點了點頭，「嗯，我懂了。」

蘇錦黎莫名其妙地問：「怎麼就懂了呢，我沒懂啊。」

「很簡單啊，就是在錄的時候，讓這個選手出個錯，結果第一輪評分非常低，去了C組。之後逆襲上來，不就彌補了嗎？那位選手也不丟人，還會因此吸引心疼他的粉絲。」

「還可以這樣啊？這不是沒有真實性了嗎？」蘇錦黎忍不住問。

「那怎麼辦？曝光之前那名選手在後臺跟另外一個選手罵罵咧咧，互相看不順眼，私底下數落

對方的視頻？那這個人真是沒出道就一身黑了。」

蘇錦黎跟著思考了好一會，不過還是沒再說什麼：「那只能這樣了。」

「不然呢。」安子含聳了聳肩。

三個人並肩往回走的工夫，安子含又去自動販賣機買水了。

安子含是個大水罐子，每天喝的水奇多，晚上都要買好幾瓶。

烏羽對蘇錦黎說：「我請你喝飲料吧。」說完也跟著去販賣機前挑選。

蘇錦黎站在不遠處等著，突然走來一個女孩子，一頭烏黑的長髮披散在肩上。似乎是剛剛練習結束，上衣都濕透了貼在身上，顯露出極好的身材。

腰間還繫著一件外套，搭在腿上。

她走過來，雙手背在身後，問蘇錦黎：「蘇錦黎，我們能加好友嗎？」

「喔，可以啊。」蘇錦黎沒多想，取出手機，跟女孩子加了微信好友。

「我叫張彩妮，你可以叫我小妮子。」

「嗯，我改備註……」蘇錦黎在螢幕上一筆一劃地寫著文字。

「我覺得你唱歌特別好聽，我是聲控，特別喜歡你的聲音。」

「是嗎？謝謝啊。」

烏羽跟安子含在一邊看著，安子含一臉的恨鐵不成鋼，問烏羽：「這小子是不是傻，那妞明顯對他有意思，他一點感覺都沒有。」

烏羽也跟著點頭，「這麼輕易就加好友了？」

他們倆就像看著自己不爭氣兒子的父母，等女孩子走了才過來。

安子含攬著蘇錦黎的肩膀，「你小子被女孩子勾搭了，怎麼一點也沒反應？」

「啊？不是加微信好友嗎？」

「女孩子主動跟你加好友，她又不是做微商的，你還不明白這代表什麼意思？」

「她……她……對我有好感嗎？」蘇錦黎這才反應過來。

「對啊。」

蘇錦黎的臉頰以肉眼可見的速度紅了，且紅得透透的。

安子含看著蘇錦黎覺得有意思，還捏了捏蘇錦黎的耳垂，「你臉紅居然是粉紅色的，你可真夠白的。」

「我……我現在該怎麼辦……我要不要跟她說話？」蘇錦黎已經緊張得語無倫次了。

烏羽本來心情不好，看到蘇錦黎這副樣子也被逗笑了。

「你是打算交往了？」安子含問。

「沒有啊，沒喜歡呢，我就是不知道該怎麼辦了。」

「那就高冷一點，越得不到就越有味道。」

「我不懂……」

安子含拍了拍蘇錦黎的肩膀，幾個人一邊上樓，一邊聊著安子含的感情經驗。

走出電梯，剛走沒幾步就有幾個在走廊裡彈吉他的女生看到他們，主動打招呼。

安子含對她們拋了一個飛吻。

「你們都是長得好看的男生一起玩嗎？」有一個女生問。

「我們仨一個寢室。」安子含回答。

「大明湖畔的範千霆呢？」

「他不愛跟我們在一起。」

蘇錦黎回到寢室，緊張兮兮地拿著手機，看了看張彩妮的相冊。

張彩妮屬於御姐型的女生，首輪比賽唱的是一首重金屬搖滾，聲音有點啞，卻透著魅力。

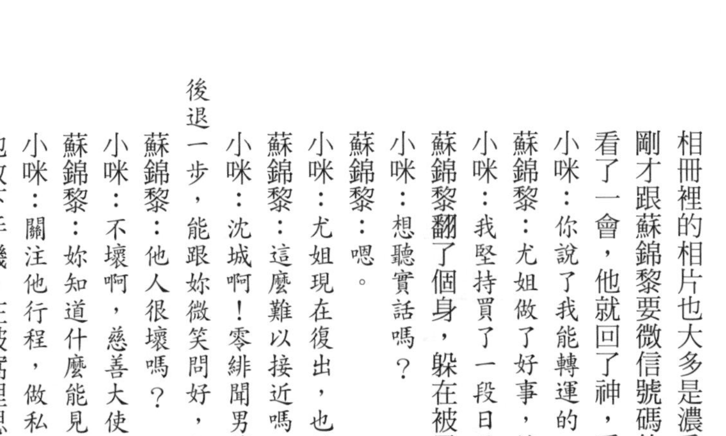

相冊裡的相片也大多是濃重的煙燻妝。

剛才跟蘇錦黎要微信號碼的時候倒是素顏，看起來滿清純的。

看了一會，他就回了神，看到小咪發來的消息。

小咪：你說了我能轉運的，為什麼尤姐都轉運了，我還沒有？

蘇錦黎：尤姐做了好事，轉運快，妳會慢一些。

小咪：我堅持買了一段日子的彩券，我要放棄了。

蘇錦黎翻了個身，躲在被子裡繼續打字：妳能聯繫到沈城嗎？

小咪：想聽實話嗎？

蘇錦黎：嗯。

小咪：尤姐現在復出，也就是三線藝人。沈城是超一線，尤姐根本勾搭不到的人。

蘇錦黎：這麼難以接近嗎？

小咪：沈城啊！零緋聞男藝人，知道這意味著什麼嗎？只要是女性，他跟妳對視後，必定會先後退一步，能跟妳微笑問好，絕對不握手的人。

蘇錦黎：他人很壞嗎？

小咪：不壞啊，慈善大使，就是不大好親近，據說私下說話特別狠，很毒。

蘇錦黎：妳知道什麼能見到他的方法嗎？

小咪：關注他行程，做私生飯，或者紅了以後跟他合作。

他放下手機，在被窩裡思考該如何做，安子含突然踩著自己的床，扶著蘇錦黎身邊的欄杆，對著他喊：「睡個屁啊，起來嗨！」

蘇錦黎被嚇得身體一顫，惶恐地回頭看向他：「你幹麼啊？嚇死我了！」

「新選手來了，你要不要去看看，剛剛到寢室。」

「我不去了，反正以後也能看到。」

安子含耐不住，跟範千霆一塊去圍觀了。

新選手的到來，就跟學校裡的插班生似的，會讓人覺得新奇，尤其新選手還是華森娛樂的。

十五分鐘左右後他們倆就回來了，安子含回來關上門，就開始吐槽：「這貨怎麼回事，過分熱情了吧？」

「還老說我可愛，我一個大老爺們可愛什麼啊？」範千霆也跟著抱怨。

蘇錦黎在上鋪探出頭來問：「怎麼了？」

「新來的那個華森的選手，簡直就一個假笑BOY，看誰都笑嘻嘻的，對我跟範千霆這叫一個熱情，讓我渾身不舒服。」安子含搓了搓自己手臂上的雞皮疙瘩。

「性格友好還不好啊？」蘇錦黎不解。

「不是，給我的感覺就是特別假，反正我不喜歡。」安子含回答完，走到蘇錦黎的身邊，捏了捏蘇錦黎的臉，「哥哥還是喜歡你這樣的，單純不做作。」

「你倆也噁心，這個比賽還有沒有直男了？」範千霆躲得遠遠的。

「放屁，我有三個女朋友呢。」

「牛逼啊你，腎可以嗎？」

「心大，容天下。」安子含張開手臂，一副心懷天下的模樣。

「渣男。」烏羽冷聲說了一句。

後半夜，就在安子含跟烏羽的鬥嘴中度過了。

【第五章】

全民潑水節的危機

第二天，是第二輪錄製前的最後一次排練。

這天安子晏也來了，蘇錦黎在訓練的空檔，被安子含拉去看安子晏跟幾位評委補錄新選手的片段。他們站在觀眾席的樓梯旁邊，因為安子含的身分讓他們沒有被工作人員阻攔。

安子晏表現得很自然，還會小聲跟新選手說要選擇哪個角度才不會穿幫。

蘇錦黎終於看到華森的這位替補選手周文淵，他跟安子含一般大，都是十九歲。

周文淵唱了一首英文歌曲，旋律很好聽，聲音很有辨識度。

「唱得不錯啊。」安子含雙手環胸小聲嘟囔。

「嗯，而且眼神好棒。」蘇錦黎跟著感嘆。

「這就叫舞臺表現能力，眼神殺，懂嗎？」

「嗯嗯，在看呢。」

唱到中途，周文淵突然忘詞，尷尬地看著周圍，想要重新開始唱卻搶了節拍。

安子含撇了撇嘴，「演技不錯啊，這小眼神顯得無助啊。」

之後就是評分階段，果不其然，評委們都給了不高的分數，讓他只能去到C組，就算如此，周文淵也是含著眼淚對所有人表示感謝。

真別說，這委屈的模樣還真有幾分讓人覺得心疼。

「長得挺秀氣，屬於可愛的那一類。」安子含繼續點評。

「是啊，感覺很親切。」

「覺不覺得他跟你是一個類型的？你倆犯沖。」

「不會啊，我是復古風。」

安子含數落了一句：「得了吧，你人設早就崩了。」

補錄完畢，安子晏拿走麥克風，稍微活動了一下身體。

這時周文淵走到安子晏的身邊，小心翼翼地問：「前輩，您覺得我剛才表現得可以嗎？」

「嗯，戲挺足，瞬間淚目本領不錯，有演戲的天賦。」

「哎呀，被偶像誇獎好開心。」周文淵露出一個大大的笑容，整個人散發著甜甜的味道。

「怎麼，是我粉絲？」安子晏隨口問，人已經往臺邊走了，他看到安子含站在那裡。

「當然了，我是您鐵粉，錢包裡都是您的相片。」說著還摸了摸口袋，突然想起來，「抱歉，我上節目前忘記帶來了。」

「嗯，無所謂，之後的比賽好好加油。」

沒想到周文淵依舊繼續跟著他，說著其他無關緊要的事情：「我在參加比賽之前，還在看您的電視劇呢，就是現在正在播的那齣。」

說話間，已經走到安子含身旁，周文淵立即興奮地問：「子含，你是來看我比賽的嗎？」

安子晏隨口問了一句：「你們倆很熟？」

「對啊，子含昨天晚上還特意去歡迎我了，我超級喜歡他，覺得他是真性情，特別可愛。」

安子晏點了點頭，不想繼續跟周文淵聊天，提醒他：「趕緊去訓練吧，你的時間比較緊。」

「嗯，好，前輩您要記得我啊。」周文淵說完，雙手舉過頭頂，用手臂比量了一個心形，之後就離開了。

臨走時，還對蘇錦黎點了點頭，微笑示意。

蘇錦黎一直沒說話，是因為嚇的。

周文淵的周身陽氣並不是很旺盛，但是靠近之後，蘇錦黎看到周文淵的靈魂不是渾濁的，而是扭曲的，一個……看起來十分猙獰的靈魂。

周文淵走後，安子含拍了拍蘇錦黎的肩膀，「哥，他是我新收的小弟。」

「嗯，知道。」安子晏只是隨口應了一句，就帶著他們往外走，「我讓你江哥給你帶了點東西，估計送到寢室去了。」

「要參觀我寢室嗎？」

「也行。」安子晏居然真的答應了。

「我……我回去練習了。」蘇錦黎指了指練習室的方向說。

「一起過來吧，我給我弟弟的弟弟也帶了禮物。」安子晏側頭看向蘇錦黎，說道。

蘇錦黎一直以為安子含是鬧著玩的，結果他居然告訴了安子晏。

安子晏還當回事了，這次過來錄節目竟給他帶禮物，這讓蘇錦黎根本沒理由拒絕。

三個人一起回到寢室，就看到寢室裡多出兩個大行李箱。

安子含打開箱子後立即看到一行李箱的衣服，全部都是新的，標籤都沒剪掉。他挨個打開看了看，忍不住抱怨：「這些衣服太素了。」

「你上節目穿著收斂點。」安子晏坐在椅子上，翹著二郎腿回答。

「你給我弟弟準備什麼了？」安子含說完，打開另外一個行李箱，也是衣服，「在哪兒呢？」

安子晏起身，在衣服下層找出一個盒子，遞給蘇錦黎。

蘇錦黎接過來，小聲說了一句：「謝謝。」

最近，他發現安子含跟烏羽都挺好相處的，已經不會害怕他們了，但他仍然怕安子晏，主要是安子晏不是什麼好人，他怕壞人愛吃魚。

打開盒子，蘇錦黎看到裡面放著一套筆墨紙硯，驚訝得眼睛都睜圓了。

安子晏應該是專門做過功課，所以挑選的這套文房四寶屬於極品，一般人恐怕是看不懂，但文人雅客都知道這套筆墨紙硯的含金量。

安子晏看過蘇錦黎入場時的視頻，這一點已經暴露了。

安子含湊過來，微微蹙眉問：「這玩意有啥用啊？」

「人家挺喜歡的。」安子晏回答。

「謝謝，我非常喜歡。」蘇錦黎興奮地回答，如果現在是魚的狀態，估計會猛搖魚尾。

「看吧。」安子晏一副我就知道的樣子。

緊接著，安子晏又翻出幾個盒子，「新手機跟運動耳機，還有一臺平板電腦，一個PSP，你們這些小男生喜歡的東西，拿去用吧，我看你手機挺破的。」

「我可以用手機聽歌了嗎？」蘇錦黎興奮地問，一雙眼睛閃閃發光。

「嗯……」安子晏居然被問得心疼了。

安子含跟著蘇錦黎一塊打開盒子，看到耳機後安子含居然有點羨慕：「最新款。」

「那給你用。」

「沒事，你用吧，我家裡有幾十個呢，就是款式不一樣而已。」安子含推了推，就跟安子晏聊起天來：「哥，MV我要站C位。」

安子晏一聽就煩了：「滾蛋，自己爭取去，我又不是你爹。」

「你是我哥啊。」

「你叫我爸爸，我管你。」

「你這叫什麼理論？等你老了，我給你養老送終行不行？」

「我才比你大四歲。」安子晏說完，就要抬腳踹安子含。

安子含早就預料到似的，躲在蘇錦黎的身後。蘇錦黎被當成擋箭牌，面對安子晏，一副視死如歸的表情對安子晏說：「別打架，文明社會，幸福你我他。」

安子含還不老實，在蘇錦黎身後繼續嚷嚷：「你再這樣，我就跟家裡說，你小時很多事都嫁禍給我了。」

「你少告狀了？」

「你就是最討人厭的那種哥哥。」

安子含反駁道：「你在學校惹事都是我去擺平的，你的班主任隔三差五就給我打電話，這些事你怎麼不記得呢？」

「你這個老處男，找不到對象，還得我給你介紹。結果你幾句就談掰了，你是不是腦殘？」

「我用得著你介紹一群網紅給我？」安子晏終於不再忍了，推開蘇錦黎，當著蘇錦黎的面就給了安子含好幾腳。

蘇錦黎看得心驚膽戰的，內心暗暗決定再也不羨慕這對兄弟了。

安子含叫得特別誇張，一個勁說自己被踢受傷了，要去找常思音借醫藥箱。

蘇錦黎趕緊說：「我去找他吧。」

「不用，你在這幫我收拾收拾衣服，我去訓練室找他。」

安子含說完便腿腳利索地衝出房間，小跑著往訓練室去，完全看不出來哪裡受傷。

安子晏十分無奈，他知道安子含就是想用苦肉計讓他幫忙，給自己爭取一下C位。

他嘆了一口氣，手裡拿著手機，猶豫要不要幫安子含爭取。別看他面上不願意答應，私底下真的幫安子含運作了不少事情。

「那個，您……您認不認識沈城？」蘇錦黎突然小聲問安子晏。

安子晏抬頭看向蘇錦黎，微微蹙眉，「怎麼了？」

「我想跟他聯繫一下，您能要到他的聯繫方式嗎？」

「為什麼跟我要？」

「就是覺得您非常厲害，應該可以要到。」

安子晏忍不住笑，笑容裡卻帶著幾分狠厲。這小子怕他就算了，平時躲著他，他也可以當成沒注意到，但是跑到他這裡來問沈城的聯繫方式是什麼意思？

挑釁？來自沈城粉絲的嘲諷？安子晏脾氣不好，性格也不怎麼樣，他跟蘇錦黎沒正式說過幾句話，並不熟，也談不上有什麼好感。

只不過不小心看到一次蘇錦黎換衣服，也不用負責幫他做其他事情吧？於是安子晏用嘲諷的語氣問他：「你是什麼意思呢？」

「我就是很急，想聯繫到沈城……」

「聯繫他做什麼？」

蘇錦黎思索著要不要告訴安子晏，沈城可能是自己的哥哥，還沒開口就聽到安子晏的聲音：「稍微關注我跟沈城，就知道我們倆是出了名的不和。」

蘇錦黎突兀地抬起頭來，驚訝地看向安子晏。

安子晏坦然地跟蘇錦黎對視，觀察蘇錦黎的表情。

很少有陌生人能跟安子晏自然地對視十秒以上，對方都會在安子晏的注視下而忍不住心動，變得羞澀從而避開安子晏的目光。

「對不起……我、我不是故意的，我……」蘇錦黎手足無措地解釋，卻一直盯著安子晏，觀察安子晏的表情變化，「是我心急了，給您造成麻煩了，對不起。」

「那你告訴我，你為什麼怕我？」

「沒有……」

「說實話。」

蘇錦黎被安子晏看得心虛，氣場立即弱了下來，低下頭，偷偷看了安子晏一眼，又一次垂下頭，「就是氣場太強了，我害怕。」

「看著我。」

「嗯？」

「直視我。」安子晏伸手，抬起蘇錦黎的下巴，讓蘇錦黎看向自己，「有什麼感覺嗎？」

「有。」蘇錦黎如實回答。

「什麼？」

「更害怕了。」

「……」

蘇錦黎指了指行李箱，「謝謝您的禮物，我去幫子含收拾了。」

他蹲在行李箱前拿起衣服，一件一件地整理好後，放進安子含的櫃子裡。

安子晏盯著蘇錦黎看，看了一分鐘、兩分鐘、三分鐘……這小子為什麼一點感覺都沒有呢？

安子晏又換了一個位置，靠著衣櫃，繼續盯著蘇錦黎看。然後就發現蘇錦黎挪到寢室門口，眼巴巴往門外看，等安子含回來。

安子晏居然覺得有那麼點受挫。

「你是沈城的粉絲？」安子晏又問了這個讓他耿耿於懷的問題。

「嗯。」

「你喜歡他什麼啊？」

「他什麼都好。」

安子晏被這個回答氣得鼻子都歪了，不死心地問：「你看過我的作品嗎？」

「沒有。」蘇錦黎如實回答。

「你可以看看，說不定就能改邪歸正了。」

「喔，我知道了。」蘇錦黎回答完，就有點想離開寢室。

安子晏又不爽了一會，跟著走到門口，兩個人並排站著把門口填滿了。

「你對我就一點好感都沒有嗎？」

蘇錦黎想了想後，扭頭看向安子晏，苦兮兮一張小臉，回答：「那有一點行嗎？」

「因為我帥嗎？」

「因為你是子含的哥哥。」

「我真是謝謝他了。」安子晏咬牙切齒地回答，第一次這麼不爽。

第二輪比賽依舊是在初選的舞臺舉行。

這次比賽跟上一次有所不同，所有選手進場後就直接坐在觀眾席上，他們會以觀眾的角度觀看整場比賽。

是按照組合的形式坐在舞臺上，因此跟蘇錦黎同組的成員坐在他的身邊，因為曲目的關係，他們這一組穿得很正常，淡藍色的襯衫，一邊掖在褲子裡，一邊鬆開，他也不知道造型師為什麼要這麼安排。搭配著一條破洞的牛仔褲以及一雙板鞋。

同組的女選手一直在念念有詞，就好像佛經一樣，聽得蘇錦黎毛骨悚然。

手機在口袋裡震動起來，他拿出新手機擺弄了一會才找到怎麼開鎖。

打開手機看到安子含給他發了消息，於是特意躲開攝影大哥，看安子含發來的文字：祈禱能晚點上場吧。

蘇錦黎：為什麼啊？

蘇錦黎的傻乎乎讓安子含非常生氣，刷屏給他科普，並且展現了自己的打字速度。

安子含：你是不是傻啊？第一輪是分兩期播放，所以我哥才特意讓我第一個上場的。

安子含：第一期播放完畢，就開通投票了，只有刷過臉的人才能讓觀眾眼熟，給我們投票。

安子含：我們這些第一期就能播出來的選手，比其他人多了一週的票數。但是第二輪比賽一集播放，也就是後出場的會讓觀眾更有記憶一些，更有優勢。

蘇錦黎看得目瞪口呆，一筆一劃地慢慢手寫輸入，回覆他：原來是這樣啊……我二十三號是第幾期啊？

安子含：我問我哥了，你非常幸運，是第一期最後一個節目。據說第二期裡省略了好幾組，只給快進畫面，一閃而過。觀眾剛看節目都還在臉盲階段，第一組跟最後一組是觀眾最有記憶的點。

蘇錦黎鬆了一口氣，然後回覆：嗯嗯，希望我們倆都在後面出場。

蘇錦黎放下手機便看到安子晏站在臺上，已經開始抽曲名了。

大螢幕那裡有安子晏的臉部特寫，一張因混血而輪廓分明的臉被無限放大，竟然找不出任何瑕疵，這對兄弟的基因真好。

「第一組是一首非常經典的歌。」安子晏拿著紙條說道。

臺下立即噓聲一片，今天所有的歌都是經典歌曲。

「是一首經典搖滾。」安子晏給了範圍，其中幾個組就開始緊張了。

「BEYOND的。」

說完之後，立即有人問：「BEYOND的歌有幾組？」

「兩組！」

其中一組的組員直接開始叫了，「啊啊啊」地抗議。

安子晏微笑著看著臺下，顯得有點壞，緊接著就引來一群女孩子的尖叫聲。

「這個笑容太犯規了！」

「晏晏你超帥！」

蘇錦黎正緊張地看著，手機又震動了。

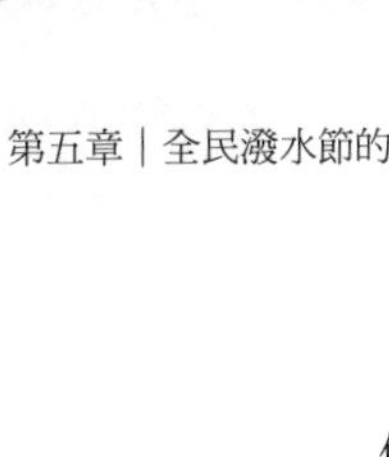

安子含跟同組的人不熟，但是管不住自己的嘴，就只能用手機吐槽。

蘇錦黎拿出手機，看到安子含建了一個討論群組，裡面有烏羽、常思音、範千霆以及他們倆。

安子含：看到他這麼耍帥，我總忍不住想去踹他一腳。

範千霆：我覺得你哥比你帥多了，你怎麼就長歪了呢？

安子含：我哥鼻孔賊大，都能插進去一根蔥。

常思音：主要是晏哥鼻子挺，那麼高挺的鼻子有小鼻孔，反而不好看了。

安子含：我鼻孔就比他好看。

烏羽：你哥知道你這麼說，不得收拾你？

安子含：我會怕他嗎？

蘇錦黎：會。

範千霆：哈哈哈哈哈！

常思音：噗。

烏羽：【微笑.jpg】

「第一組是《大地》，我聽說這一組將歌曲進行了一些改編，每一位選手都非常有才華，讓我們期待他們的表演。」安子晏終於不賣關子了。

討論群組裡。

安子含：張彩妮那一組。

範千霆：對蘇錦黎有意思的那個女生？

安子含：對。

四名選手在舞臺上站成一排看向觀眾席，每個人的風格不盡相同，張彩妮算是非常特別的，身上掛著一個貝斯。

安子晏讓他們分別進行自我介紹，輪到張彩妮的時候，出現了比較有意思的一幕。

「我能讓蘇錦黎給我加個油嗎？」張彩妮拿著麥克風，特別坦然地說道。

她剛說完，全場歡呼。安子晏要努力控制表情才不會被人看出他有一點不自然，依舊微笑著問：「為什麼是蘇錦黎？」

「我們都知道，他是錦鯉啊！會給我好運。」

蘇錦黎愣愣地看著臺上，小心翼翼地隱藏手機，一扭頭就看到有攝影機在拍他特寫。

他想了想，站起身，走到舞臺邊。

張彩妮一直在看他，立即到臺邊蹲下，把自己的麥克風伸手遞給他。

蘇錦黎接過麥克風，同時抬手摸了摸蹲在臺上的張彩妮的頭。

一個在臺上蹲著，一個站在臺下，舞臺的高度剛巧讓他們可以完成這個動作。

蘇錦黎拿著麥克風說了一句：「妳加油啊。」說完遞還給張彩妮，又走回觀眾席。

這回起鬨的聲音更大了。

張彩妮蹲在臺邊，少女心氾濫成一團，一個唱搖滾的踐酷少女，難得露出羞澀的模樣，她回到舞臺中央已經有些語無倫次了。

安子晏依舊在微笑，卻已經想採訪下一個選手，把張彩妮「速戰速決」掉。

然而評委們卻還在談論這一幕。

藏艾忍不住感嘆：「我的天啊，我居然覺得看到一幕青春偶像劇。」

韓凱跟著說道：「還是勵志型的。」

藏艾說的時候直捧臉，「好甜啊，我的少女心。」

顧桔則是說了起來：「兩名選手都非常有實力，是我在訓練過程中比較關注的。張彩妮雖然在B組，但是實力並不輸給任何人，如果她舞蹈再好一些，一定會進入A組。」

安子晏的耳機裡，PD指示他可以再採訪幾句，這裡可以是一個看點。

安子晏表情不變，開始控場：「好，讓我們採訪下一名選手。」

PD：「……」

討論群組裡。

安子含：我去我去我去！張彩妮有點意思啊，膽子挺肥啊。

烏羽：想炒CP？

安子含：眼光挺毒，一下子就看上我弟弟了。

範千霆：反正這一幕肯定會被播出來，蘇錦黎還順便撈了一組鏡頭，也不虧。

烏羽：如果是真心的，我佩服她的勇氣。如果是為了炒CP多得到一些鏡頭，就有點心機了。

常思音：不是真愛嗎？

安子含：傻不傻？男子組的前四裡面，就蘇錦黎性格好，可能會配合她，她會選擇蘇錦黎並不奇怪。跟前四名炒CP，鏡頭妥妥的，不然她一個B組很可能被略掉鏡頭的人，怎麼出頭？

蘇錦黎緊張得手直抖，拿著手機，半天寫不出字來，只能看著他們聊天。

看到他們這麼分析後，居然覺得很有道理，他自己都沒有自信會被女孩子喜歡。兩人都沒怎麼接觸過，怎麼可能會喜歡上他呢？

再抬頭，就看到周文淵在回頭看他，兩個人對視後，周文淵也不回避，對他笑了笑。

蘇錦黎回以微笑，卻暗暗地怕著。

張彩妮這組表演完畢，最終進行評分，張彩妮得了本組得分第一名。

下場的時候，張彩妮朝蘇錦黎跑過來，張開手臂，明顯想抱蘇錦黎慶祝一下。

蘇錦黎配合地站起身來，跟她擊了一個掌。

擊了……一個……掌。

張彩妮愣了一下，然後笑著跑開了。

韓凱也看到了這一幕，拿著麥克風說道：「上課的時候，蘇錦黎跟我說，他特別想談戀愛。現在看來，他是憑實力單身。」

全場笑成一團。

蘇錦黎覺得莫名其妙，奇怪地問身邊的人：「怎麼了嗎？」

身邊的組員擺了擺手，「沒事沒事。」然後繼續念佛經。

跟蘇錦黎比較熟的人裡，烏羽、常思音是第一個上場的，抽到第三組表演。

按理來說，烏羽這種第一輪第一名的選手會留在最後壓軸，但是這次是用抽籤決定，烏羽上場還挺早的。

烏羽上場之後，堪稱是實力碾壓，一個人太出挑，就會讓其他的人淪落為陪襯。

烏羽的優秀，讓他身邊另外三個人黯然失色。常思音唱得努力，卻也沒能有烏羽的燃爆全場。

蘇錦黎睜圓了眼睛看完全場表演，緊接著鼓掌感嘆：「唱得太好聽了。」

進行評分後，烏羽依舊是本組第一，並且是目前為止的第一名。

常思音跟另外一名選手被賣了關子，最後宣布分數的時候，驚奇地發現他們倆居然只差一分。

常思音非常幸運地排在第三名。

其他人都看不到，只有蘇錦黎一個人能看到，他送給常思音的祝福散了。

常思音跟第四名進入待定區的選手擁抱後，再次跟烏羽擁抱，然後偷偷紅了眼眶。從被幾家公司拒之門外，到現在能夠進入第二輪比賽，他突然覺得自己轉運了。

蘇錦黎全程眼巴巴地看著他們表演，一組接著一組，就連安子含都上場了。

安子含剛上場，還沒走到舞臺中間，安子晏就問他：「為什麼你的肩膀上插了三根雞毛，三毛嗎？」

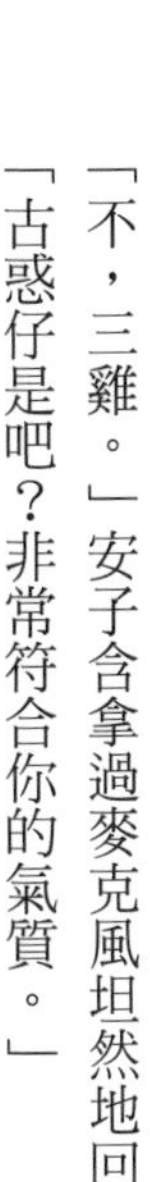

「不，三雞。」安子含拿過麥克風坦然地回答。

「古惑仔是吧？非常符合你的氣質。」

「不覺得我今天很性感嗎？」安子含還扯了扯自己的襯衫，是薄薄的紗料，雖然是黑色的但很貼身，顯現出半透明的質感，好在有外套遮擋，關鍵部位才不至於打馬賽克。

他穿著紅黑相間的外套，肩膀上有三根火紅的……雞毛裝飾。

褲子是訂製的，畢竟安子含腿細又長，標準尺寸穿著會很醜，這樣量身訂製更顯得他腿長。

「很帥，有我當年的神韻。」安子晏特別自信地說道。

安子含只是笑笑不說話，生怕反駁之後被安子晏當場按住打屁股。

「我剛才抽空看你的時候，你都在低頭看手機，有沒有點敬業的精神，這種時候還看手機？」

安子晏說得特別不給面子，直接指了出來。

親弟弟，就是要比其他人更嚴厲一些。

「沒有，我們建了一個討論群組，在聊這場比賽。」安子含回答得特別坦然。

「我能看看你的手機嗎？」安子晏如果拿走手機，估計會在鏡頭前展示。

「不能，這是小男生的祕密。」

「那討論群組裡都有誰？」安子晏也不糾纏，只是繼續問。

「我跟蘇錦黎、烏羽、範千霆、常思音。」安子含掰著手指數著人數回答。

「都是很有實力的選手，你是不是只跟厲害的人玩？」

安子含突然被問住了，想了想後認真地回答：「我們組團下凡的，所以特別投緣。」

「好，你贏了，開始表演吧。」

安子晏放棄採訪安子含，又採訪了其他的組員，最後忍著笑離開。

挖了幾次坑，這小子都沒掉進去，有進步了。

安子含的這組是勁歌熱舞型的，一邊跳一邊唱。安子含還是「舞臺瘋」，在舞臺上要比平時訓練的時候還炸一些。

他們的抽籤全部都是隨機的，這一組有另外兩名成員，一個根本沒怎麼練過舞蹈，一個跳舞很一般，卻被抽到這一組。

安子含平時跟他們一起練習，都是在等他們的進度，偶爾指點兩句就去找蘇錦黎他們玩了，默契度都是這兩天才磨出來的。

安子含從小就學習舞蹈、音樂，形體很好，聲音好聽，也不怯場。

蘇錦黎忙得不知道是該看大螢幕，還是該看舞臺，一直緊張兮兮地盯著，生怕安子含出什麼錯誤。還有就是學習安子含在臺上表演的這種張力。

結尾時安子含找準了機位，對著攝像頭眨眼，然後歪著嘴邪魅一笑，讓蘇錦黎差點驚呼出聲。他怎麼那麼適合畫眼線？原本蘇錦黎還覺得這種妝有點誇張了，但現在看來真的超性感！他真的只有十九歲嗎？蘇錦黎要變成小迷弟了。

結果這種意境在安子晏上場後就被破壞了。

「來，你對著我再咬著下嘴唇，搓一下大腿根。」安子晏對安子含勾了勾手指頭，與此同時走了上來。

安子含直接崩潰了：「什麼叫搓大腿根啊，你當我在澡堂搓澡啊？」

「我在臺下那個角度就是看到你搓搓腰，再搓搓大腿根。」

安子晏說完，藏艾忍不住拿著麥克風問安子晏：「我想問一下安哥，你們北方的男生都這麼沒情趣的嗎？跳舞在你嘴裡一點美感都沒有。」

「我代表不了北方的男性，畢竟像我這麼帥的並不多。」

「這是直男的謎之自信嗎？」

「是我粉絲愛的供養。」

「哥，我覺得你不適合做主持人。」安子含再次狠狠地坑哥。

「會搶走選手的光芒嗎？」

「不，全程尬聊。」

安子晏真的想揍人，他是為了誰來做主持人的啊？這個小沒良心。

無疑，這場比賽安子含若不得第一名，天理難容。

最後進入待定區的是完全不會跳舞的那位選手，即使如此，這位選手還是得到幾位評委的一致好評，認為他已經足夠優秀了，這麼短的時間，能學成這樣不容易。

安子含還拿著麥克風，幫這位選手拉了一下票。

蘇錦黎繼續看啊看啊……等到倒數第三組都表演完了，倒數第二組終於抽中了《新不了情》。

蘇錦黎趕快站起身跺了跺腳，感覺腿都麻了。

身邊的隊員終於停止念經，跟著蘇錦黎一塊上臺。

到了臺上，蘇錦黎自動站在距離安子晏最遠的位置，安安靜靜地站好，一副與世無爭的乖巧模樣。結果，安子晏採訪完其他幾人之後，換了一個位置，站到蘇錦黎的身邊。

蘇錦黎已經有記性了，不能像上次那樣一直躲，於是瞬間身體緊繃，緊張地站好。

「我有點好奇，你們討論群組裡都說些什麼？」安子晏拿著麥克風詢問蘇錦黎。

「就是在聊今天的比賽，我們幾個坐得比較分散，子含的話比較多，不說就會難受，所以臨時建的討論群組。」

「喔，那有沒有說起我？」

「有啊，子含說你的鼻孔特別大。」

安子含坑哥哥，蘇錦黎也坑「哥哥」。

安子晏的表情一瞬間變得特別奇妙，想笑也不是，想生氣也不是，於是看向臺下的安子含。

安子含下意識地彎腰，一個勁地跟蘇錦黎使眼色。

「我鼻孔怎麼大了？」安子晏又問。

「他說你的鼻孔能插蔥。」蘇錦黎緊張得不敢看臺下，只是被問了什麼就說什麼。

安子含頓時想殺上臺找蘇錦黎，他早就該教教蘇錦黎怎麼應對採訪，蘇錦黎這樣有什麼說什麼，根本不行啊，太誠實了。

以後進了娛樂圈，那些挖坑的記者更壞，蘇錦黎早晚會吃虧。

安子晏終於笑了起來，活動了一下手腕，繼續問蘇錦黎：「那在你看來，我的鼻孔怎麼樣？」

蘇錦黎快速扭頭看了安子晏一眼，又收回了目光，緊接著回答：「啊……挺好的，很精緻。」

「精緻的鼻孔。」安子晏終於笑得像在水裡撲騰的鴨子，「嘎嘎嘎」的很有節奏感。

「在你看來，我帥嗎？」安子晏繼續問蘇錦黎。

「很帥。」

「說實話。」

「有點凶。」

安子晏點了點頭，突然扭過頭，看向蘇錦黎：「你敢跟我對視十五秒嗎？」

「為什麼？」

「因為我想你發現我的帥。」

蘇錦黎吞了一口唾沫，還是轉過身，跟安子晏對視了十五秒。

安子晏也說不清楚，自己對蘇錦黎究竟是什麼心情。從第一次見面起，目光就忍不住被蘇錦黎吸引，只見了兩次面，都沒有交談過，就鬼使神差地對蘇錦黎記憶猶新，看到蘇錦黎的檔案，居然衝動之下接了這個節目主持，全程尬聊。

他明明因為總是莫名其妙被人愛上而十分煩惱，但被蘇錦黎躲避後，他竟然有那麼點在意。然後心裡在較勁，總想看到蘇錦黎對他改變態度，才覺得滿意。尤其知道蘇錦黎喜歡沈城、跟安子含關係很好後，甚至還有些失落，心裡不是個滋味。

賤皮子。他自己這麼定義。

別人喜歡他，他就煩。

別人不喜歡他，他還失落。

還是說……蘇錦黎是唯獨吸引他的存在？他會吸引其他人，蘇錦黎在吸引他。

兩個外形優秀的男人，在臺上深情對視，越到後來臺下起鬨的聲音越大，比張彩妮要蘇錦黎加油時還躁動。直到蘇錦黎跟安子晏真的對視十五秒後，安子晏才故意低啞著聲音問：「現在看我，覺得帥嗎？」

「啊……有那麼點。」

安子晏終於放棄了，笑得特別無奈，抬手摸了摸蘇錦黎的頭，讓蘇錦黎安安靜靜地表演節目。

就像最開始彩排一樣，蘇錦黎這一組在昏暗的燈光下，坐在椅子上安靜地唱歌，不比動作，只比歌聲，是誰更用情至深。

蘇錦黎的聲音其實不適合這種帶著滄桑感的歌，唱不出歌裡深層的意境。然而，他有在認真唱，因為投入了感情，唱歌的時候會微微蹙眉，用最深情的歌聲唱出這首歌。

抽中了自己不擅長的歌路，發揮不出閃光點，卻也可圈可點。

難過的樣子會讓人心疼，蘇錦黎的進步非常大。

對於蘇錦黎的表現，韓凱提出了讚揚：「其實蘇錦黎一直是我比較擔心的選手，他在之前練習時問題非常大。不過今天的表現還是很不錯的。」

「其實蘇錦黎是那種可愛的男生，唱這首歌似乎有點不合適，不過他表現得還是很好的。既然要做偶像，就要每種風格都能駕馭得住。」顧桔也如此表示。

之後評委老師又點評了其他人的表現。

最後的評分，蘇錦黎雖然是小組第一名，但是在全場並不算最高的。

目前全場排名如下：烏羽九十五分、安子含九十三分、魏佳餘九十一分、範千霆八十七分、蘇錦黎八十八分、常思音七十一分。

最後一組是周文淵那組，他們還是很被矚目的，畢竟是一個新來的選手，只練習了不到兩天的時間，真不知道最後表現如何。

周文淵上臺後很乖巧地站在安子晏的身邊。

「首輪比賽，你出現了比較大的失誤，很可惜，但也讓我印象深刻。」安子晏睜眼說瞎話地採訪周文淵。

「是啊，所以這場比賽壓力非常大。」

「我期待你的表現。」安子晏又打算「速戰速決」了。

「那個，偶像，我……我能跟您求個擁抱，鼓勵我一下嗎？」周文淵特別羞澀地開口。

安子晏詫異了一瞬間，並沒有拒絕，而是抬手抱了周文淵一下，拍了拍他的後背表示鼓勵。

在禮節上來講，安子晏的這個擁抱都沒碰到周文淵的身體，生疏裡帶著禮貌。

畢竟，在鏡頭前，這種小要求並不能拒絕，不然會顯得前輩很大牌。

然而，周文淵突然緊緊抱住安子晏的身體，並且在沒有麥克風的情況下，湊到安子晏耳邊說了一聲：「謝謝。」

安子晏「嗯」了一聲後，退後一步，接著退場。

到了等候區，安子晏找到江平秋，從他的手裡接過無味的消毒水，對著自己的身體猛噴，同時問：「你調查了嗎，這小子怎麼回事？」

「之前華森的確沒同意，不過在知道是您主持以後鬆口了。」

「衝著我來的？」安子晏問。

江平秋但笑不語。

「媽的，煩死了。」安子晏抱怨了一句後，直接將消毒水扔進垃圾桶裡。

周文淵是一名很有實力的選手。

他在華森娛樂也是一名重點培養，即將出道的練習生，只是一直在準備出道的時機。是周文淵自己選擇了《全民偶像》，如果沒有安子晏這個變數，周文淵也是不會過來的。華森娛樂也知道最開始的評委名單，沒一個紅的，沒有半點號召力，所以他們沒有派出任何選手。

安子晏突然決定要來主持，也不知道他怎麼調整檔期，竟然配合節目組錄了第一輪比賽。

周文淵得到機會，趁著之前的選手離開，來了這個節目組。

有實力，外形優秀，處事足夠圓滑，性格也不錯，周文淵無疑是一匹黑馬。

看周文淵的表現，完全不像是只練習了不到兩天，跟組員的默契程度，還有舞臺的表現能力都是很強的。

周文淵還跟安子含有些許不同。安子含在組合裡太出挑了，烏羽同樣是碾壓隊友，周文淵則是會盡可能地配合其他成員，在其他人開口後不會爭搶鏡頭，還會在不經意間拍後背鼓勵一下。

私底下，周文淵也是這樣，臺上也會不顯露任何故意為之的破綻，好像他就是這樣一個會照顧其他人，性格可愛的存在。

看起來很舒服。

安子晏再次回到可以觀看比賽的區域，微笑著看著周文淵表演。

如果讓安子晏再次點評，他依舊會說：「周文淵演技不錯。」

他跟其他人不一樣，他是從小就在娛樂圈裡混的，他的公司有太多藝人，從進入公司的第一

天，就會給他們安排人設，藝人平時的表現都是包裝出來的。

安子晏見過太多了，所以一眼就能看出來。

其實周文淵算是很聰明的那種，只是在老鳥面前就顯得太弱了。

如果周文淵老老實實地參加比賽，估計安子晏也不會太在意他。但是周文淵偏偏用小心機，想要試圖引起他的注意，恐怕是猜到他是GAY了吧？

耳機裡是PD張鶴鳴的聲音，似乎是想讓所有的評委給一個高分：「分數最好能讓他成為本場第一。」

「我不同意。」安子晏回答的時候依舊是得體的微笑，外人根本看不出任何異常。

大家都是在偽裝，安子晏的偽裝色不比任何人差。

「這樣更能吸引觀眾。」PD這樣解釋，並且開始安排幾位評委分別給多少分了。

「別搞一個逆襲劇本噁心我，這對其他的選手不公平，該多少分，就多少分。」安子晏依舊不同意他們這麼做。

如果，周文淵第一輪出現失誤，第二輪就一舉逆襲成為第一的話，那一定會搶走大多觀眾的關注度，這種逆風翻盤的情節是大家都喜歡的。

這樣三期播放完畢後，周文淵便妥妥是前三名的種子選手。

這種劇本會引起話題度、關注度，也會吸引心疼他的粉絲。

那其他老老實實參加比賽的選手呢？同樣是參加比賽，憑什麼他們就是綠葉？

「安子含的分數也很高！」PD見安子晏根本不受控制，忍不住失控地說道。

「他是憑實力得的那個分數。」

「我們這個節目，需要製造一些看點，吸引關注，才能夠成功。贊助商們也喜歡看到這一幕，我希望你能冷靜地對待這件事情。」

「呵，你們可以試試看，讓我覺得噁心的後果。」

耳機裡沉默了一會，PD開始道歉：「抱歉，安少，你可能誤會了我的意思，我只是想製造一個看點，並非弄虛作假，你看周文淵的實力也是可以的，這場發揮得也很穩……」

「那就該打多少分，就打多少分。」安子晏繼續堅持。

「好。」PD妥協了。

耳機裡緊接著傳來四位評委的聲音：「嗯。」

「知道了。」

「好。」

「收到。」

這一場選秀比賽，已經不是一個節目組能全權掌控的，而是幾個主辦單位、贊助商，還有華森娛樂、世家傳奇的人在操盤。

雖然有波若鳳梨的選手，但是他們似乎並不在意這個比賽，就可以忽略了。

這一次節目組想要安排一場逆襲，卻被安子晏微笑著阻止。

安子晏再次上臺的時候，依舊跟所有選手聊得熱切，根本不像剛剛發生什麼事情。

最終，周文淵的得分是九十二分，也算是一場小小的逆襲，全場掌聲雷動。

周文淵一直保持微笑，笑容特別甜美，這已經足夠吸引視線了。

安子晏站在臺上，宣布了今天比賽的排名，最後又宣布了待定區的十五名選手名單，讓他們逐一進行拉票。

到最後，節目組給他送來一張椅子，他直接坐在椅子上，笑著就像跟所有人聊天似地問選手們：「緊張不緊張？」

「緊張！」

「超級緊張。」

臺下的回答並不統一。

「如果在這裡突然被淘汰了，你們會放棄夢想嗎？」安子晏又問。

「不會！」

「不想被淘汰。」臺下的選手們喊著回答。

安子晏看著他們，繼續微笑：「我很早的時候，看到這個節目組的策劃案，我不大看好。最近這幾年選秀節目太多了，但是能紅起來的人越來越少，許多都只是曇花一現，鏡頭都沒有就已經被淘汰了。」

臺下終於安靜下來，他們知道安子晏說的是實話。

「結果有一天，我跟一位搭戲的女藝人聊天，驚訝地發現她以前參加過選秀節目，我之前完全不知道。她跟我說，好多天王級的歌手，最開始都參加過選秀，因為個人沒有門路，連前幾強都沒進入。你們知道這些天王有誰嗎？」

臺下的選手們回答了幾個知道的名字，安子晏點了點頭，跟著又說了幾個更老牌的名字，全場驚呼，連他們都不知道。

「你們有才華、有夢想，就要堅持。或許這一次的比賽，你們不能夠得到你們想要的成績，但是這不證明你沒有潛力。無論是進入安全區的選手，還是待定區的選手，都不要露出失落的樣子，鏡頭對著你們呢，萬一以後你們紅了，你們現在的鏡頭被翻出來，就是黑歷史。」

這一回，之前有些慘澹的氣氛終於好轉一些。

「還有，現在排名很高的選手，你們也不能就這樣掉以輕心，你們只是比他們更早就開始努力，或者有些天賦。有很多選手，在卯足勁想要超越你們。就好像賴甯卓，一個星期的時間學會跳舞。就好像蘇錦黎，只練習了半年，到現在依舊在前十名。」

安子晏又指了指自己，「我不是適合做偶像的類型，個子太高了，跳舞不好看，會顯得很笨拙。難得拿一次麥克風，還被黑得不敢開微博，後來我也有努力練習，洗澡的時候都會練練嗓子，不信我唱給你們聽。」

安子晏清了清嗓子，開始清唱，居然是《新不了情》。

「回憶過去痛苦的相思忘不了，為何你還來撥動我心跳，愛你怎麼能了，今夜的你應該明瞭，緣難了，情難了……」

安子晏是極有磁性的男音，有些低沉，成熟且內斂。

沒有伴奏，沒有任何背景，然而卻能夠感染到臺下的所有選手。

很好聽，感人至深。

蘇錦黎盯著大螢幕裡，安子晏被放大的臉，震驚得合不攏嘴。

他是唱這首歌的選手，所以對這首歌十分熟悉，自然知道安子晏唱得不錯。

安子晏唱完後，剛想繼續說話，四位評委居然開始給安子晏打分。

平均了一下分數後，安子晏最後得分九十五分。

「跟烏羽平分是吧？」安子晏笑著問道。

「沒錯，我們被你深深打動了。」藏艾回答。

「嗯，我知道了，商業互吹。」

安子晏終於回到正題：「我就是想跟你們說，通過努力，假唱選手也可以得到九十五分。」

安子晏這樣自黑，倒是引來了所有人的喝采。

他笑了笑，繼續說下去：「進入待定區，並不是說明你一定會被淘汰，進入安全區也不能就此安逸，就算這場比賽結束後，我也希望能夠在娛樂圈看到你。十年後，你們跟我微博互動，都會顯得是我在蹭你們熱度。」

停頓一下，安子晏又問道：「你們都知道，明天就要正式敲定主題曲了吧？」

「知道！」大家一起回答。

「時間非常緊，這也是一種考驗，因為你們成名之後，檔期會非常緊，有的時候一首歌的練習時間真的只有幾天。這幾天裡，你恐怕還要看著你的劇本，照常演戲。就像你們這樣，要準備比賽的同時，還要準備主題曲，累嗎？」

「有點累。」

「非常累！」選手們喊著回答。

「紅了以後，會更累！」安子晏回答得斬釘截鐵，接著問：「你們想不想紅？」

這回的回答聲更加洪亮了，且十分統一：「想！」

安子晏又笑了，指著臺下，說道：「那就活該你們累，活該你們以後紅！」

這些話說完，全場歡呼。

似乎都被鼓勵到了似的，大家士氣高漲。

蘇錦黎低下頭，就看到討論群組裡，安子含說了一句話。

安子含：終於覺得這貨像個主持人了。

常思音：啊啊啊啊啊啊！安大哥好帥！

就在安子晏準備收工的時候，節目組PD突然攔住大家，他親自上臺宣布了一件事情。

「我們想趁這次比賽結束，讓大家放鬆一下，娛樂兩個小時。」PD說道。

安子晏都沒聽到這些事情，估計是剛才節目組不想打擾他說話。

「我們會在今天夜裡舉辦一次全民潑水節，我們的評審跟主持人都會跟大家一起參加。」PD興奮地說道。

安子晏：「……」

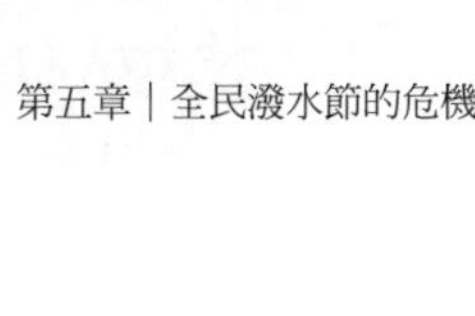

今天的安排裡沒有這個啊！別突然加專案行不行？加錢嗎？

蘇錦黎：「什麼！」潑水節？潑水！

除了他們兩個人外，其他全部人都歡呼了起來。

蘇錦黎卻被這個潑水節嚇到了。

他魂不守舍地走出比賽場地，剛走沒多遠，安子含就風一般地追上他，跑到他身邊，雙手捏住他的臉狠狠地報復。

他連續後退好幾步，直到背後撞到牆壁，依舊沒能躲開安子含的魔爪。

「你怎麼什麼都說，啊？問什麼都回答，你怎麼這麼傻？」安子含簡直要被蘇錦黎氣暈了。

安子晏挖坑，安子含坑坑必逃，蘇錦黎坑坑必掉。

「哎呀，你不要捏我啦……」蘇錦黎被捏得說話聲音都不對了，臉一直在左右轉來轉去，音調都是抖的。

「還不是因為你什麼都說？」

「你們……平時不也是……什麼都說嗎？」

「不一樣的，你這是打小報告。」

「我錯了嘛！你別生氣……」

蘇錦黎盡可能推開安子含的手，因為他注意有攝影師在拍他們倆。

安子含氣呼呼地鬆開手，「你等著，看一會打水仗的時候我怎麼收拾你。」

「你別……」蘇錦黎還沒說完，安子含就氣勢洶洶地跑去卸妝，顯然是想趕緊換裝完畢，一會去搶好的水槍。

蘇錦黎覺得他人生一個重大的坎出現了，他要如何做才能夠應對潑水節？

因為慌張，加上被安子含狠狠地捏過臉，他還真顯得楚楚可憐的。

蘇錦黎本來就在隊伍的後面，又跟安子含鬧了一通，被留在最後，走廊裡幾乎沒有別人了。他猶豫了好一會，都不知道該怎麼逃離這個困境，以至於好半天都沒挪動腳步。

安子晏走出來，就看到蘇錦黎可憐兮兮的模樣，下意識走過去問：「怎麼了？」

「我惹子含生氣了。」蘇錦黎委屈地回答。

安子晏自然能猜到安子含生氣的理由，於是安慰道：「沒事，我小時候經常惹他生氣，一般一天之內就好了。」

「那是小時候啊，長大了呢？」蘇錦黎趕緊問，他可怕安子含的報復。

「長大了他就不敢跟我生氣了。」

「喔……」蘇錦黎有那麼點心疼安子含了。

蘇錦黎不想跟安子晏多說話，對安子晏點頭示意了一下就想離開，結果被安子晏叫住：「跟我過來，那邊選手多，卸妝慢。你來我的化妝間能快點。」

「不用了……」

「我是主持人，他們給我準備了雨衣，你要不要？」

「要要要。」蘇錦黎立即乖巧地跟著安子晏走了，什麼陽氣男、什麼大壞蛋，統統不怕了。

周文淵一直在後面，想要等安子晏出來。

結果就看到安子含跟蘇錦黎在門口鬧了半天，似乎關係很好的樣子。

大部隊都走光了之後，安子晏他們出來了，幾句話的工夫就直接帶著蘇錦黎走了。

周文淵想要追，想了想又停下來，跟著大部隊到集體的化妝間卸妝、換衣服。

蘇錦黎到了安子晏的化妝間，有點不知道該站在哪裡。

安子晏進來之後先是打了一通電話，推遲自己的行程，蘇錦黎不敢打擾安子晏安排工作。

化妝間裡只有他們兩個人，沒有化妝師，有點尷尬啊……

蘇錦黎的心臟「撲通撲通」猛跳個不停。

安子晏聊了幾句之後，注意到蘇錦黎拘謹的模樣，指了指一邊的洗手臺，接著從包裡取出一個東西丟給蘇錦黎：「卸妝水。」

「喔，謝謝。」

蘇錦黎拿著卸妝水走到洗手臺邊，運足了法力去洗臉卸妝。

他還是第一次洗臉洗得這麼心驚膽戰，太怕洗出魚腥味了。

卸妝完畢後，一回身，就看到安子晏大大咧咧地脫掉上衣，正在單手從袋子裡拽出衣服來。

服裝是節目組提供的，是款式統一的T恤，主持人跟評委老師都是橙色的，女選手們是嫩粉色的，男選手們是淡藍色的。

安子晏比較糙，拎著衣服的一角用力甩，甩掉包裝袋後又甩開衣服，看了正反面後就直接套上。蘇錦黎覺得安子晏的身材，比之前面試見過的那些男生好太多了。

跟之前在健身房裡的健身教練有得一比，沒教練那麼誇張，但是足夠健美。

「那個……標籤沒拿掉。」蘇錦黎開口提醒了一句。

「喔，幫我弄掉。」安子晏回過神，背對著蘇錦黎，依舊在跟電話那邊的人碰行程。

蘇錦黎走過來，發現用手撕不掉，於是湊過去用牙咬。

安子晏在這個時候回身，想要提醒蘇錦黎檯子上有眉刀，可以用那個試試，結果就拽得蘇錦黎倒在他的後背上。

靠近之後，蘇錦黎身上的香味就更加濃郁了，弄得安子晏有一瞬間的失神。

「對不起……」蘇錦黎趕緊後退，並且將標籤舉起來，「我拿掉了。」

「嗯，謝謝。」安子晏掛斷了電話，忍不住問蘇錦黎：「你身上怎麼總這麼香？」

「其實我身上沒有什麼味道。」蘇錦黎往後躲了一步。

安子晏繼續跟著，並且湊近聞了聞，香味更加濃郁了：「你再說，我分明聞到了。」

「可能是我用的大寶的味道。」

「大寶？」

「嗯。」

安子晏還真沒用過這種護膚品，不瞭解是什麼味道，於是點了點頭，對蘇錦黎說：「我讓我的助理去找你的制服了，等一下雨衣也會一起送過來。」

「好的，謝謝。」

安子晏轉過身的同時還在解腰帶，朝換衣服的位置走了過去，還沒坐下就聽到拉簾的聲音，一回頭就看到蘇錦黎把更衣間的簾子拉上了，這是有多不想看他換褲子？

沒多久，江平秋拿著東西走進來，同時還在抱怨：「只要到一件雨衣，其他的雨衣被二少帶著一群人哄搶一空。」

「這小子是土匪嗎？」安子晏聽完就不爽了。

江平秋將蘇錦黎的衣服遞給他，同時回答安子晏的問題：「節目組只多準備了十件，本來選手們是沒有的。結果二少跑去打劫工作人員的，我哄了半天二少才放棄。」

想起這個弟弟，安子晏就一陣頭疼。

安子晏讓出更衣室給蘇錦黎換衣服，接著在外間照著鏡子，整理自己的髮型，「你把我VJ的雨衣要來，安子含他們不會攻擊工作人員的，我答應小傢伙幫他弄一件雨衣了。」

「行，我去問問。」江平秋又走出化妝室。

蘇錦黎換完衣服，拿著舞臺裝，小心翼翼地問：「給您添麻煩了嗎？」
「沒，是我的敗家弟弟給我添麻煩了。」
「實在不行，我就裝病吧。」
「你好像很不喜歡這個活動。」
「我……我有皮膚病，水碰多了不擦乾會出問題。」
蘇錦黎開始撒謊，結果心虛的後果就是打嗝。
「這樣啊，沒事，到時候我保護你。」安子晏大手一揮，這樣保證。
「謝謝啊。」
安子晏穿上雨衣，走到門口對蘇錦黎說：「我們倆過去看看情況。」
蘇錦黎立即跟著安子晏出門。
走出門後不久，就聽到安子含在領著一群人喊口號：「打倒安子晏，今天我們稱王！」
「好！」其他人呼應。
「幹掉安子晏！」
「好！」還混著其他選手的嘻笑聲。
安子晏聽完，表情都不大好看了，下意識伸手握住蘇錦黎的手腕，拽著蘇錦黎調頭往回走。
結果走了沒幾步，就看到一名選手朝他們快速跑過來，安子晏拽著蘇錦黎拔腿就跑，慌不擇路地跑到逃生通道的樓梯間。
兩個人遲疑是上樓還是下樓的工夫，就被追上了，安子晏立即拽著蘇錦黎到自己的懷裡，用雨衣包住蘇錦黎的身體。
突兀的擁抱讓蘇錦黎措手不及。
然而面對潑水威脅的情況下，蘇錦黎只能妥協，並且還配合地完全躲進安子晏的懷裡，拽著安子晏的衣角。

「走走走……」安子晏抱著蘇錦黎，臂力驚人，竟然將蘇錦黎抱了起來，並且這樣抱著跑下樓，衝到地下停車場。

蘇錦黎差點忘記自己也有一百八十四公分高。

跑了好一段路才甩開那個人，那個人似乎是被其他人攻擊了，於是留在樓梯間裡奮戰。

安子晏鬆了一口氣，放開蘇錦黎，脫下自己的雨衣遞給蘇錦黎，「你穿著吧，我一會把子含身上的扒下來。小兔崽子，造反了。」

兩個人都能想像到，安子含現在肯定帶著大批部隊跑去安子晏的化妝室，幸好他們出來了。

他們倆很隨意地就離開化妝室，沒有攝影師跟著他們，安子晏的專屬VJ估計現在也在找人。

安子晏一摸口袋，發現自己手機、錢包什麼都沒帶。

蘇錦黎也是臨時跟著安子晏出來的，衣服跟手機順手放在化妝間裡沒帶出來。

他們倆面面相覷，誰都沒說話。

那邊應該是有人說看到安子晏跟蘇錦黎往這邊跑了，沒多久又有人追過來，還很聰明，一直悄無聲息，在兩個人兩臉懵逼的時候悄悄靠近，就連攝影師們都在配合。

安子晏先發現了他們，看到他們拿著水槍噴水，下意識地拽過蘇錦黎，擋在自己的身前。

蘇錦黎穿著雨衣，戴著帽子，聽到水淋在雨衣帽子上，驚悚又恐怖。

說好的……保護他呢？怎麼能用他……當盾牌呢？因為他穿著雨衣嗎？

安子晏也是憑實力單身的吧？

【第六章】C位爭霸戰

安子晏看到蘇錦黎一臉懵逼的模樣，強忍著笑，抬手擦了擦蘇錦黎小臉上的水，還順便摸了兩下白嫩的小臉蛋。

「行了，別再追我了，我可以去要你們愛豆的簽名給你們，只要是世家傳奇的藝人都可以。」安子晏開始給襲擊他們的人洗腦。

「安子含也可以幫我們要啊。」

安子晏嘆了一口氣，繼續忽悠：「安子含現在是木子桃公司的，而且，你們過兩天就要被沒收手機了，只有我能跟外界聯繫。」

這些人面面相覷，最後興奮地說了自己的愛豆名字，安子晏比出一個OK的手勢，接著拽著蘇錦黎就走。

走的時候，還臭不要臉地跟蘇錦黎解釋：「剛才事出緊急，你穿著雨衣幫我擋一下。他們這些節目組就喜歡搞什麼濕身，多難受？」

蘇錦黎法力不精，需要專注於使用法力才能控制自己的魚鱗，於是只是含糊地應了一聲，沒注意到安子晏居然牽著他的手。

安子晏拉著蘇錦黎快步走到一個拐角處，探頭往外看，跟蘇錦黎念叨：「我們得去找水槍，總這樣被動被攻擊不行。」

蘇錦黎左右看了看，接著抖落了一下雨衣上的水珠，對安子晏說：「我們跑吧，躲兩個小時再回來。」

「那你會少很多鏡頭。」安子晏回答：「而且節目組也是希望我能夠有鏡頭的。」

「剛才我們倆不是入鏡了嗎？」

「就剛才那麼點，節目組不會滿意的。」

蘇錦黎有點不知道該怎麼辦了，著急地站在原地，像是要急哭了。

安子晏粗神經，卻也注意到蘇錦黎的不對勁，顯然蘇錦黎怕水的程度很高，連對他的恐懼都克服了。

安子晏想了想後，說：「沒事，我想想辦法。」

「嗯！」蘇錦黎現在只能依靠安子晏了。

安子晏帶著蘇錦黎繞路去設備室，這裡是倉庫一樣的地方，存放各種設備。

他進去後尋覓了一圈，找來寬膠帶，將蘇錦黎雨衣的帽子在頭頂的位置封住，又在蘇錦黎嘴巴的位置貼了一道。

透明雨衣的帽子很大，這樣封上之後，就像搞科研的服裝一樣，只留下眼睛。

安子晏又蹲下身，在蘇錦黎的褲子上纏上膠帶，一圈接著一圈，就像憑空穿上了雨靴。

「腳面要貼嗎？」安子晏問。

「不脫鞋應該沒事。」

最後，安子晏將蘇錦黎雨衣的下襬也纏上了。收口後，蘇錦黎就像穿上了透明的泡泡裙。

安子晏站起身來，看著蘇錦黎，只有一雙眼睛能夠看得清楚，還在對著他眨巴著眼。

這樣單獨看著，還真是被這雙眼睛吸引了，蘇錦黎有雙很漂亮的眼睛，好像璀璨的夜空，含著萬千星光。

「哥再給你弄一副膠皮手套。」安子晏說完又在這裡翻找，卻發現根本沒有手套，於是只好拿兩個塑膠袋，套在蘇錦黎的手上，還不是同一個顏色的。

帶著蘇錦黎出去，安子晏就聽到蘇錦黎走路的時候「嘩啦嘩啦」地響，忍不住抱怨：「我們這簡直就是自帶BGM。」

「要不你先去錄影吧，我自己可以的。」蘇錦黎拍了拍自己的胸脯。

安子晏笑了笑，站在他身前問他：「你還怕我嗎？」

「你怎麼總在意這個？」

「是啊，很在意，回答我。」

可惜蘇錦黎沒回答出，安子晏就被襲擊了。

沒過一會，安子晏的VJ聞訊趕來，跟著安子晏拍攝。

一群選手好不容易有機會可以跟評審、主持人互動，自然不肯放過，走廊上都到處是水。

蘇錦黎趕緊關上設備室的門，找準了時機開溜，接著找到一個還算熟悉的人，跟他詢問哪裡可以領水槍。

蘇錦黎到的時候，就看到安子晏跟安子含帶的大隊伍已經碰頭了。

安子晏也不再管其他的了，一身是水，衣服都貼在身上，正在奮力反擊，跟選手們鬧成一團，就像一個大孩子，一點偶像包袱都沒有。

蘇錦黎拿著水槍，遲疑了一瞬間，跟著加入戰鬥，走到安子含面前，噴了安子含一臉。

安子含整個人都懵了，看著蘇錦黎一會才認出來，直接嚷嚷起來：「我白對你好了，你居然幫我哥！」

蘇錦黎被安子含喊得有點不好意思，於是拿著水槍又噴了安子晏一臉。

兄弟兩人一齊看向蘇錦黎，逼人的陽氣撲面而來，蘇錦黎下意識後退，緊接著拔腿就跑。

他玩命地狂奔，就看到身後一群人在追他，立即大喊起來：「不要追我啦！啊啊啊！」

「別讓我逮到你，小沒良心的。」安子含喊道。

「是挺沒良心的。」安子晏跟著說道。

「我錯了！」蘇錦黎趕緊道歉。

「來不及了！」

蘇錦黎一身都是膠帶，跑起來放不開，最終還是被抓住了，被兄弟兩人按在角落。

然而這樣長途跋涉後，只有他們兄弟兩人以及一位VJ跟著了。

蘇錦黎哪裡反抗得過兄弟兩人，只能捂住頭頂的小孔，整個人縮成一團。

安子含用水槍噴了半天，蘇錦黎也只是雨衣表面濕了而已，根本沒有攻擊的地方。

安子晏扶著牆直喘粗氣：「你們怎麼這麼能跑，累死我了。」

「是這小子能跑，穿得跟要上太空似的，居然還跑得這麼快。」安子含也喘得不行。

等了一會，蘇錦黎也沒起來，最後還是安子晏將他拽著移動了身體。

蘇錦黎蜷縮著坐在角落，用小孔可憐兮兮地看著兄弟兩人。

「放心吧，水槍裡沒有水了。」安子晏特意晃了晃自己的水槍。

「等我找到我哥哥了，讓他收拾你們兩個壞蛋！」蘇錦黎「超級凶」地說道。

「明明是你先噴我們的。」安子晏試圖跟蘇錦黎講道理。

「你們都在互相噴啊，為什麼我噴就追著我跑這麼遠？」

兄弟兩人被問住了。其實別人噴，他們可能不在意，可是噴他們的人是蘇錦黎，他們就心裡不舒服了，為什麼呢？可能心裡都是想著，蘇錦黎是自己這邊的人吧。

「鬧著玩嘛，別在意。」安子含拽著蘇錦黎起身，一起往回走。

蘇錦黎默默跟在他們後面，在他們倆安靜往回走的工夫，蘇錦黎再次捧起水槍對著兄弟兩人繼續噴水。

就算他們倆都盡可能躲開，他也是噴到水槍裡沒水才結束。

蘇錦黎終於滿意了，對他們倆吐了吐舌頭，再次開始玩命逃跑。

兄弟兩人都懵了，只有VJ在幸災樂禍地對著他們倆猛拍。

原來他是這樣的蘇錦黎。

「這孩子喝假酒了吧？」安子晏忍不住問安子含。

「你剛才對他做什麼了嗎？」

「我能做什麼？」

「怎麼這麼快就學壞了？」安子含不願意接受蘇錦黎的改變。

晚上，大家都玩得筋疲力盡了，大部分選手卻還是去練習室裡繼續練習主題曲。

其中，還有幾名在待定區的選手，依舊在認認真真地練習。

凌晨兩點鐘，顧桔神奇地在A組的練習室裡出現。

當時蘇錦黎跟烏羽正一起哼著歌，對著鏡子練習。

顧桔進來後，就坐在鏡子前，看著他們倆練習，問：「有沒有什麼不懂的地方？」

「幾個動作的細節有點記不清了。」蘇錦黎立即回答。

「嗯，哪裡，我看看。」

蘇錦黎單獨跳給顧桔看，顧桔立即起身到他們兩個人的中間，做了一遍這個動作，並且看著鏡子裡，對他們的動作分別進行指點。

指導完他們兩個人，又去指導其他幾個人。

安子含是那種吃不了苦的孩子，潑水節結束後，回到寢室洗了澡就趴在床上，一邊吃零食一邊休息了，晚上沒再出來。

範千霆在一點左右也回去休息了，剛巧錯過了顧桔。

全部指導完畢後，顧桔又回到蘇錦黎跟烏羽的面前，「我已經去了三間教室指導，我不知道那些回去休息的選手是不是已經準備好了，不過現在還在練習的選手裡，你們倆完成度是最高的。」

蘇錦黎跟烏羽點了點頭，繼續聽顧桔說話。

「我們錄製的MV，裡面有六十個人，歌曲只有四分二十一秒。所以會是幾個人同唱一段歌詞，這個鏡頭裡，幾個人同時出現。歌曲MV會有一個C位，只有這個人有一段單獨的歌詞，是獨唱，個人鏡頭七秒，知道這意味著什麼嗎？」

烏羽當然比蘇錦黎知道的多一些，立即陷入沉思，緊接著點了點頭。

蘇錦黎也跟著點頭，「明白。」

「你們倆努力爭取一下，我等著看你們的表現。」顧桔說完，又召集A組所有在練習的成員，讓他們看自己再跳一遍。

顧桔是已經出道的藝人，只是還沒紅起來而已，實力並不弱。

聽說下半年有兩部顧桔之前拍的網劇會前後檔上線，顧桔也會在那個時候正式進入觀眾的視野。現在，顧桔的事情不多，倒是四位評委裡對所有選手最照顧的，凌晨也會來這邊看一看。

他今年也才二十二歲，跟這些選手年齡相仿，沒什麼架子，蘇錦黎對顧桔的印象不錯。

「謝謝顧老師。」蘇錦黎說。

「你是所有選手裡學得最快的，這是一個很厲害的天賦。我非常希望你能夠好好利用，然後表現得比其他的選手更熟練。」

「好，我會努力的。」

顧桔想了想，對烏羽說：「你先繼續練習吧，我還是要跟蘇錦黎強調一下舞臺表現，你這方面是沒有問題的。」

「好。」烏羽答應了。

顧桔將蘇錦黎叫到教室的角落，單獨指導蘇錦黎的表情與眼神。

第二天，就是考驗主題曲的時間了。

早晨五點，蘇錦黎從被子裡爬起來，昏昏沉沉地再次倒回床上，沒一會又睡著了。

這些年裡，蘇錦黎很少會賴床，真的是太累了，他想再睡一會。

昏昏沉沉地又睡了一個半小時，是烏羽將蘇錦黎推醒的，「起來吧，準備一下要去練習了。」

「嗯……」蘇錦黎含糊地應了一聲，然後雙眼迷茫地起身，爬下床去洗漱。

走出來收拾穩妥後，安子含最後一個起床，另外三個人已經要出門了，安子含才開始洗漱。

幾個人結伴去吃了早飯，還給安子含帶了包子，七點半準時到訓練室。

進入練習室，就看到已經在練習的選手，他們也不敢怠慢，一起對著鏡子練習。

安子含到練習室之後，先坐在角落吃了早餐，盯著他們幾個人練習，還跟他們聊天，問他們昨天幾點睡覺的。

「那麼晚，豈不是沒怎麼睡？」安子含繼續問。

「蘇錦黎睡了一會，我沒睡著。」烏羽回答。

「你啊，目的性太強，也太拚了，你這種性格以後進了娛樂圈，估計會被人討厭。」安子含吃得津津有味的。

烏羽調整了一個角度，接著單獨對著安子含跳，還故意晃了晃胯。

「靠，老子食欲都沒有了。」安子含立即罵，被對著面門晃胯，真是一件噁心的事情。

「別覺得你多懂娛樂圈，這個圈子裡沒有幾個善茬。」烏羽說完就走開了，他只是想噁心安子含一下。

「是，你們波若鳳梨的都這樣！」安子含說的話特別刺耳，引得不少人看過來。

這可是直接針對公司了。

蘇錦黎走到了安子含身邊，蹲下身，抬起了安子含手裡的包子，塞進了安子含的嘴裡。

「你好好吃飯。」蘇錦黎說。

范千霆看完就樂了，也就蘇錦黎治得了安子含，安子含也就跟蘇錦黎沒脾氣。

這一回的評比是六個人一組，對著鏡頭一邊唱一邊跳。錄下來後，評委會進行評分，所有人憑藉這一次的表現，最終做出選擇來。

結合第二輪跟這一次的分數，平均下來後，會重新進行分組，這一次，每個組十五人。

到了錄製的地方，他們才看到常思音。

常思音頂著大大的黑眼圈，絕望地靠在蘇錦黎的肩膀上，說道：「我緊張得一整夜沒睡。」

「不會覺得累嗎？」

「我現在連躺在床上都會有負罪感了，我資質太差，不努力不行啊。」

蘇錦黎抬手拍了拍常思音的肩膀，表示鼓勵。

安子含在這個時候，靠在蘇錦黎的另外一邊肩膀上，「我也要鼓勵。」

「壓得我抬不起手來。」蘇錦黎抖了抖，將兩個人都抖開了。

需要錄製十組，其實一個小時就可以錄製完成。

蘇錦黎過去的時候有點緊張。他也知道自己的問題很大，只能在播放音樂之前蹦了幾下，調整自己的心情。

站在鏡頭前，還聽到張彩妮給他加油的聲音，不過，他已經沒有心情去理會了，只能趕快調整好狀態，音樂開始後盡可能地跳好，將歌全部唱出來。

其實這一次的比賽，表現真的是參差不齊。

好多選手都專攻上一輪比賽，對節目的主題曲不是很熟悉。

一首新歌，要背歌詞、要記旋律，還要練舞蹈動作。

到了錄製的時候，大家就有了不一樣的表現。

有的人只是在唱，有的人盡可能跳全，能唱幾句唱幾句。

有的人跳舞的時候，總會時不時扭頭去看身邊的人，怕自己跳錯。有的人因為唱錯歌詞感到懊惱，而控制不住表情。

相較下來，蘇錦黎的表現已經足夠優秀了，他不像其他人那樣，畢竟他很早就背下歌詞跟舞蹈動作，這些天一直在練習熟練程度，調整自己的動作，保證每個姿勢都做得足夠好看。

這一晚上的練習，則是在研究自己表演時的面部表情以及感染力。

他的表演就是一場成熟的演出，而其他人則是一場應付性的表演。

蘇錦黎比較靠前，所以是前幾組完成的，一直坐在旁邊看其他選手錄製。

到了安子含，就發現安子含似乎忘詞了，中間有一段一直在跳舞，到了歌曲的高潮部分才想起歌詞，繼續跟著唱。

蘇錦黎緊張地提起一口氣，聽到身邊的烏羽說：「他忘詞是正常的，太自滿了，還不夠努力。忘詞的時候動作也全部亂了，沒有一個卡在點上。」

「其實子含很厲害，是個非常優秀的人。」蘇錦黎回答。

「你們這種盲目誇他的人，是對他傷害最大的，會讓他更加驕傲，覺得自己天下無敵。他就是被家裡慣壞了，該經歷點什麼磨練一下。」烏羽回答得特別嚴厲，是真的在想安子含的問題，而非幸災樂禍。

蘇錦黎想了想，跟著點頭，「嗯，其實你說得也對。」

錄製完成，並未給他們安排接下來的任務，只是讓他們回去休息。

蘇錦黎長長地鬆了一口氣，站起身往寢室走，臨走的時候，拍了拍安子含的後背。

結果安子含似乎是有點情緒不對，躲了一下，接著氣勢洶洶地去了其他方向。

「別管他。」烏羽回頭看過來，伸手拉著蘇錦黎往寢室走，安慰道：「你的狀態很不好，應該休息了。」

「喔……」

蘇錦黎一步三回頭，最後還是回到寢室，蘇錦黎什麼都不想再做了，爬上床開始睡覺。

寢室裡難得的安靜，烏羽一夜沒睡，回到寢室後也很快睡著了。

範千霆應該也是這些天累壞了，睡得直打鼾。

安子含下午三點多才回來，本來以為蘇錦黎會追上他，安慰一下什麼的，結果，蘇錦黎根本沒鳥他。

這讓安子含挺尷尬的，都不知道該不該回來了，於是為了顯得不那麼丟人，安子含去染了一個頭髮才回來。

進門之前，安子含還在醞釀情緒，如果烏羽數落他，他該怎麼辦。結果一進寢室就聽到此起彼伏的呼吸聲，他就發現自己這一天都在自作多情。

回到寢室裡坐了一會，長長地嘆了一口氣。

之前他問安子晏能不能重錄一次，安子晏直接把電話掛斷。

安子晏雖然對他好，卻也不是絕對的溺愛。他們家也沒有什麼好的家教方法，他們兄弟倆是家裡的保姆帶大的，他跟安子晏在一起的時間更長。

從小安子晏就欺負他，他甚至覺得父母是給安子晏生了個玩具，給安子晏玩的。

長大後，就漸漸發現安子晏對他的保護了，於是他膨脹了。

手機震動起來，安子含收到了安子晏發來的消息。

安子晏：C位決定了。

安子含：誰啊？

安子晏：反正不是你。

會議室裡，安子晏坐在最中間，兩邊是評委老師。

他們看了十組的錄影後，分別進行評分，覺得看得不夠仔細，個別的人還會再看一次。

其中，有幾個人的視頻被反覆看了五、六遍，這幾個人分別是：烏羽、蘇錦黎、周文淵。

原本他們以為安子含也會是候選人之一，但是看到安子含居然忘詞後，安子晏直接揮了揮手，「他不行，不用猶豫了。」

大家見安子晏不護短，自然也沒再說什麼。

在看烏羽的視頻時，評委們這樣點評。

顧桔：「烏羽的表現一直都很穩，有實力也很努力。」

韓凱：「他參加比賽到現在一直都是第一名，我之前就知道他肯定沒問題。」

藏艾：「你們這個態度，是確定要用烏羽了？」

顧桔：「可以再看看蘇錦黎的，我有點期待他的表現。」

蕭玉和：「他的長相很端正，有偶像的潛質。」

安子晏點了點頭，「他的表現確實很穩定。」

看周文淵的視頻時，藏艾：「我的天啊，他笑得好甜啊，好可愛。」

韓凱：「確實是一個實力唱將，唱歌很好聽，還是第一次看到他這樣跳舞，跳得挺不錯的。」

顧桔：「其實在節奏上，有幾個動作沒有踩在點上。」

安子晏點了點頭，「稍顯遜色，不過也不錯了。」

眾人看向安子晏，總覺得安子晏看到安子含的表現後氣壓就很低了，現在也一副老幹部的模樣，對所有的選手進行點評。

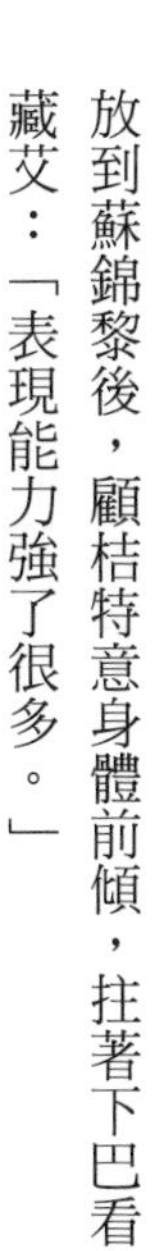

放到蘇錦黎後，顧桔特意身體前傾，拄著下巴看。

藏艾：「表現能力強了很多。」

蕭玉和：「剛才瞇起眼睛的時候，竟然有點撩欸，還以為他只是可愛型的選手。」

顧桔：「昨天晚上我有去指導他們，教蘇錦黎的時候，他的表現並沒有這次好。所以看到他現在的表現，我還是很滿意的。」

安子晏終於調整了一個姿勢，問：「昨天晚上？」

顧桔：「嗯，凌晨兩點還在練習。」

安子晏：「練習的人多嗎？」

顧桔：「三個組加起來，應該有將近二十人。」

安子晏：「所以安子含沒參加練習是吧？」

顧桔：「我不知道在我去之前，他有沒有練習。」

安子晏：「好，我知道了。」

安子晏已經在即將爆發的邊緣了，但討論還是要繼續進行下去。

蘇錦黎最大的問題，他已經自己克服了。他這一次的表現非常不錯，可以很撩，也可以很可愛，青春又陽光。

藏艾反覆看了幾遍他們的視頻後，發表了自己的意見：「我覺得烏羽要更當之無愧一些，他一直都是第一，這一次表現得也很穩定。」

顧桔則有反對意見：「我們選C位，看的只是這一次的表現，如果是綜合評比，對其他選手來說是不公平了。比完了之前兩輪，之前的成績清零，他們現在比的是主題曲的表現。」

韓凱看了一會問：「所以藏艾比較看中烏羽，顧桔比較看中蘇錦黎？」

顧桔點了點頭，「我覺得蘇錦黎的形象要更青春陽光一些，比較符合這首歌的形象跟定義，烏羽有點太沉穩了，沒有少年感。」

「如果讓蘇錦黎突然做了C位，可能會引來一些爭議，這樣對蘇錦黎也會有一些打擊，覺得蘇錦黎有後臺什麼的。」蕭玉和做了理性的分析。

顧桔原本還想幫蘇錦黎說幾句，這回也沒再說什麼了。

安子晏問韓凱：「韓老師的意見呢？」

「我個人比較喜歡蘇錦黎這個孩子，進步很大。上一輪是情歌，他沒談過戀愛，所以不占優勢，唱不到極致。但是這首歌就是積極向上的，他唱得很好聽。」

安子晏盯著螢幕看了一會，對工作人員說道：「將畫面關了，只放他們兩個人的聲音，放需要獨唱的那一段，我們聽一聽誰唱得比較好。」

工作人員弄了一會，會議室裡的螢幕暗了下來，只前後放了蘇錦黎跟烏羽的聲音。

兩個人的這段歌聲對比完畢後，似乎大家都有了答案。

「蘇錦黎的聲音真的很好聽啊。」藏艾居然突然倒戈了。

「只聽歌聲的話，這首歌的確是蘇錦黎詮釋得更好。」韓凱發表了自己的意見。

「舞蹈我們剛才已經看了很多次了，兩個人的舞蹈跟表現能力不分高下，所以我們單獨比歌聲。現在，蘇錦黎的歌聲更有優勢，這個C位，你們覺得呢？」安子晏一邊用手指敲擊桌面，一邊詢問其他人。

顧桔點了點頭，他是一直在幫蘇錦黎爭取的，所以第一個同意了。

藏艾抓了抓頭髮，糾結了一會後，回答：「蘇錦黎。」

韓凱笑呵呵地跟著說：「蘇錦黎。」

蕭玉和看了看其他人，說道：「看來現在我這一票不大重要了。」

最終確定C位是蘇錦黎。

吃完晚飯後，選手們再次去練習室練習。

安子含是被蘇錦黎拽去的，「你就算這次失誤了，也不能徹底放棄，之後的表現要更好，你說是不是？」

「其實我平時練習的時候歌詞都記得好好的，結果錄影的時候就失誤了。」安子含還在給自己找理由。

「就是沒徹底熟練，不然聽到音樂就下意識地完成了。」

安子含想反駁，卻沒說什麼，垂頭喪氣地跟著蘇錦黎去了訓練室。

進去，就看到烏羽回頭看了他一眼，接著冷哼了一聲，繼續練習。

「我看他怎麼這麼不爽呢？」安子含問蘇錦黎。

「有攝像頭……」

「有也煩他。」

進入練習室，沒一會A組的選手自發性地一起練習了。

練習到中途，安子晏突然出現在教室的門口，不少人跟安子晏打招呼。

安子晏點了點頭回應，接著對安子含勾了勾手指，「出來。」

安子含下意識地腿軟，想要躲，不過知道根本躲不過，只能硬著頭皮跟安子晏走出教室。

安子晏帶著安子含去走廊空曠的地方，用拳頭推了一下安子含的肩膀，「吃不了苦，你就給我滾蛋！」

安子含知道哥哥這回是真的生氣了，立即給自己辯解：「我平常都有練習……就是那個時候忘記了……」

「顧桔昨天凌晨去教室的時候，蘇錦黎跟烏羽他們還在練習，你在哪裡呢？玩瘋了是吧？」安子晏繼續問，眉頭緊鎖，帶著幾分威嚴，的確十分有震懾力。

「我就是昨天累了。」

「別人不累嗎？為什麼他們就能繼續練習？你還在狡辯是吧？你以前什麼樣子，我又不是不知道。每次我去旁邊看著你才能老老實實地訓練，我走了以後你就跟個大爺似的偷懶。」

安子含低下頭，再也不回答了。

「你當你多聰明嗎？第一次教的時候，蘇錦黎幾次就記住了，他比你聰明多了，但是人家仍持續在練習。你呢？你是不是以為我們家能給你買個第一名玩玩啊？」

「沒有……」

「還沒有，我看你就是這麼想的！」

安子含本來就心情不好，被哥哥當著鏡頭這麼訓，覺得面子上過不去，心裡還委屈。他失誤了，沒人安慰他，現在還被罵，鼻子一酸就哭了起來。

「哭什麼哭，你還有臉哭，委屈你了是不是？」安子晏依舊沒打算放過安子含。

「我以後努力還不行嗎？」安子含哭了之後，氣勢反而起來了，理直氣壯地回答。

「覺得累就現在回家，別占了真正有夢想的人的位子。大家都在努力，你卻在這裡裝大爺，會顯得你特別出眾，差得出類拔萃。」

「來這裡以後……我……我的態度已經比以前好多了……」安子含擦了擦眼淚，哭得話都說不利索了。

「你明明可以做得很好，偏偏沒做到，你知不知道這意味著什麼？」

「不知道。」

「我每次演戲，只要有一點不好，就會被人說『他果然是靠著家裡才能接這個戲的吧？』我不願意別人說我，所以我都會努力做到最好。如果你一直是這種狀態參加比賽的話，你會被罵得更凶，因為你是安子含！」

他們倆是世家傳奇老總的兒子，如果不努力，稍微有點什麼錯誤就會被人攻擊。

眾人都對弱者寬容，然而，對那些天生有錢的富二代、星二代，都會要求極其苛刻。最多的評價就是：如果你沒有XX，你屁都不是。

他們只能比別人更努力，才能堵住悠悠之口。

「那邊錄著呢……」安子含又羞又惱，他愛面子，被這麼罵心裡不舒服，轉了個身，偷偷擦眼淚，卻發現攝影師跟了過來。

「你也知道丟人？忘詞的時候怎麼不覺得丟人呢？」

「你還有完沒完了？」

「不服是不是？」安子晏活動了一下手腕，安子含立即閉嘴了。

蘇錦黎探頭往走廊裡看，看安子含哭得太慘了，於是小聲說了一句：「以後我拉著他一起練。」他說得太緊張了，聲音有點發顫，就好像餓了多少頓似的，聲音悠悠的，甚至有點恐怖。

天知道安子晏生氣的時候陽氣有多可怕？

安子晏扭頭看向蘇錦黎，問：「你能管得了他嗎？」

「我努力試試。」

「他要是不聽怎麼辦？」安子晏繼續問。

「我就……掐他！」

安子晏見蘇錦黎握緊雙拳，努力勇敢說話的樣子，終於揚起嘴角笑了笑，走到了蘇錦黎身邊，拍了拍蘇錦黎的肩膀，「那就交給你了。」

跟安子晏有身體接觸，蘇錦黎還是有點發怵，於是弱弱地點頭。

安子晏很快又說了一句：「C位好好加油。」

「啊？」

「C位是你的了。」說完就離開了。

等安子晏離開後，烏羽跟範千霆也跟著走出來，到安子含身邊，安子含還當他們要安慰自己，就看到烏羽拿著手機，對著他照了一張相。

「我發現你哭比笑好看。」烏羽看著相片說道。

安子含哭了之後，平日裡的銳氣都消失了，竟然還有那麼點軟萌感，尤其是濕漉漉的眼睛，讓他顯得有些楚楚可憐。

範千霆興奮地看著手機，說著：「給我傳一張，來來來，我當桌面。」

「你們一個個的怎麼都這麼賤呢？」安子含氣急敗壞地說道，都忘記哭了。

「你怎麼好意思說別人呢？」

安子含不服氣，「哼唧」了幾聲，擦了擦眼淚，問蘇錦黎：「我哥剛才跟你說什麼了？」

「他說C位是我的。」蘇錦黎愣愣地回答。

「喔，挺好的。」安子含坦然地說。

烏羽有一瞬間的表情不自然，不過還是很快調整過來，對蘇錦黎說：「恭喜。」

「我一直以為會是你，因為你是第一名啊。」

「如果C位是你的話，我是服氣的。如果是安子含的話，我就不爽了。」

「嘿！你什麼意思啊你？」安子含用肩膀撞了烏羽的胸口。

「剛才跟你哥，你怎麼沒這麼牛？」烏羽往後躲了躲。

「那是我哥！再說了，他說得也對。」

烏羽嗤之以鼻，扭頭就走。

安子含追著烏羽叨叨個沒完，質問烏羽是不是不服。

當天晚上，節目組沒收了所有選手的手機，因為即將要播放第一期節目，開始做宣傳、進行投票了。

這期間，選手們不能跟外界聯繫，也不會知道自己的成績。

在沒收手機前，安子含特意叫了蘇錦黎、烏羽、範千霆跟常思音一起合影，三個人做著鬼臉，或者各種表情。

拍完之後，他們就各自給家裡人留言，別當自己是失聯了。

蘇錦黎拿著手機，又一次搜索了沈城的名字，看到最新的新聞是沈城強勢入股波若鳳梨，以後不再是藝人，而是股東之一。

他不大懂其中的含義，只是點開新聞草草地看了一眼。

另外一邊，安子含還在跟工作人員糾纏：「讓我把圖P完！」

安子含一口氣P了三張，發到自己的微博上。

安子含：馬上就要沒收手機進行封閉訓練了，大家不要太想我喔，我跟他們在一起為明天而奮鬥。【圖片】

此時的安子含不會知道，他拍的這幾張相片，在他們出道十年爆紅、成為老牌藝人後，是被媒體拿出來最多的一組合照。

此時安子晏的家裡。

安子晏洗完澡，披著浴巾走出來，癱在沙發上捏了捏鼻梁，簡單地休息一下。

最近突兀地接了一個選秀節目的主持工作，他需要兩地奔波，導致現在這部戲被耽誤了一些進程，他只能在平時延長拍攝時間來彌補。

然而這種勞累程度，簡直就是在挑戰體力極限。

安靜地待了一會後，他拿出手機看了看。

打開微博，他首先看到安子含發的合影。放大看就忍不住笑起來，相片裡這五個年輕人，還真是在用生命做鬼臉，有夠誇張的。

他又看了看在相片裡鬥雞眼的蘇錦黎，還挺可愛的。

三張相片，只有一張相片是正常的，蘇錦黎漂亮的外表，還有燦爛的笑容，根本讓人無法忽視，這小子長得……還真是他的菜。

又看了一會，就看到《全民偶像》發了宣傳。

他點開微博的視頻看了看，確定沒有問題了才轉發。

節目組的第一個宣傳視頻，是用安子晏跟安子含做看點。主要的宣傳點就是安子含的吐槽，還有他們兄弟兩人的互懟。

視頻裡剪輯了安子含對四位評委老師的點評，以及對哥哥來了節目組的嫌棄。

接著，就是安子晏跟安子含在臺上的對話。

視頻的結尾，蘇錦黎還混到了一個鏡頭，裡面蘇錦黎只有一句話：「我會吹簫。」

安子晏歪著嘴角笑了一下。

安子含指著螢幕說：「我哥想歪了。」

最後是常思音的：「呃……」

後期還給常思音的頭頂配上了一排省略號，烏鴉飛了過去。

因為是安子含第一次公開亮相，安子晏轉發完了之後，還著重看了一眼下面的評論。

灰來灰去：是親兄弟沒錯了。

唐易：吹簫的小哥哥雖然只出現了一瞬間，還是被我發現他有點帥，他是誰？

懶癌末期喵星人：塑膠兄弟情，233333。

白水之貓：哈哈哈，人家是戶愚呂兄弟，你們是互相懟兄弟，沒想到你是這樣的男神！

青春墨斗魚：弟弟可以說非常真實了，期待這個綜藝，吐槽笑死我了。

天雅夜蝶：想歪了，哈哈哈，男神你怎麼那麼汙？

與彼朝陽：古裝小哥哥有點帥啊！

安子晏刷了一會，就發現黑粉漸漸出現了。

比比比水：弟弟也出來撈金了嗎？這一家子能不能消停點？

小汽車滴滴：有這兄弟兩人在一塊，這個節目能看？【手動再見.jpg】

紅色比基尼：不用看了，安子含肯定內定的第一名，世家傳奇弄了個真人秀捧二公子？還真夠用心的。

安子晏看得心煩，將手機丟在一邊，拿起劇本看了起來。

沒一會，又忍不住拿起手機刷評論，他發現，弟弟出道竟比他自己出道還緊張。

緊接著他就發現，自己居然會留意，留言之中有沒有提及蘇錦黎，真是……奇了怪了。

另一頭的孤嶼工作室裡，侯勇拿著手機，在公司的宿舍走廊裡來回走，興奮地說著：「我們的小錦鯉有鏡頭了，宣傳視頻第一彈裡就有他，評論裡還有提到他的。」

有人湊過來看，看了整個兩分鐘的視頻後，蘇錦黎只出現兩秒鐘，並且只說了一句話而已，不

過，這也夠他們興奮半天了。

「小錦鯉在舞臺上好帥啊！」工作人員跟著誇獎。

「我們小錦鯉平日裡也帥。」侯勇說得特別驕傲。

「評論裡怎麼說的？」

公司同事們紛紛取出手機來刷微博，一百條評論裡能有三條提到蘇錦黎，都能讓他們興奮得討論一番。

他們紛紛轉發，安利自己公司的小哥哥。

「有安子晏做主持人，這個節目至少能保證一部分收視了。有安子晏跟安子含這個看點，小錦鯉就算只是去參加做個陪襯也能混到一些鏡頭。我們小錦鯉長得帥，肯定會引起關注。」侯勇拿著手機，笑得像個媒婆。

「小錦鯉唱歌也好聽！」

「安子晏轉發微博了！」

「對對對，我們小錦鯉要紅了。」

「轉發都破萬了，我的天，才發沒多久就破萬，這是沒買水軍吧？」

「我看到安子含發微博了，合影裡有我們小錦鯉！」

侯勇立即點開安子含的微博，看到蘇錦黎居然跟安子含的關係不錯，興奮得都要哭了，「跟著安子含混，鏡頭肯定多。」

德哥坐在角落抽菸，看著一群興奮的同事忍不住「嘿嘿」樂，接著問侯勇：「小錦鯉的微博註冊了嗎？」

「註冊了，就叫蘇錦黎。」

「粉絲多少？」

「大概一百多個吧。」

公司其他的同事問：「要不要買點粉絲充面子？」

侯勇笑了笑，搖頭，「我把帳號跟密碼給小錦鯉，讓安子含關注他就行了。」

「好主意。」

侯勇拿出手機來，看到蘇錦黎的留言就崩潰了：「他們被沒收手機了。」

德哥：「那就先別管了，你先給他留言吧，我們先準備好節目播出後需要做的準備。」

侯勇點了點頭，給蘇錦黎編輯留言。

訓練營裡，第二天一早節目組的人就安排選手們去拍攝MV，選手們也早就知道蘇錦黎成了C位，蘇錦黎走去拍攝現場的途中，還有人跟蘇錦黎打招呼，對他說恭喜。

安子含早就緩過神來，也沒多失落，反而挺興奮的。

MV的C位是他罩的弟弟，不是烏羽那個讓人無語的小子。

安子含突然看到喬諾站在不遠處，立即笑呵呵地拽著蘇錦黎走過去，主動跟喬諾打招呼：「欸，我記得你當初說過蘇錦黎來著，還問蘇錦黎要不要簽名，畢竟蘇錦黎紅不了。現在蘇錦黎C位了，你有沒有什麼想說的？」

喬諾整個人都呆住了，他真沒想到安子含這貨連自己公司的人都數落。

走在他們倆後面的烏羽、範千霆也跟著朝他們這邊看過來，似乎是第一次聽說這件事情。

喬諾的表情更加尷尬了。他們倆剛過來，就有攝影師跟了過來，喬諾努力調整自己的面部表情，接著擠出牽強的笑容：「當時是……開玩笑嘛，你怎麼還當真了？」

「喔，我還以為你是認真的呢，你當時的樣子特別適合去演電視劇裡的反派角色，賊可恨。」

「別在意，都是胡鬧的，恭喜你啊蘇錦黎。」喬諾說完，簡直想立即退賽。

他當初的確是想去數落蘇錦黎的，畢竟他能夠通過木子桃的評選，而蘇錦黎沒有。

平時在公司裡的壓力得不到釋放，就去欺負蘇錦黎，以為可以得到一些嫉妒恨的眼神，沒想到現在被反壓一頭。

誰能想到，一個在面試時不敢現場表演的人，到了選秀節目裡開始大放異彩啊？

難不成……真的是半年裡累積的？搞人設吧？可是他完全沒必要跑到一個小破工作室去搞這個人設，畢竟還是木子桃更靠譜些。

蘇錦黎沒說什麼，只是笑了笑，就拽著安子含離開，一起去化妝。

當初他的確很生氣，現在卻不那麼在意了，已經釋然了，還有就是……他只會朝前看，看著超越領先他的人，沒空去看那些被他甩在身後的人。畢竟，精力有限。

他們的主題曲是一首比較勵志的歌曲，很青春也很歡快。

所以他們在主題曲裡的造型，也大多是很可愛的形象。

蘇錦黎就穿著紅白格子的襯衫，袖子大得誇張，袖口還有幾條紅色的帶子。下身是黑色的褲子，上面印著各種印章，風格誇張。

他臉上的妝也要比之前濃一些，眼影就塗了很久。

第一輪表演，他是古裝扮相，屬於清秀型。

第二輪表演，他是乾淨的男神，襯衫牛仔褲，簡單俐落。

這一次，就是可愛外加視覺系的扮相了，眼角還貼了幾顆小鑽石點綴，在燈光下閃閃發亮。

其他的選手的扮相也大多如此，只是因為蘇錦黎是C位，所以是所有人裡唯一的紅色服裝。

「蘇錦黎，你超美！」安子含幾乎是歡呼著跑過來，被蘇錦黎這回的扮相驚豔到了。

「我覺得有點誇張了。」

「不不不，你的妝超級棒，你超級適合上妝。」

蘇錦黎跟著看鏡子裡，就看到安子含渾身難受地亂動。

「怎麼了？」蘇錦黎問。

「沒手機的日子真焦躁難受，想自拍，想跟你合影，好難受。」

「不是有鏡頭嗎？」

緊接著，安子含拉著蘇錦黎跑到一個鏡頭前，一個勁地猛擺造型，之後對攝影大哥說：「這段不用播，以後傳給我，我自己截圖。」

攝影大哥「嗯嗯」了兩聲答應了，不過這段最後還是被播出去了，粉絲們給他們截圖，永遠是蘇錦黎是盛世美顏，安子含在切換造型成了一道虛影。

MV在拍攝前要先分配每個人負責唱的段落，有的人舞蹈弱一些，就分在動作少的段落；表現好的選手會分到人比較少的組，表現一般的就分到十個人一組的鏡頭。

很多選手都有自己的想法，也會試著跟節目組爭取，以至於光分這個就用了四個小時。一邊化妝，一邊分工，節目組的工作人員一直拿著喇叭在交流。

蘇錦黎是C位，單獨一個場景，歌詞早就安排好了，所以是第一個開始錄製的，特別省心，蘇錦黎終於開始慶幸自己是C位了。

他們給蘇錦黎安排了一個小房間拍攝，房間有搭布景，但周圍是空曠的攝影棚，有點出戲。房間的背景色是檸檬黃，屋子裡的東西並不多，多大是馬卡龍般繽紛顏色的元素。

蘇錦黎在錄製時只要在房間裡面邊唱邊跳就可以，他表現得很好，導演說什麼都會盡力配合，拍攝得也算順利。

導演讓蘇錦黎重複錄這一段錄了四次後，終於喊卡。

顧桔站在一邊，一直看著蘇錦黎錄製完畢，走過來問：「累不累？」

「不累，比平時練習好多了。」蘇錦黎回答。

「嗯，我第一首歌的MV就是用的一鏡到底，一共拍了二十三次才通過。他們拍四次也是為了選你狀態最好的那一次來用。」

蘇錦黎點了點頭，表示自己理解。

蘇錦黎拍攝完畢後，就被節目組叫去補錄個人採訪。

他坐在小房間裡，等待著工作人員準備完畢。

跟上一次一樣，就是問問他對第二輪比賽的看法，以及對這次主題曲選拔的看法。

「沒想到C位會是我，我還以為會是烏羽。」蘇錦黎羞澀地笑了笑，回答了這個問題。

「覺得開心嗎？」

「當然會開心啊！我昨天就挺高興的，還在想，我再努力點是不是就能幫公司賺錢了。」

這個時候，工作人員居然問了奇怪的問題：「在《全民偶像》的女選手裡，誰最符合你擇偶的標準？」

蘇錦黎被問愣了，想了想才回答：「來了以後一直都是練習、吃飯、睡覺，接著練習，都沒仔細看過其他選手。」

「比賽的時候你不都看到他們的表現了嗎？」

「哎呀，我聽歌呢，你聽歌的時候順便找老婆嗎？」

工作人員被蘇錦黎問笑了，緊接著又問了另外一個問題：「你覺得，《全民偶像》的選手裡，誰最有實力？」

「烏羽，就是一種氣場碾壓，唱得好聽，跳舞好看，長得也好看。」

「如果你被困孤島，最想跟誰一起？」

「應該是常思音吧，他性格最好。」

「你覺得自己是一個什麼樣的人？」工作人員又問。

「好人。」

「具體一點呢？」

「就是……有追求、有理想的人。」蘇錦黎回答得義正辭嚴。

「你的追求跟理想是什麼？」

「就是賺大錢，然後請我所有的朋友一起吃火鍋。」

「為什麼是火鍋？」

「我喜歡吃火鍋，還有烤肉！」提起吃的，蘇錦黎的眼睛都亮了。

「你的追求跟理想只有這些嗎？」

「啊……還有的！就是想試試談戀愛，多吃好吃的，努力工作回報一下公司，還有就是……想見見我哥哥，好久沒見到他了。」

工作人員看了看題板後，繼續問：「你喜歡什麼類型的女生？」

蘇錦黎疑惑地反問：「喜歡會怎麼樣？」

「就是你會想和什麼樣的人談戀愛？喜歡什麼類型的？條件是什麼？」

「我的天啊，怎麼可能提條件啊，肯喜歡我就很感謝了。」

「那你想什麼時候談戀愛？」工作人員笑咪咪地問，他越來越覺得蘇錦黎有意思了。

「如果可以的話，明天都行，但是沒人喜歡我。」

「如果有你喜歡的人出現了，你會主動去追嗎？」

「就像許仙、白素貞那樣送傘邂逅嗎？會的吧……但是至今還沒有喜歡的。」

結束採訪後，其他的組還沒有拍攝完畢。

他在周圍徘徊，跟著看，發現跟他很熟的人都被分在不同的組。

尤其烏羽跟安子含站在各自小組的中間位置，這樣出眾的人，就算在人群中也不會被埋沒。

全部拍攝完畢後，還有全部六十個人聚在一起的齊舞，蘇錦黎也是站在最顯眼的中央位置，安子含跟烏羽在他的一左一右。

拍攝的時候，鏡頭也大多圍繞著他們。

他們這個MV一直拍攝到凌晨兩點多才結束，全程有點混亂，六十個人的MV還是有點太難控制了。

結束後，蘇錦黎到角落擦了擦汗，安子含走到他身邊，念叨：「好煩，想抽根菸。」

「不是不讓抽嗎？」

「回寢室吧，我挺不住了。」

蘇錦黎點了點頭，用自己的毛巾也給安子含擦了擦汗，「你今天表現得也挺不錯的。」

「你知不知道我哥給我的那一拳有多疼，我這種體格都被他錘得往後一顫。」

「那你就長點記性。」

「是是是，你們都是對的，抽菸去。」

他們不想跟其他人一起等電梯，乾脆直接爬樓梯上樓，到了寢室，安子含坐在窗臺上抽菸，同時跟蘇錦黎說：「我掐指一算，今天是我們節目的首播。」

「今天播第一期啊？」

「嗯，是的。」

節目組官方微博，在播放的當天中午又放了一個視頻做預熱。

這回的視頻截取了節目的精彩片段，比如烏羽的飆高音、蘇錦黎的扇子舞，還有範千霆的說唱片段都有在視頻裡出現。

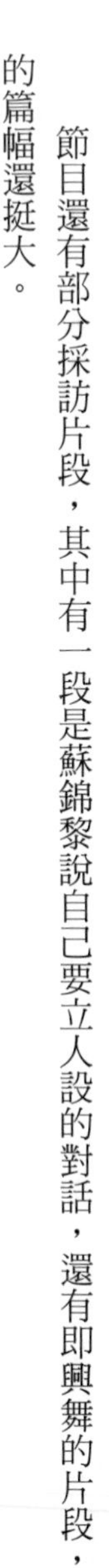

節目還有部分採訪片段，其中有一段是蘇錦黎說自己要立人設的對話，還有即興舞的片段，占的篇幅還挺大。

這一次的微博沒有安子晏轉發，依舊達到兩萬的轉發量。

不再是因為安家兄弟，而是因為這些片段選取的不錯，還有就是……蘇錦黎跟烏羽的顏吸粉。

九醉哥哥保護你：選手們的顏值可以啊。

櫻桃自由：上個視頻讓人驚豔的古裝小哥哥真的好帥啊，這回片段多了，一眼就能看出來不是整容臉，笑的時候好自然，居然還能這麼帥。

兔嘰不吃草：高音的男生唱得不錯，希望不是修音，有點期待了。

暮暮：哈哈哈，人設已經崩塌了，這個小哥真的太萌了，被圈粉了怎麼辦？

蓮蓉柳丁餡：十分鐘後我要收到穿古裝的小哥跟高音小哥的資料！

晚上七點鐘，《全民偶像》第一期，準時在一個地方臺的娛樂頻道播出。

這個節目最開始並不被看好，所以只有這一家電視臺購買，衛視頻道有固定的真人秀節目，所以《全民偶像》只能在娛樂頻道播出。

第一期的收視率四平八穩，沒有大爆，沒能超過幾家衛視頻道的固定綜藝節目，卻也吸引了不少看宣傳來的粉絲，以及安子晏的粉絲。

當天夜裡，《全民偶像》空降熱搜，並且霸占了幾個熱搜詞：全民偶像安子晏、安子含與安子晏、蘇錦黎人設、最真實的偶像、吹簫小哥。

讓人驚訝的是，蘇錦黎居然引起了關注。

在第一個宣傳視頻裡，蘇錦黎只出了一個鏡頭而已，那個鏡頭也是無心插柳，想要剪一段搞笑的片段而已，完全就是配角，然而一句簡單的話，二秒鐘鏡頭仍引起不少粉絲的注意。

大家不知道蘇錦黎是誰，還給他起了一個「吹簫小哥」的外號。

第一期播出之後，蘇錦黎的片段幾乎沒有什麼刪減。

被採訪時的呆萌，誤打誤撞說出來的話皆笑翻全場，還有古裝扮相的驚豔，唱腔的好聽。加上那一段即興舞，讓他一下子引起關注。

有顏值也有實力，性格很軟萌，一下子戳中了不少人的萌點。

國內有一家二次元迷聚集的網站，大家一般稱呼為D站。蘇錦黎這種古裝扮相，一首古風歌，外加結合太極扇的編舞，一下子引起了眾人的關注，一夜之間成為D站新晉古裝男神，被截取的古風曲的單獨視頻，在當天被頂成排行榜第一。

很快，就有粉絲們翻出蘇錦黎的微博。此時，侯勇已經給蘇錦黎的微博做好認證，並且在之前就發了兩條微博。

一條是蘇錦黎帥氣的生活照，相片裡他正美滋滋地吃著火鍋，素顏的狀態依舊有著盛世美顏，並且樣子特別呆萌，笑容也特別好看。

另外一條是練習時的相片，配上的文字是：是不是一直努力，就會被你發現？

這一條微博下，迷妹們聚集。

磐石：你已經成功引起了我的注意！

阿卡納時代：驚豔於顏值，沉淪於才華。

想不出名字的小馬：特意看了一眼，這家公司真的窮啊，沒刷過粉絲，我是第534個粉絲。

蘇錦黎的粉絲，在這一天漲了十七萬。

其他的選手也在漲粉絲，然而像蘇錦黎這樣又上熱搜，又爆了一波的也只有他了。

節目組似乎發現了蘇錦黎的熱度不低，第二天還給他發布了一條單獨的視頻，是無刪減版，從蘇錦黎入場到落座後跟安子含互動的視頻。

當天，這個視頻就上了熱門微博前幾條。

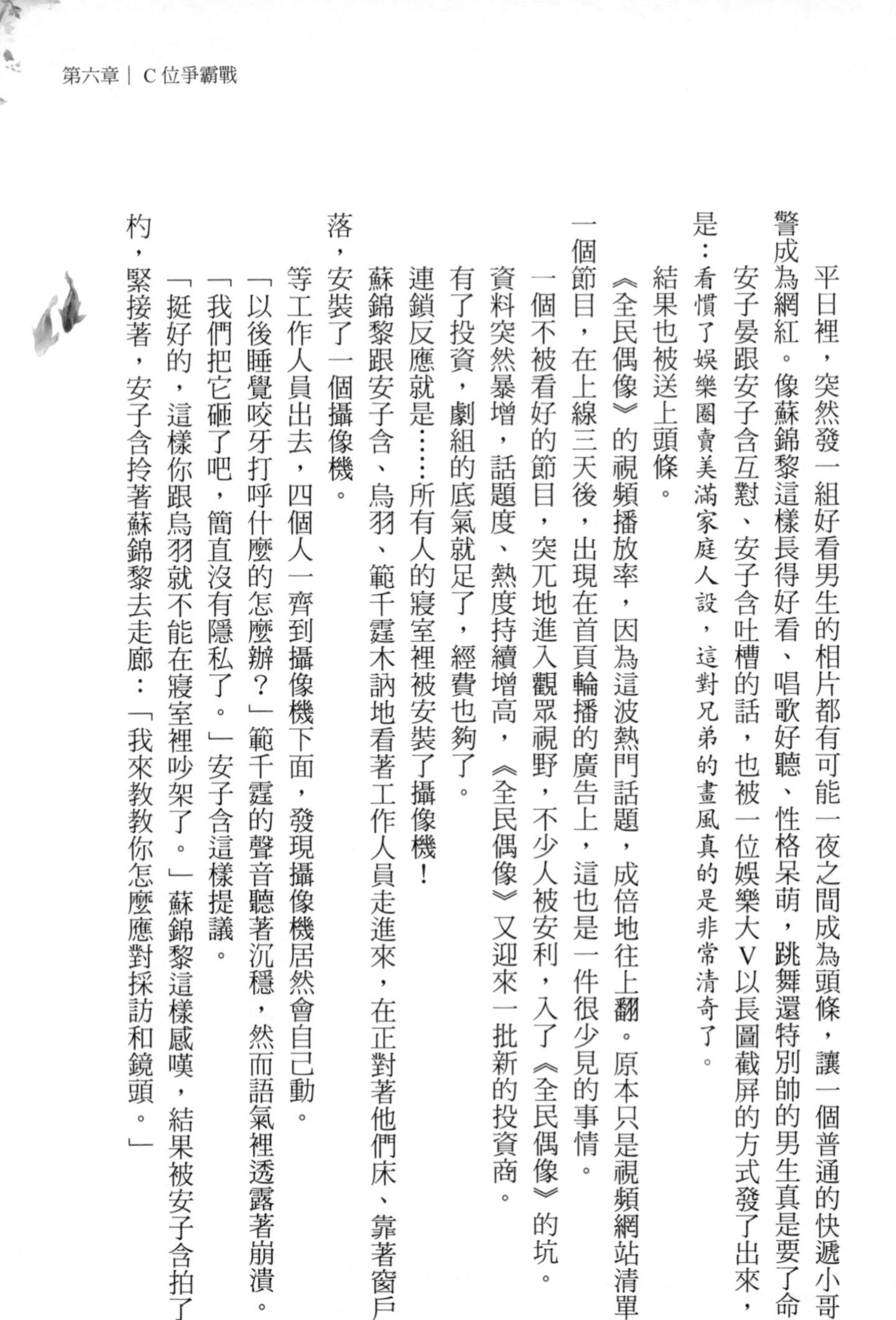

平日裡，突然發一組好看男生的相片都有可能一夜之間成為頭條，讓一個普通的快遞小哥、交警成為網紅。像蘇錦黎這樣長得好看、唱歌好聽、性格呆萌，跳舞還特別帥的男生真是要了命了。

安子晏跟安子含互懟、安子含吐槽的話，也被一位娛樂大V以長圖截屏的方式發了出來，文字是：看慣了娛樂圈賣美滿家庭人設，這對兄弟的畫風真的是非常清奇了。

結果也被送上頭條。

《全民偶像》的視頻播放率，因為這波熱門話題，成倍地往上翻。原本只是視頻網站清單裡的一個節目，在上線三天後，出現在首頁輪播的廣告上，這也是一件很少見的事情。

一個不被看好的節目，突兀地進入觀眾視野，不少人被安利，入了《全民偶像》的坑。

資料突然暴增，話題度、熱度持續增高，《全民偶像》又迎來一批新的投資商。

有了投資，劇組的底氣就足了，經費也夠了。

連鎖反應就是……所有人的寢室裡被安裝了攝像機！

蘇錦黎跟安子含、烏羽、範千霆木訥地看著工作人員走進來，在正對著他們床、靠著窗戶的角落，安裝了一個攝像機。

等工作人員出去，四個人一齊到攝像機下面，發現攝像機居然會自己動。

「以後睡覺咬牙打呼什麼的怎麼辦？」範千霆的聲音聽著沉穩，然而語氣裡透露著崩潰。

「我們把它砸了吧，簡直沒有隱私了。」安子含這樣提議。

「挺好的，這樣你跟烏羽就不能在寢室裡吵架了。」蘇錦黎這樣感嘆，結果被安子含拍了後腦杓，緊接著，安子含拎著蘇錦黎去走廊：「我來教教你怎麼應對採訪和鏡頭。」

MV的錄製其實一共進行了三天。第一天是統一進行錄製，第二天是補錄不滿意的鏡頭，第三天又重新錄製了一遍團體舞蹈。

此時全部選手都與外界斷了聯繫，並不知道第一期節目播出後的效果怎麼樣，誰的投票排名比較高。

他們只是在錄製完MV後，知道了下一輪賽制。

蘇錦黎再次去到教室時，已經見不到之前進入待定區的選手了。

他們在教室中間集合，藏艾走進教室，問：「第三輪比賽就要開始了，緊張不緊張？」

選手們一起回答：「緊張！」

「緊張就對了！」藏艾笑了笑，接著宣布下一輪的比賽內容，「下一輪比賽，進入待定區的選手將會沒有資格參加。」

安子含忍不住問：「不是還有五個人有可能上來嗎？」

藏艾就猜到會有人問，於是回答：「但是因為他們第二輪被淘汰了，他們就會喪失一次機會，只能坐在觀眾席看你們表演。」

「有點慘啊……」那種感覺，光是想想就覺得淒涼。

「第三輪比賽，在座的所有人將會被分為三組。」藏艾繼續說。

「還是盲選嗎？」

「不，這次會有三名隊長，分別是烏羽、安子含跟魏佳餘，是上一輪比賽的前三名。接下來在座的選手們可以選擇你們喜歡的隊長。」

藏艾宣布完，就讓他們三個人起立，接著讓所有選手選擇。

蘇錦黎犯了難……一個是烏羽，一個是安子含，他根本沒辦法選擇。

他看向範千霆，就看到範千霆去了烏羽的隊伍，又看到大家大多是選擇烏羽跟魏佳餘，於是走到安子含的身後。

「算你有眼光。」安子含回頭說道。

「我是怕沒有人選你，你尷尬。」

蘇錦黎到了安子含組後，終於有人開始選擇安子含了，也不知道是奔著蘇錦黎去的，還是奔著安子含去的。

等他們所有人站隊完畢後，藏艾繼續宣布賽制：「這一次，你們將會登上舞臺，現場會有一千名觀眾看你們的現場演出。」

話音剛落，就聽到一陣驚呼聲，這回居然是有觀眾的。

「現場觀眾將會對你們進行投票，現場投票前十名，將會直接晉級三十強。未能進入前十名的選手，需要跟後選上來的五名選手再PK一輪。」藏艾說道。

「那進了前十也不合適啊，少了不少鏡頭呢。」安子含立即不爽地問。

「進入安全區，就什麼都不用做了嗎？」蘇錦黎跟著問，難道可以休息了？

進了前十就會休戰一輪，後面的選手參加比賽有鏡頭，他們成了背景板，豈不是非常不利？

「你們在這一輪中將會成為評委，甚至可以點評所有選手的表現，對選手進行打分。前十名的打分，跟評委老師的打分，將會一起算平均數。」

藏艾宣布完，整個教室都興奮起來，這就非常吸引人了。

「然而你們的位置並不穩，參加比賽的選手們如果現場踢館，跟你們提出Battle的時候，你們就要出來迎戰。如果你輸了，他們就會把你從那個位置踢下來。」

蘇錦黎驚訝得眼睛睜得溜圓，嘴都成了「O」型，感嘆道：「厲害了。」

「有點意思啊。」安子含跟著笑，他最喜歡這種刺激感了。

烏羽看向安子含，「估計對你不服的人會很多，你就算進了前十名位置也不穩。」

「嘿，找茬是吧？你祈禱我沒進前十吧，不然我肯定跟你Battle！」

第三輪跟第四輪的賽制全部宣布完畢，藏艾帶領他們去選歌。

這回的選歌非常有意思，一共準備了九首歌曲，全部都有現場的舞蹈視頻，他們可以聽歌看一段舞蹈後進行選擇。

等看完九首歌的視頻後，他們就可以搶歌了。

搶歌的方法就是看中這首歌的幾組小隊進行舞蹈Battle，最優秀的組可以搶到這首歌。

安子含站在最前面，回頭看了一眼自己的隊員，發現隊裡算上他有三個人的舞蹈算是不錯，於是有了點信心，詢問自己的組員想要哪首歌。

蘇錦黎小聲說：「別選英文歌。」

「怎麼？」安子含意外地問。

「我英文不行。」

安子含點了點頭，看著前面九首歌的名字，又跟他們商量了一下，最後決定了一首。

等到他們選中的那首進行選擇的時候，安子含就看到烏羽也跟著站了出來。

其他組看到他們倆出來，一般都直接放棄了，安子含反而覺得挺有意思，壞笑著走過去，對烏羽進行挑釁，似乎很想跟烏羽比一比。

蘇錦黎可是怕了他們身上的陽氣，躲得遠遠的。

今天第一輪激烈的Battle就在這個時候開始了，不過給他們兩人放的音樂前奏比較奇怪，是《Rasta》。

烏羽首先出來聽了一會後，開始跳機械舞。他早就看安子含不順眼了，所以跳舞的時候會各種挑釁安子含，迫使安子含後退好幾步。

輪到安子含，則是跳起了breaking。

「哇哦！B-Boy！」有人驚呼出聲。

Breaking在街舞裡是用來放大招的，這種舞看起來非常炫，用來Battle更是氣勢非常強大，讓烏羽的機械舞都顯得遜色了。

在烏羽後面出來的範千霆，同樣跳了一段Breaking，都是B-Boy，就比誰的難度更高。

范千霆之後，蘇錦黎就準備上場了，節目組突然換了音樂，放了一首女子組合的歌《上下》。

蘇錦黎聽完就有點愣了，不過他還是很快跟著跳舞，他自己都不知道自己跳的到底是個什麼玩意，就是配合音樂，學著前幾天其他選手跳舞時性感的動作，尤其中間有一段是張開腿、蹲下再抬起，再站起來跳其他的動作，跳得那叫一個浪。

蘇錦黎平時完全不是這種風格，就算上次跳舞也是青春向上的，這種動作幾乎沒有跳過，簡直顛覆了蘇錦黎整個人的形象，什麼復古的美少年，不存在的！

安子含在一邊起鬨，聲音老大，甚至蓋過音樂。

烏羽也難得的笑場，扶著範千霆的肩膀笑得渾身顫抖。

範千霆叫了聲好，緊接著問正在跳舞的蘇錦黎：「老蘇，你這真是拚了啊！」

是的，拚了。人設什麼的見鬼去吧，為了他想要的歌，豁出去了。

臨要下場還學了一個動作，咬著下嘴唇對著烏羽跟範千霆一揚下巴，雙眼微眯，還「搓」了一下大腿根，接著瀟灑地轉身離去。

這些做得順暢，到了場邊，蘇錦黎羞得眼淚都要流出來了。

他努力仰頭，睜大眼睛，不讓眼淚流下來，結果被安子含一巴掌拍中後背，身體踉蹌地往前走了好幾步。

「你小子挺炸啊，我是服了。」安子含對蘇錦黎說。

「你先別跟我說話，讓我緩緩。」

安子含笑得停不下來，也跟著流了眼淚，完全是因為笑的。

這首歌最後被他們搶到了，蘇錦黎卻好半天都沒緩過神來，因為皮膚白，臉紅的時候特別明顯，攝影師還老給他近拍鏡頭，讓蘇錦黎接近崩潰。

「下回看到我哥，咱倆就一齊到他面前搓大腿根去。」安子含提議。

「別說了，剛才你們起鬨起得我腦袋都要炸了。」

「你剛才的表現也很炸你知道嗎？你小子居然還挺性感的。」

蘇錦黎不再跟他們鬧了，只是繼續看其他人比賽，最後烏羽他們組搶到了另外一首歌，還挺符合烏羽他們風格的。

選擇完歌曲，他們分別回了練習室，五個人聚在一起分詞。

接著一起看舞蹈視頻，他們這一組的舞蹈不算最難的，就是普通的現代舞，走位隊形也不複雜，主要是歌曲的旋律他們很喜歡，他們五個人一起哼唱起來，越唱越覺得喜歡。

「第三輪，一起加油。」蘇錦黎放下平板電腦，拍了一下自己的大腿。

安子含就盤腿坐在他的旁邊，聽完點了點頭，「爭取一起進前十，做他們想要踢下來，卻怎麼也踢不下來的存在。」

【第七章】

實力成為團寵

安子晏是拍完戲，離開劇組才得到的消息。

《全民偶像》第二期收視率逆襲，超越了兩個衛視臺的固定真人秀節目，從最開始的平平無奇，到第二期成為本時段第三名。

對於這檔不被看好的真人秀，這真的是非常驚人的成績了。

安子晏坐進自己的保姆車裡，戴上耳機，打開視頻APP，開始看《全民偶像》第一期。

他看的時候，彈幕已經非常多了，他比較好奇觀眾的看法，是開著彈幕看的。

其實很多觀眾發彈幕沒有特別的目的性，他們不知道，部分演員會打開視頻網站去看彈幕，看看評價，尤其是前兩集。

至少安子晏是這樣。

他打開視頻，首先看到的是節目組在準備的鏡頭，用文字提示，他們在裝的這些鏡子是單面鏡，後面有安裝鏡頭。

緊接著是第一個選手進場。一般，第一個上場的都不會被刪減太多鏡頭，也會讓觀眾記憶深刻，所以第一個進場的非常有優勢。

中間刪減了一部分後，安子晏看到蘇錦黎入場的畫面。

其實，他在宣傳短片裡看過一部分，但做完後期的視頻看起來又是一種感覺了。

蘇錦黎剛剛進門，彈幕就爆發了，頓時各種顏色的彈幕匯合。

「吹簫小哥！終於等到了！」

「果然好帥啊，走路的樣子也很儒雅。」

「居然是選毛筆，字好漂亮！」

「被寫字這段圈粉了。」

「只有真的會寫書法的人才能看出來，他姿勢有多標準。」

安子晏看到這裡，忍不住笑了起來，確實長得很好看啊！

等到安子含出場時，彈幕的畫風就變了。

「安子含走路的樣子好跩。」

「安子含帶著人進來的畫面，BGM應該是《亂世巨星》。」

「看起來沒什麼禮貌的樣子。」

果然，看到安子含，觀眾們的要求就變苛刻了。

安子晏早就想到會這樣，可是看到眾人批評安子含時，他還是會心裡不舒服。

視頻播到全部選手入場，大螢幕放下來，給了眾人鏡頭，只有蘇錦黎有一個特寫的鏡頭。

本來是一雙笑眼，居然瞬間睜圓了，表情呆萌呆萌的。

「看到吹簫小哥少見多怪的樣子，居然覺得可愛。」

「特意返回去截屏，太萌了。」

「蘇錦黎似乎不大想理安子含，他們認識嗎？」

等到安子含吐槽評委老師的時候，彈幕就歡樂多了。

「果然是娛樂公司的公子哥，吐槽毫不留情啊。」

「這回相信是偷拍了，這種吐槽居然也能留下。」

「有種偷窺小哥哥的感覺，好刺激。」

「子晏出來了！」

「2333，弟弟實力嫌棄。」

「好犀利啊，假唱這都敢說？」

安子晏拿著手機，看到安子含上臺跟他聊天的片段，此時黑粉似乎已經少了一些。

「安子含果然是一個妖豔不做作的賤貨啊。」

「果然是親兄弟。」

「子晏好壞啊，啊哈哈！」

「居然這麼壞，我更喜歡了怎麼辦？」

「吹簫小哥這句『真壞』好萌啊！」

在蘇錦黎說完「真壞」後，彈幕完全被「真壞」兩個字霸屏了，看著頗為壯觀。

可以看出來，蘇錦黎很吸引人，有種要紅的兆頭。

安子含會不會紅，安子晏一點也不擔心，有他的號召力在，外加世家傳奇的幫忙，資源放在那裡，不可能不紅。

蘇錦黎能迅速引來眾多粉絲，突然紅起來，勢頭還這麼猛，倒是讓他沒想到。

等安子含開始表演，彈幕又變得正常了。

「沒想到，安子含還真有點實力。」

「跳舞真挺不錯的。」

「其實氣息有點不勻，動作也不是特別整齊。」

安子晏又看了一會，在安子含表演完畢後，拖拽了進度條，中間看了一會後，又把進度條拽到最後。

等蘇錦黎出來，彈幕立即變成了迷妹們的天地，偶爾有人說蘇錦黎裝，也很快有彈幕反駁。

「人設立不起來了。」

「對對對，你超級帥的。」

「公司這麼窮嗎？居然是去培訓班上課，要不要這麼艱苦？」

「少年，你成功拯救了你的公司，你已經紅了！」

「錦黎的盛世美顏由我守護！」

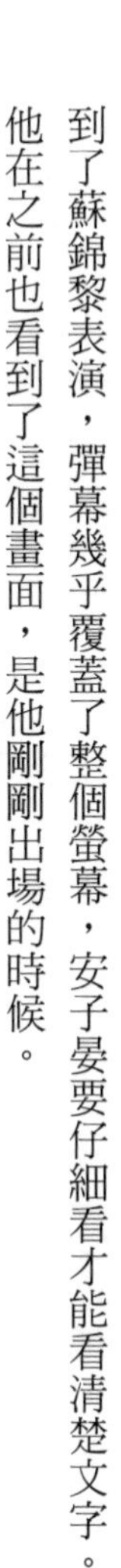

到了蘇錦黎表演，彈幕幾乎覆蓋了整個螢幕，安子晏要仔細看才能看清楚文字。

他在之前也看到了這個畫面，是他剛剛出場的時候。

在蘇錦黎進行表演後，這一幕彈幕霸屏再次出現了，人氣果然好高。

他放下手機，問江平秋：「現在子含的微博粉絲多少了？」

「最開始是三十二萬，現在到七十七萬了。」

「蘇錦黎呢？」

「我昨天去看了一眼，到六十萬了。值得一提的是，他是從幾百個粉絲漲上去的。」

安子晏點了點頭，像安子含這種囂張的性格，十分吸引黑粉；像蘇錦黎這樣乖巧的性格，十分吸引女粉。

在微博上突然紅了起來，微博被曝光後，蘇錦黎的粉絲成倍數增長，這種速度，居然在發酵這麼多天後還沒停，倒是有些罕見。果然，大家喜歡看顏值高的人。

「投票呢？」安子晏又問了一個問題。

「二少是第一名，具體票數不知道。」江平秋回答。

「蘇錦黎呢？」

「目前第五。」

「才第五？」

「公司太窮。」

安子晏突然也覺得蘇錦黎的這個公司很有意思了，問江平秋：「他的公司是怎麼回事，你瞭解過嗎？」

「最近圈裡有傳聞了，孤嶼工作室是華森一位老牌股東賣了股權後，自己開的，一直在虧損，所以這位也不大看好這家工作室了。工作室裡有幾個人是華森的老員工，蘇錦黎的經紀人也是被華

森開除的經紀人。」

安子晏聽完，微微蹙眉，「這是一群殘兵敗將嗎？」

「還真差不多，據說蘇錦黎簽的也是臨時合約，開始有人想要挖蘇錦黎去自己的公司了。」

「臨時合約？什麼時候到期？」

「簽了一年，目前已經八個月過去了。」

「還有四個月合約就到期了？」

「合約上寫了，解約要三個月前提出，不然就會自動續約。現在蘇錦黎在訓練營，聯繫不上，能出來的時候估計已經到時間了。」

安子晏聽完點了點頭，突然有了想法：「我去跟蘇錦黎聊一聊。」

江平秋也是同意的，畢竟他也能看出來蘇錦黎有紅的勢頭。

「你有便利條件，再讓二少幫忙碰一碰，估計就能成了。」

「嗯。」

安子晏又低下頭，看了一會，就看到螢幕上開始刷起了邪教。

紫禁城CP？紫，安子含的「子」；禁，蘇錦黎的「錦」。

突然刷這個，是因為安子含穿了蘇錦黎的外套，蘇錦黎還幫安子含整理了一下衣襟。

不少迷妹就像土撥鼠一樣地尖叫起來，還說他們倆有CP感。

安子晏看得蹙眉，狗屁的CP感？要不是都沒有比蘇錦黎還好看的女選手，安子含能纏著蘇錦黎？早就泡妞去了。

烏羽站在樓梯間，表情冷漠地看著自己的經紀人。

他剛開始還以為工作人員叫他出來是去單獨錄採訪，沒想到是經紀人過來了。

他三年前就跟公司簽約了，最開始跟他說得很好聽，他還沒有實力不能出道。

於是他刻苦努力地練習，卻眼睜睜看著比自己晚進公司、表現並沒有他好的新人有了資源，開始出道，只有他一直在練習。

在波若鳳梨做三年練習生，一點資源都得不到的人還真就不多。

最開始經紀人還說是沒有合適他的資源，後來他也明白了，是他爸不想讓他出道。

這次來參加這個選秀節目，是烏羽自己一意孤行，直接偷偷離開公司，填寫表格，簽了合約，就這樣來了選秀節目。

最開始，經紀人都不知道他做了什麼，還是節目組送來資料，他才知道烏羽已經報名參加，還簽了合約。經紀人也拿著節目的策劃案看過，最後認定是一個撲街的節目。

這個案子當初送到波若鳳梨就直接被無視了，烏羽居然來了這裡。

開始他們還想把烏羽叫回去，可是後來老總鬆口，似乎不再管烏羽了，就放任烏羽胡鬧。

讓他們沒想到的是，這個節目居然逆風翻盤了。

第二期節目收視率上升速度極快，烏羽的表演就在第二期。

在播出後，烏羽優秀的表現也吸引了大批的粉絲。

烏羽最開始微博的粉絲只有五萬多，現在也到了三十六萬了。

看現在的勢頭，這個節目應該還會有上升的餘地。

然而，此時公司也沒辦法再送練習生過來了。

這次，經紀人突然找到烏羽，是希望能夠挽回一些，還有另外一件事，也只有他們這三大巨頭的員工才能偷偷進訓練營。

「公司想簽蘇錦黎？」烏羽眉頭微蹙，問道。

「對，我們得到消息，蘇錦黎簽的是短期合約。」

「簽了誰帶，你嗎？」

「這個還要看公司的安排。」

烏羽冷笑了一聲，靠著欄杆繼續問：「所以公司想讓我幫忙說服蘇錦黎嗎？」

「公司的確有這個想法。」

「我讓蘇錦黎簽約了，有提成拿嗎？」

「公司自然是會給予你獎勵的。」

「喔，那行，我努力試試，畢竟像我這種窮光蛋，我爸死了遺產也交不到我手裡的人，只能靠這個生活了。」

經紀人聽到烏羽的話，臉色越發不好看，心中動搖，覺得應該將烏羽轉給其他人帶。日後就算烏羽紅了，他也不會接手，實在是個燙手的活，兩頭不是人，烏羽也煩他。

烏羽走到門口，似乎要離開了，突然回頭看向經紀人，輕笑著說：「所以……《全民偶像》的收視率還行，是嗎？」

這都被烏羽猜到了。

「嗯，算得上可以。」

「喔。」烏羽隨便應了一聲，就往回走了。

烏羽回到練習室，看到蘇錦黎正在壓腿，走過去問：「我聽說你的合約要到期了，要不要簽給波若鳳梨？」

「啊？我還沒幫公司賺錢呢，就先不走了。」

「喔，那就算了。」烏羽直接放棄了，都沒有第二句勸說，便跟蘇錦黎一起壓腿。

安子含出去買水，回來後看到蘇錦黎在努力地推烏羽的後背，讓烏羽能夠劈叉，忍不住笑著問：「喲，今兒還這麼努力啊，這麼使勁，也不怕把前列腺崩開。」說著，走過來想搗亂。

烏羽白了安子含一眼，「你過來幹什麼？還想給我揉揉？」

「我給你揉……揉你妹啊！你最近怎麼這麼嘴欠呢？」

最開始嘴欠的人，罵了烏羽。

烏羽冷哼一聲，不再理會了。

此時尤拉所在的劇組裡，尤拉利用演戲的空檔終於能抽空看看手機。

她是這部劇的女二號，由於婚後沉寂了一段時間，最近風評也不是很好，導致她雖然是女二號，但是在劇組裡並不是主要被照顧的人。

所以，她進劇組後全天候場，說不定什麼時候就要叫她去搭戲。

劇組拍戲，有主導演跟副導演，分別在兩個地方同時進行拍攝。

在白天跟晚上十點鐘之前，主要拍攝的都是主角的戲，需要人搭戲了就把她叫過去，這段戲過去了，她又要在旁邊等。

她自己的戲則大部分是在一大早拍攝，以及別人的午飯休息時間，大多是太陽最毒辣的時候。晚間跟室內的戲會在主角十點收工後，在劇組裡奮鬥到凌晨。

這樣的情況下，她只能抽空休息，每天睡得特別晚，起得特別早，吃飯也不是飯點，睡覺的時候還要注意不能睡亂了髮型。

這些苦，尤拉都吃了，一句怨言沒有。

今天，她難得有空，取出手機看了看微博，在搜索欄搜索蘇錦黎的名字，看著蘇錦黎的視頻，對小咪感嘆：「這小子不錯啊，一下子就紅了，比我可利索多了，我這邊戲還沒拍完呢。」

「可不是唄，我也看了一些他的消息，還有表演的視頻，沒想到還真不錯。傻乎乎的，居然還挺受歡迎。」

尤拉跟著點了點頭，「是啊。」

她拿著手機，猶豫要不要給蘇錦黎拉個票，想來想去，只發了一條簡單的微博。

尤拉：最開始，我一直想有一個像蘇錦黎這樣乖巧的弟弟。看了《全民偶像》之後，居然覺得有安子含這樣的弟弟也挺有意思的。

她還順帶加了一張安子含跟蘇錦黎坐在一塊的合影，這樣，對蘇錦黎的傷害小一點，再加上她對安子含的印象也不錯，畢竟是幫自己罵過吳娜的人。

發完之後，尤拉將手機拿給小咪，靠著椅子休息。

「我去給妳買咖啡！」小咪站起身來，快步朝外走，還故意避開正在轉移設備的工作人員。

尤拉最近的休息不好，如果一會要拍戲，只能喝咖啡堅持。

走了幾步，小咪抬頭去看對面的大樓，驚訝地發現蘇錦黎他們的節目居然有一張大大的海報，蘇錦黎就在其中。

她忍不住站住腳步又看了幾眼，感嘆：「這小子真是長得不錯啊。」

話音剛落，眼前突然一黑，一個大看板憑空倒了下來，發出一聲巨響。

小咪錯愕地看著前方，知道這個是拍攝場地的背景板，一邊罩著綠色的布，另外一邊則是搭景的假建築物牆壁。因為可以重覆使用，做得還挺結實的，平時都是一群人抬著用大貨車拉走。

這樣突然倒塌在她的面前，讓她嚇了一跳。

周圍突然混亂起來，有人驚呼，還有板子下面發出的慘叫聲，有人被壓在下面了。

她愣了愣之後，立即跟著去幫忙，等人被救出來，送上救護車離開，小咪才回過神來。

剛才，她好像是跟那個人並肩往外走的，只是看到蘇錦黎的海報才停住腳看了看。

「我操！」小咪發出了一句盪氣迴腸的感嘆後，快速跑回尤姐休息的地方，說了剛才的事情。

尤姐聽完微微蹙眉，問：「所以，那小子也跟妳說過，妳會轉運嗎？」

「是啊，不過他說我沒做過好事，所以發生得會晚一點。這件事，確實有點玄啊……」

尤姐點了點頭，「妳說我發了微博，幫他拉人氣，他會不會再讓我轉運一次，讓我紅？」

「姐……」小咪都看不過去了，「我給妳買咖啡去。」

另一頭安子晏的劇組裡，安子晏正不爽地坐在馬札上，高大的身體坐在這個小椅子上顯得有點滑稽。

不少來看安子晏拍戲的粉絲，就看到一個小馬札上，坐著大大的男神。

安子晏又看了一眼導演那邊正哭得梨花帶雨的女主角，忍不住「嘖」了一聲。

不知道的，還以為他輕薄她了呢。

之前拍的是一場感情戲，原本只是一場需要擁抱的戲，結果女主角突然抬頭想要吻他。

他立即躲開了，並且對著她微笑，只是因為要保持禮貌。

結果這之後，女主角覺得丟人，居然哭了起來，還哭了好一會了。

安子晏躲得遠遠的，找了個小馬札坐下，結果發現這玩意真蜷腿，他只能伸長腿，結果占了一大片地方。

坐了一會，劇組的工作人員過來跟安子晏解釋：「她就是太入戲了，希望您別介意。」

其實演過戲的都知道，什麼入戲太深走不出來，全是扯淡，只不過女主角對男主角耍流氓，女主角自己還有一名男朋友，這種事情不大好說，只能這樣解釋。

安子晏點了點頭，笑呵呵地回答：「嗯，她真是敬業啊。」

工作人員笑著繼續解釋，笑容有些尷尬，而且不敢跟安子晏對視。

「行，我知道了，也理解，讓她好好調整一下狀態吧，一會繼續拍。」

「好好好。」工作人員趕緊跑了。

安子晏取出手機，看了一眼，看到微信裡有人提醒他：尤拉發微博，提到了安子含。

他們這個圈子裡的人，幹點屁大點的事都被萬千人盯著。

比如，一個人發微博提到你了，你很久都沒發現也沒回應的話，就會有一群熱心網友過來討伐，或者說之前發微博的人倒貼什麼的，場面非常熱鬧。

安子晏公司有團隊專門盯著這些，還有每天的工作就是刷新聞，生怕突然就刷出公司藝人的負面新聞。所以尤拉發了微博，安子晏也會收到消息。

他點開看了看，忍不住笑了起來。

尤拉學聰明了，尤拉這條微博看似在誇安子含有意思，其實是在提攜蘇錦黎。

大家知道安子含是誰，但是許多人不知道蘇錦黎是誰。

這樣發微博，看似捧一個，踩一個，實則會引起一些網友的好奇心，想知道蘇錦黎是一個什麼樣的人，再去瞭解安子含哪裡吸引尤拉了。

再加上一張相片，一些沒看到熱門，只是尤拉粉絲的顏粉就能被吸引了。

尤拉雖然過氣了，但是她前陣子新聞不少。不少人為了方便去罵尤拉，特意關注了尤拉的微博，粉絲數量也有不少，發一條微博也有不少人能看到。

安子晏拿著微博，想了想後，還是評論了一條。

安子晏：如果妳喜歡，我打包送給妳。
沒一會，尤拉就回覆他了，看來正在線上。
尤拉回覆安子晏：是一包，還是分幾包？
安子晏回覆尤拉：有什麼區別嗎？
尤拉回覆安子晏：一包是可愛，幾包是可怕。
安子晏看著微博沒再回覆，沒一會，他跟尤拉互動的消息就上了熱搜。
他刷了一會後，關注了尤拉的微博，尤拉也很快跟他互相關注。
做完這一些，活動了一下脖子，安子晏問工作人員：「好了嗎？」
「欣姐還在敷眼睛。」
「喔，那你叫幾個人過來。」
「給您打傘嗎？」
「不，叫會玩遊戲的人陪我吃雞。對了，記得找脾氣好的，我脾氣不好，輸了就罵人，別被我罵哭了。」
「喔喔喔，好。」

此時的孤嶼工作室，德哥走進侯勇的辦公室時，看到侯勇還在忙著敲鍵盤。
「連續兩晚沒怎麼休息了吧？」德哥在侯勇的辦公桌上放了一杯豆漿。
「趁著有熱度，趕緊幫小錦鯉刷點數據。」侯勇回答。
他們的工作室沒有團隊，只有侯勇有這方面的經驗，所以在蘇錦黎突然走紅後，一直是侯勇在親自控場。能當上華森娛樂的經紀人，侯勇自然有自己的一套，他老早就養了一批小號，自己還有一個娛樂大V號，平時都在發一些娛樂新聞，就算離職後也一直在發，繼續經營。

在他離職的時候，華森娛樂曾經出五十萬元想買他的帳號，但是他沒賣。

在看了第一期節目後，同事都在笑，跟侯勇說給蘇錦黎立人設的這個想法恐怕不行了。只有侯勇一個人沒笑，把第一期節目看完後就開始給蘇錦黎做規劃。

其實蘇錦黎自帶綜藝感，沒有偶像包袱，隨機應變的能力很強，也不會顯得特別緊張，這樣看來，蘇錦黎在結束比賽後，不論走綜藝或真人秀的路線應該都是可以的。

當天，他就把安子晏跟安子含互懟的視頻進行截圖，做成長圖，四張一起發了微博，很快就成為二十四小時熱門微博第一名。

他並沒有著急，而是等到第二天才又發了蘇錦黎的對話長圖，放到微博上。蘇錦黎沒有安家兄弟的熱度，並沒有前一條吸引人，所以侯勇一直在自力更生，用自己養的小號將這條微博的熱度養起來一些，再買水軍點讚。

等上了熱門榜單，這條爬升的速度就加快許多。

做完這些後，侯勇又用了點經費找繪師畫蘇錦黎的同人圖，按照不同繪師的風格，畫不一樣的圖，比如四格或者單張圖。他先掌握了這張圖的版權可以用來做周邊，再請繪師發一條微博，裝成是粉絲，偷偷摸了個新愛豆的魚就可以了。

當然，他會在發完之後用自己的小號幫忙轉發、評論說「原來大大你也喜歡他啊，我也剛入坑」之類的話，強行賣安利。

其中有一部分，侯勇讓繪師們將蘇錦黎的同人圖畫成上身是蘇錦黎的卡通形象，下身是錦鯉的魚尾。發出來的微博，也是轉發這條錦鯉能帶來好運之類的。

侯勇正在蘇錦黎的粉絲群裡帶動氣氛，培養後援會的骨幹成員，也會是他以後的幫手。

這個時候，有電話打進來，侯勇接通聊了幾句後，語氣就有點變了，不過還是友好地聊完，接著掛斷電話。

「怎麼？又是其他公司聯繫你了？」德哥也不在意，直接問。

「嗯，挖我帶著蘇錦黎一起到他們公司去。」

「有更好的地方就跳吧，公司有不少同事離職了，有更好的地方肯定要往上爬。」

「我就算要走，或者工作室掛靠，也要給小錦鯉挑選一個最合適他的地方。」侯勇回答完，繼續敲擊鍵盤。

德哥湊過去看螢幕，聊天框內的文字快速刷屏，他看著直眼暈。

安子晏在第三輪比賽開始的前一天，來找安子含他們。別看安子晏現在已經有些名氣了，本人卻一點架子都沒有，他想和弟弟一起吃飯，安子含他們不可以離開訓練營，也沒搞特殊，而是跟著安子含他們一起來到食堂。

幾個關係不錯的人坐在同一桌，是長排的桌子，足以坐十幾個人。

周文淵拿著餐盤走過來，笑嘻嘻地問：「我可以加入嗎？」

眾人抬頭朝他看過去，範千霆首先回答：「可以啊，不過我們快吃完了。」

「沒事，我只要能跟我偶像坐在同一桌，就會覺得特別興奮。」

他們都知道周文淵說的偶像是安子晏，其他人沒反對，周文淵也就坐在這裡了。

幾個人聚在食堂裡吃飯，蘇錦黎特意離正在吃魚的安子含遠了點。

安子含熟練地挑著魚刺，問蘇錦黎：「魚這麼好吃，你怎麼從來都不吃呢？海鮮也不吃。」

蘇錦黎又看了安子含一眼，「你吃你的，我不吃而已。」

「為什麼啊？你那麼愛吃好吃的東西，卻不吃海鮮？這得錯過多少美味？我看你吃蝦條啊。」

安子晏也抬頭看了一眼坐在他對面的蘇錦黎。

其實，大魚吃小魚這種事情很正常的，蘇錦黎成為人類後也不是素食主義者，然而他依舊不吃海鮮。

「我總覺得，我若吃了牠們，就耽誤牠們成精了。」蘇錦黎認真地說。

安子含點了點頭，將魚中間的一排刺挾出來，回答：「那我是不是從小吃了這麼多魚，耽誤好多魚變成美人魚？」

「嗯，說不定就是呢。」蘇錦黎回答。

安子含咧著嘴笑，沒回答。

安子晏則是好奇：「那你吃豬肉，豈不是耽誤了好多天蓬元帥的誕生？」

「不是同類，就不在意了。」蘇錦黎喝了一口羊湯，回答。

安子含立即問了起來：「你走什麼復古人設啊，你走人魚的人設多好，你站得穩穩的，就好像真是一條小魚。」

範千霆則是學了電影裡的語氣：「魚魚那麼可愛，為什麼要吃魚魚！」

一桌子人都笑了。

蘇錦黎被說得有點不高興了，他雖然不吃魚，但是沒攔著別人吃魚，外加有心理陰影，看到別人吃魚會有點害怕，才會躲開。

他凶巴巴地瞪了一眼眾人，氣鼓鼓地放下筷子說：「我不吃了。」

烏羽立即將自己的丸子挾給蘇錦黎，範千霆也給了蘇錦黎一塊排骨，安子含在蘇錦黎面前放了一瓶飲料，常思音給蘇錦黎挾了一個雞腿。

蘇錦黎氣鼓鼓地看著自己的餐盤，又再次拿起筷子繼續開吃。

安子晏看著這一幕，忍不住問：「他是你們團寵吧？」

「嗯，當寵物養的。」安子含繼續吃魚。

「誰讓他年紀最小呢？」常思音一邊吃一邊回答。

「嗯，感情不錯，下一輪比賽準備得怎麼樣？」安子晏問道。

「一會你去看彩排唄。」安子含回答了這個問題。

「好，我就是為了看看流程，才提前一天過來的。」

周文淵抬頭看了看蘇錦黎，突然開口問：「蘇錦黎，我有點好奇，你上的私塾會教數學嗎？」

節目組裡很多人在傳蘇錦黎沒上過學，只上過私塾的事情。很多人默認為沒上過學就是文盲，所以對蘇錦黎有點瞧不起，畢竟一點英語都不會，估計也不會數學。

蘇錦黎抬頭看向周文淵，「數學就是算術嗎？學過，《九章算術》這類的書我都讀過。」

「不大懂，那你會九九乘法表嗎？」

「你看過《淮南子》嗎？」

「呃……沒有。」

「那《戰國策》呢？」

「也沒有……」

「在古代春秋戰國時期，已經有這個口訣了，有據可查的。私塾也有這些東西，你多讀點書就知道了。」

周文淵笑了笑，有種難以言說的難受。他很想融進這個圈子裡來，然而觀察了幾天，發現這個小團體的中心人物是蘇錦黎。

今天安子晏過來吃飯，也直接坐在蘇錦黎的正對面。

他有點想讓蘇錦黎在安子晏的面前出醜，故意問了這個問題，裝成不經意地提起蘇錦黎的短板，然而……失敗了。

「那你也算是飽讀詩書了吧？」周文淵不死心地問。

「也不算，其實我們山裡的存書不多，不過存的書我都看過了。」

「當初為什麼要選擇私塾，而不是正常上學？」

「我小時候身體不好，特別弱，當初我哥哥是想帶我一起走的，但是家裡其他人不同意。」

「好多了，我爺爺從小給我泡藥浴，我還從小習武。」蘇錦黎回答。

安子晏在這個時候才插了一句話：「小時候身體不好嗎？現在怎麼樣？」

「厲害了我的魚！」安子含誇張地驚呼了一聲。

蘇錦黎瞪了安子含一眼，沒理他。

「嘿，你最近脾氣越來越大了，跟誰學的？」安子含被瞪得反而火氣上來了，之前怕他的蘇錦黎哪兒去了，越熟膽子越肥了。

蘇錦黎依舊不理安子含。

周文淵又感嘆道：「好羨慕你可以吃這麼多，我就不行，得少吃保持體型，我也好想吃啊……」

「我嗎？」蘇錦黎指了指自己。

周文淵點了點頭。

「我們不一樣的，我吃不胖的，但是你能吃胖，所以你只能要麼胖，要麼不吃。」

蘇錦黎是認真在回答問題，然而在周文淵聽來就覺得怪怪的了，周文淵有點氣，他已經這麼低聲下氣了，蘇錦黎還是這種態度，真是噁心。

蘇錦黎拍了拍自己的腦門，覺得有點頭暈，身邊坐了三個陽氣男，讓他有點頭暈目眩的，覺得自己有點堅持不下去，他撐著桌子起身，對他們說：「你們繼續吃，我想休息一下。」

「怎麼了？」烏羽終於開口了。

在安子晏來了之後，烏羽的話就特別少，顯然公司的隔閡還在。

「有點頭暈。」蘇錦黎回答。

「你這幾天都沒怎麼好好睡覺，應該是太累了，低血糖。我扶你回去休息一會，你睡個午覺吧，總這麼熬夜不行。」烏羽站起身來，扶住蘇錦黎的手臂。

安子含看著他們倆離開，突兀地躺在安子晏的肩膀上。

「哥，其實我也有點頭暈，這幾天都跟蘇錦黎一塊練習，特別累。」安子含聲音弱弱地說。

「不錯。」

「所以告訴我一下排名吧……」

「滾蛋！」安子晏擦了擦嘴，跟著站起身，對安子含說：「你過來，我給你安排個任務。」

蘇錦黎跟安子含同一組，所以一直都是一起去練習、一起回寢室。

今天回到寢室，安子含突然有點不對勁了，總是跟他拉拉扯扯的，一副哥倆好的樣子，比之前更黏人。

「怎麼了嗎？」蘇錦黎問。

「想跟你聊聊天。」安子含回到寢室就想趴下，想了想，鑽進被窩裡，靠近牆邊，對蘇錦黎拍了拍自己被窩的另外一邊，「來，進哥哥被窩來。」

範千霆站在窗臺前刮鬍子，忍不住看過來，「你們這些小男生，都是這麼培養感情的嗎？」

「我跟我弟弟感情好，礙你事了？」安子含反駁。

「沒沒沒，你們睡吧，別晃得太厲害，我在上面睡不著。」

「免費坐船還嫌船開得不好是吧？」安子含繼續問。

「你是不是有什麼事啊？」蘇錦黎問安子含，同時在整理自己的東西。

出了501靈異事件後，蘇錦黎開始每天最後一個洗澡，現在也是在拖延時間。

「算了，咱倆出去說吧。」安子含下了床，帶著蘇錦黎去走廊裡。

他們寢室距離逃生通道近，兩個人就坐在樓梯間聊天。

「你有沒有想過跟你公司的合約到期後，跳槽到更好的公司去？」安子含問蘇錦黎。

「我還沒給公司賺到錢呢……」

「你的公司窮成那樣，給你的培養也沒花多少錢吧？實在不行，解約的時候，按照他們付出的三倍給他們就可以了，讓你新公司出這個錢就行。」

蘇錦黎還是搖了搖頭，「我得跟我經紀人商量一下。」

「你見到你經紀人的時候，你合約都到期了，到時候已經晚了。你要是真的跟你經紀人感情不錯，可以帶著他一起去新公司。」

「我決定不了啊，我還是得……」

「我哥會去跟你經紀人碰面的，到時候把你經紀人的意思傳達給你，可以嗎？」

蘇錦黎覺得很奇怪：「為什麼你跟烏羽都知道我的合約要到期了？」

「烏羽也找你了？」

「對，就在前兩天。」

「估計波若鳳梨的人給他傳話了唄，不過你去波若鳳梨，烏羽也不能照顧你什麼，他自己連個助理都沒有呢。你如果來了世家傳奇，有我哥在，到時候你的資源肯定妥妥的。」

「那……那能要到沈城的聯繫方式嗎？」

「你還執著於這件事情呢？」

「對，我還是想跟沈城確認一件事情，那個時候就能做決定究竟去哪家公司了。」

安子含聽完，覺得很奇怪，忍不住問：「為什麼啊？」

「還不能說。」

「嘿！你跟沈城聯繫上了，然後你跑去波若鳳梨的話，我不得憋氣死？」

蘇錦黎縮了縮脖子，沒話了。

「這是你自己的事，你得自己做決定！而且，你要權衡你自己的未來，不要為了追星去了不合適的地方，哪裡能對你更好，你分辨不出來嗎？我爸是世家傳奇的總裁，我也能說上話，你是我弟弟，我肯定照顧你啊！」

「我……再考慮一下行嗎？」蘇錦黎問。

「我都這麼勸你了，你居然還考慮！」安子含不爽了，直接站起身拍屁股走人。

他安子含，安二少！從來沒有經歷過這種待遇！哪個新人不是興高采烈地想簽世家傳奇？

蘇錦黎追著安子含解釋好久，安子含也不理他。

他蹲在安子含的床邊，一邊幫躺在床上的安子含揉腿，一邊說著自己的想法。

「我還是覺得要先問問我經紀人的想法才行，而且公司那邊我也得問問，不然總是不穩妥。實在不行，下次你讓大哥去問問我經紀人，讓我經紀人給我寫封信也行。」

蘇錦黎被安子含占便宜，做了蘇錦黎的哥哥，安子晏就自動成為蘇錦黎的大哥。

這樣態度好地跟安子含解釋一番，安子含終於緩和一些，「行，我哥這兩天就能去問。」

等蘇錦黎去洗澡了，安子含還非得跟烏羽嘚瑟：「我弟弟就算跳槽，也是去世家傳奇。」

「無所謂。」

「你們公司不是也想挖他嗎？」

「完成公司安排的任務而已，最後都是看他們自己的意思。」

安子含笑嘻嘻地用手推烏羽的頭，爪子很快被烏羽拍走了。

「滾蛋。」烏羽嫌棄地說道。

安子含手賤，又戳了烏羽的腦袋一下。

烏羽用力握住安子含的手，安子含抽半天也沒法抽出來。

烏羽看過來，問：「你信不信我把你手剁下來？」

安子含很快炸毛了。

蘇錦黎一走出浴室就看到安子含站在床邊，扯烏羽的被子。烏羽一臉無語地拽著自己的被子，強忍怒氣。

再抬頭，就看到攝像機被一件衣服蒙上了。

而範千霆，就站在旁邊看戲，笑嘻嘻的，標準的看熱鬧不閒事大。

這間寢室……就不能早早睡覺一次嗎？

彩排有兩次。

前一天晚上彩排過一次，第二天白天所有的選手們輪換著，又到現場彩排一次。

這次彩排會配合燈光以及舞臺效果。

蘇錦黎站在升降舞臺上蹦了幾下，看著舞臺外，激動地問隊友：「會自動升上去嗎？」

「你蹲下來，一會穿幫了我們都得挨罵。」安子含提醒。

蘇錦黎老老實實地蹲下，結果就看到舞臺上方飄了霧氣下來，嚇得蹦了起來，驚慌道：

「霧……好涼啊！」

安子含無奈地跟蘇錦黎說：「這個是液氮。」

「是啥？」

「反正就是一種東西製作出來的煙霧效果。」

「嚇死我了，我以為大仙來了呢。」

安子含無奈地捂臉，繼續擺手，「蹲下、蹲下。」

蘇錦黎又一次蹲了下來。

他們終於站上舞臺進行彩排，表演這次的節目。

安子晏就站在舞臺邊，拿著腳本，偶爾看一看臺上的表現。

「最近安子含的進步很大。」藏艾跟著看過去，說起了安子含。

安子晏會這麼關心這一場彩排，大多數人都覺得是因為安子含。

「沒偷懶嗎？」

「挺有意思的，蘇錦黎能管住他，這次安子含也在刻苦練習了，最近跟其他選手的關係也漸漸好轉。」

安子含的性格很囂張跋扈，張揚得恨不得跟周圍所有的人挑釁，這種性格一開始都不大讓人喜歡，然而相處久了就發現安子含雖然脾氣大，卻像個孩子，而且很講義氣，不喜歡誰就超級不喜歡，喜歡誰就超級喜歡，漸漸就會發現安子含還挺可愛的。

「這點倒是滿厲害的。」安子晏回答。能管住安子含的人真的不多，有的時候連他們的父母都拿安子含沒轍，蘇錦黎居然能管住安子含，讓安子含變得聽話，倒是挺不錯的本事。

彩排完畢，五個選手一齊跑到舞臺邊去看錄影。

安子晏走到安子含身邊，說道：「你唱歌方面還需要加強。」

「我唱歌就是天籟之音。」

「這麼評價蘇錦黎可以。」

「是吧，我弟弟唱歌好聽吧。」

安子晏挑眉，真難得，自己的弟弟能服氣別人。

他又看了蘇錦黎一眼，發現蘇錦黎完全沒有注意到周圍的人，只是一心一意地注視著螢幕。

他又靠近蘇錦黎一點，蘇錦黎看都沒看他，身體卻平移了一下。

蘇錦黎見過的所有人裡，就屬安子晏的陽氣最強，到現在依舊沒辦法適應，所以，他就算沒有注意到安子晏過來了，在安子晏靠近的時候，身體也會下意識地做出反應，自然地移開一步。

「蘇錦黎，其實我覺得你的衣服需要改一改。」安子晏突然開口。

「嗯？」蘇錦黎回過神來，看向安子晏。

安子晏抬手，扯了扯蘇錦黎的衣領。

蘇錦黎的造型屬於歐式貴族風格，不但是高領，領口還是層層疊疊的波浪裝飾，若微微低頭，下巴都會被擋上一些。這件衣服穿著會顯得很貴氣，但是不適合跳舞。

「你跳舞的時候，耳返會刮到衣領，我怕現場出現問題，而且會摻雜雜音，讓你的演唱效果不好。」安子晏說道。

「那怎麼辦啊？衣服都是提前準備好的。」蘇錦黎自己也覺得衣服穿著不大舒服，但是不想給其他人添麻煩，就一直沒說。

「你跟我過來。」

安子晏拿著腳本，帶著蘇錦黎去自己的化妝室。

因為有公演，這次安子晏帶了私人造型師，他吩咐造型師幫蘇錦黎改衣服。

造型師是一位女性，三十多歲，看起來很時髦，人也特別親切。能跟在安子晏身邊的工作人員，都是對安子晏免疫力比較強的，至少不會糾纏安子晏，這位造型師也是這樣。

「我叫Lily。」

「妳好，李姐。」

Lily迷茫了一瞬間，還是笑了笑，說道：「我給你改改領子，你先把衣服脫下來。」

「喔……好。」蘇錦黎將外套脫下來，才剛解開襯衫的扣子，然後快速走進更衣間拉上簾子。

「小夥子很害羞啊。」Lily對安子晏說。

「是吧。」

不一會，蘇錦黎就出來了，將襯衫遞給Lily，身上則是穿著外套。

他的外套是西裝外套，還是只有一顆鈕釦的那種，這樣穿上，大半的胸膛都沒能遮住，露出些許鎖骨。

安子晏的眼神在他身上打了一個轉，很快就收回來，低頭玩手機。

「我聽子含說了，你想先跟經紀人確認一下他的意思？」安子晏在玩手機的同時，問了蘇錦黎這個問題。

蘇錦黎左右看了看，只有安子晏坐的沙發可以坐人，更衣室裡Lily在改衣服，他遲疑著，還是到沙發上坐下。

他們兩個人坐下的時候，姿勢完全不同。安子晏就像大爺一樣，靠著沙發靠背，腳搭在茶几上，本來就高，腿也極長，看起來長長的一雙。

蘇錦黎則是坐得規規矩矩，雙手放在膝蓋上，拘謹地說：「我的確是這麼想的。」

「嗯，還想問問沈城的意思，這是為什麼呢？」

蘇錦黎感覺到一提起沈城，安子晏的身上就散發著逼人的寒意，看來他們兩個人的關係是真的非常不好。

「我可以問你，你為什麼那麼不喜歡沈城嗎？」

安子晏想了想，放下手機，看向蘇錦黎，真的說了出來：「我曾經跟沈城爭一個品牌的國內代言，這個品牌指定代言人一直非常慎重，代言費也高，是國內不少藝人嚮往的。」

「因為是競爭對手？」

「我競爭對手多了，像他那麼討人厭的倒是很少。他為了得到這個資源，故意放黑料，全網黑我假唱，用這件事讓我的名聲受損，他則順利拿下了代言。」

蘇錦黎睜大眼睛，難以置信地看向安子晏，似乎無法想像自己的哥哥居然會做這種事。

「我是混血兒，戲路要比一般人窄，很多考究的歷史劇不會讓我參演，就算真的參演了，很多劇都需要靠化妝修飾。難得有一齣劇我可以演，並且是頂級製作團隊，之前我也談了很多次，都已經在看劇本了，結果被沈城截胡了。」安子晏又說了一件事情。

「角色被搶走了嗎？」

「誰知道他用的什麼手段，居然讓投資商突然倒戈，估計是跟投資商睡了？」

蘇錦黎這段日子裡已經能夠懂一些事情了，可是還有很多事情不懂，所以，他現在也不知道安子晏說的這句「睡了」是什麼含義。他只是微微蹙眉，咬著嘴唇，內心難受。

安子晏見蘇錦黎失落的樣子，有些於心不忍：「抱歉，我口不擇言了，我收回剛才的話。第二件事我並不知道確切理由，只知道他突然跟投資商關係特別好，劇組居然會得罪我，也是絕了。」

「我還是想要見到他本人，跟他確認一下。」

「你們倆之間到底有什麼事情？」

蘇錦黎搖了搖頭，「我不想亂說，給他招惹麻煩。」

安子晏點了點頭，也不多問，而是轉了話題：「我在這輪比賽結束後，會去找你的經紀人談。如果你真的捨不得你的工作室，我可以收購，或者讓你的工作室掛靠世家傳奇。」

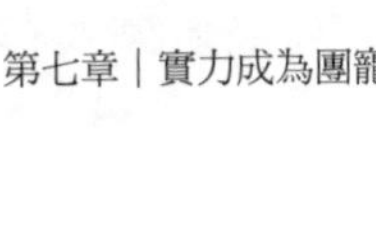

「還可以這樣嗎？」蘇錦黎驚訝地問。

「是啊，可以這樣，因為看中了你的才華，特別想讓你成為我身邊的人，由我親自培養。所以就算有些繁瑣，或者是多出一些支出也無所謂，只要你願意過來就行。」

蘇錦黎看著安子晏認真的眼神，竟然覺得自己心口顫了一下。

安子晏跟蘇錦黎還沒聊完，Lily就把衣服改完了，原來現場改衣服對於造型師來說簡直就是家常便飯。

蘇錦黎拿著衣服，看著被改過的衣領，忍不住問Lily：「李姐，妳是仙女嗎？」

Lily被蘇錦黎興奮的樣子逗笑了，回答：「怎麼就成為仙女了？」

「仙女都會織衣服啊，比如織女。但是織女下凡了，妳還沒下凡呢。」

Lily這回簡直是笑到停不下來，指著蘇錦黎對安子晏說：「你要招攬的新人可真會說話。」

「他對我從來沒說過一句好話。」安子晏無奈地聳了聳肩。

「我說過你和藹啊。」

「好話嗎？」

「褒義詞啊。」

安子晏不爽地換了一個姿勢，都不想跟蘇錦黎說話了。

蘇錦黎也沒再搭話，去更衣間換衣服，沒一會出來了就跟他們告別要走。

「誰許你走了？」安子晏立即急吼吼地說了一句。

「還有事嗎？」

「陪我待一會兒。」

「我得再去練習一下。」

安子晏也不知道為什麼會想攔著他，就是不想他離開自己的視線範圍。想了想後，站起身來說

道：「我跟你去，順便看看子含練習。」

「別了吧，你去我頭暈。」蘇錦黎可憐兮兮地說。

現在訓練室裡，兩個陽氣男他還能受得了，但是一下子聚三個，他可就受不了了，萬一訓練的時候缺氧暈倒了呢？

安子晏看著蘇錦黎，氣得半天說不出話來。

Lily看著他們倆又「嘿嘿」地笑了半天，也不插話。

「走吧、走吧。」安子晏無奈地揮了揮手讓蘇錦黎離開，蘇錦黎立即逃也似的離開了。

Lily坐在椅子上問安子晏：「這小子倒是不會被你吸引。」

「對！而且很怕我，我長得很可怕嗎？」

「所以，你還挺在意他的？」

安子晏沒回答，看了Lily一眼，在他身邊跟了許久的人，都沒有議論過安子晏的私事，但是大家似乎都心照不宣了。

江平秋跟Lily都是圈子裡的老狐狸，能看出來也不奇怪。

安子晏扠著腰，氣悶了一會，還是沒忍住，問Lily：「妳說，他怕我什麼呢？」

「你可以用這個為話題，在他可以通訊的時候打電話給他，煲個電話粥。」

「我又沒在追他。」

「嗯？安少你在說什麼，我不大明白，他不是你要挖來的新人嗎？」

安子晏恨不得咬掉自己的舌頭，居然說錯話了。

Lily笑得那叫一個好看，卻還在努力裝出「安少你說的我都沒聽懂」的表情。

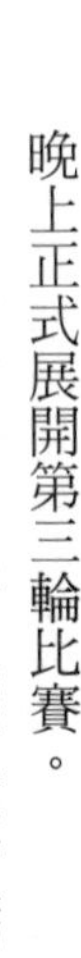

晚上正式展開第三輪比賽。

安子晏習慣用自己的服裝跟造型師，所以今天依舊沒有穿節目組準備的衣服。他的身材特殊，很多衣服都需要訂製，造型師也會根據他的服裝定妝。

他今天穿的是自己代言的潮牌，也不知道是不是Lily故意的，選了一個基佬紫，還是那種十分扎眼的紫色。紫色的長褲上，有著黑色的幾何圖案。連帽外套上，安子晏的英文名則占據了整個胸口，外套的後背都是紫色的網狀裝飾。

外套裡面穿著一件黑色的T恤，樣子相對很素，只有領口的位置有一排字母，依舊是安子晏的英文名字。

髮型上，安子晏的劉海被染了幾縷奶奶灰，整理好髮型後，他看著鏡子裡的自己問：「看著是不是年輕了幾歲？」

Lily還在幫安子晏整理褲腿，抱怨了一句：「一個二十三歲的小夥子，問我這個老人家這個問題，真的好嗎？」

「能不能別露小腿？」安子晏又問Lily。

他一個男生偏偏被拉去全身脫毛！只有腋下跟不可描述的位置留下了，其他地方都光禿禿的，他不爽了很久。

之前，他跟圈子裡的富二代關係都行，只跟陸聞西關係一般，在脫毛的這件事情上倒是頭一次跟陸聞西握手言和，兩人都是被逼著去脫毛的受害者。

Lily笑個不停，還是堅持給安子晏挽起一個褲腿，安子晏只能妥協了。

今天安子晏會貫串全場，他又沒做過主持人，第一次公演，而非預錄，讓安子晏有點緊張。

他拿著腳本回憶著節目流程，正看著，突然有人打開他化妝間的門走進來，直接叨叨起來：

「我說這個節目組怎麼這麼窮，聚集了四十五個人的休息室，連個空調都沒有。」

安子晏從鏡子裡看了看自己的弟弟，問：「你都準備好了？」

「是啊，我化完妝了，你不知道，一個化妝間裡坐著五個化妝師，四十五個選手排隊去化妝，還有人在化妝間裡吃玉米熱狗腸，汗味跟食物味道混一塊，真的是……要不是弟弟香，我就待不下去了。」

「你也能聞到蘇錦黎身上的味道？」

「嗯，能啊，特香，我一聞到就沒脾氣了。」

安子晏回頭看了自家弟弟一眼，發現弟弟坐在沙發上，在他的包裡摸手機，立即提醒了一句：「你還不能看手機。」

「你就當不知道。」

「我有給你投票。」

「你幾個小號啊？」

「就一個。」

「這麼摳？」安子含嫌棄地白了安子晏一眼。

安子晏走過去拿走手機，看著安子含又問：「你有沒有問蘇錦黎，後來還有沒有其他人主動聯繫過他？」

「能進入節目組給蘇錦黎帶消息的，也就我們公司跟波若鳳梨了，目前華森娛樂還沒動靜，估計周文淵也不希望我弟弟去他們公司。其他的小公司，估計聯繫的都是我弟弟的經紀人，你可別讓他經紀人跟別家公司簽約了。」

「江平秋前兩天就去碰過面了，他的經紀人說要問問蘇錦黎的意思。」

「嘿，這兩人可真有意思，打太極是吧？」

「蘇錦黎最開始怕你嗎？」安子晏問了自己耿耿於懷的問題。

安子含搖了搖頭，「沒有啊，跟我一直挺好的。」

他一個神經大條的人，哪裡能發現蘇錦黎怕他，自我感覺良好地認為他跟蘇錦黎一見如故，從最開始就是好朋友了。

這個回答，讓安子晏有點心裡不舒服。

安子含依舊大剌剌地沒發現安子晏的黯然神傷，起身到Lily身邊說道：「小Lily，幫我看看我的造型，我信不過節目組批量生產的化妝師，尤其那個波波，GAY裡GAY氣的。」

Lily也沒拒絕，幫安子含整理造型。

「一會好好表現，這次是現場，雖然播出的畫面能剪輯，但沒表現好的話，還是會被現場觀眾知道一些你不好的東西。」

「知道啊。」安子含比量了一個「OK」的手勢。

他們準備上場前，有一間單獨的休息室。

蘇錦黎緊張地盯著大螢幕，看著其他人的表演，總結經驗。

「我哥今天挺帥啊。」安子含看著螢幕裡的安子晏，忍不住誇道。

「他也很緊張吧，頭髮都愁白了。」

「那叫漂染。」

「喔……」

今天的上場順序，依舊非常神奇，因為安子晏是這樣安排的：「我覺得，讓你們知道出場順序非常沒意思，所以我現場抽號碼。現在所有的選手都在休息室裡等待，他們不知道，他們的椅子底下貼有數字。」

在休息室裡的所有選手，開始看自己的椅子下面，真的有數字。

「所以，現在數字是三的那組，第一個上臺吧。」安子晏這樣宣布。

蘇錦黎起身看了看自己的椅子，他們隊伍的數字都是八，如果是按照數字三先開始，那麼他們的隊伍是排在中間。

他們又重新坐好，安子含依舊翹著二郎腿，對蘇錦黎說：「沒事，不著急，到時候用表演碾壓全場。」

在現場，就能夠看出哪些選手的人氣高了。現在節目已經播出兩期，有人氣的選手也會有粉絲來支持，在鏡頭裡，蘇錦黎看到自己名字的燈牌，立即激動地搖晃安子含，「我看到我名字的燈了，一閃一閃的，可好看了。」

「別搖亂我的髮型。」

「喔……」

第二組上場的是周文淵那組，依舊是穩定發揮，帶領著自己的小組得到滿堂彩，最後公布票數的時候，周文淵成了目前的第一名，現場票數四百二十三票。

「他的人氣挺高啊，比第一組的第一名多了一百多票，現場總共才一千人。」安子含感嘆。

「他確實很有實力啊。」

輪到烏羽出場時，票數就更高了，四百七十九票。

安子含看完票數揚了揚眉，蘇錦黎則是驚呼出聲：「烏羽果然很厲害。」

「嗯，目前看來烏羽是穩穩的前十名了。」

「是啊！」

等到他們這組出場，蘇錦黎趕緊去升降臺的位置準備，老老實實地蹲好。

他們的這一組曲目同樣是唱跳類型，蘇錦黎他們準備得也很充足。

在安子晏介紹完畢後，他們在升降臺上就能聽到觀眾們的尖叫聲，要比在休息室裡更清晰一些，簡直震耳欲聾。

蘇錦黎突然特別興奮，有種熱血沸騰的感覺，臺下的歡呼聲中有喜歡他的粉絲，這種感覺真的很奇妙，讓他有種受寵若驚的感覺。

升降臺緩緩升起，蘇錦黎做好準備，嚴陣以待。

現場的歡呼聲也因為他們的出現，變得更加強烈了，在一片女孩子的尖叫聲裡，居然還摻雜著幾聲男粉絲的尖叫，聽起來還滿有意思的。

蘇錦黎垂著眼眸，快速抬眼看了一眼臺下，看到黑壓壓一片人，很多人的手裡都拿著燈牌，又緊張了一些，再次垂眸。

音樂已經響起，他根據之前的彩排站到自己的位置上。

在彩排的時候，安子含利用特權讓他們這組是彩排最久的一組，並且告訴蘇錦黎每個機位的位置，還告訴他找準機位的方法，比節目組的老師教得還詳細。

彩排了幾次後，他自己就找準了機位的切換規律，所以在表演的時候也不會太過於忙碌，專心完成自己的表演就好了。

這首歌的高音部分是由蘇錦黎負責演唱，他們在選歌的時候也是這個理由才選擇這首的。

烏羽最擅長的就是這種歌曲，爆發力十足，而蘇錦黎之前唱的歌都偏於舒緩，還沒嘗試過這種類型的歌。

他們在選歌的時候，安子含聽完就拍了拍蘇錦黎的手背，「這個歌你肯定可以。」

「嗯嗯，我也想試試。」蘇錦黎是這樣回答的。

蘇錦黎試過幾次，都無法在唱這首歌的高音時有任何動作，後來到了他的部分，乾脆就站著專注於唱歌。

烏羽的高音可以唱到C6，他也是一直憑藉這一點穩拿全場最高分，屬於技術型唱將。

這次蘇錦黎似乎要比彩排的時候表現得更好，高音驚豔全場。

韓凱扶著耳機，忍不住問：「能到F6了吧？」

藏艾也跟著點頭，都有點詞窮了：「這個海豚音厲害了，厲害、厲害、厲害。」

緊接著，就聽到蘇錦黎居然音區轉換，從B5又一次提升。

蕭玉和乾脆站起來，揮舞了一下手臂為蘇錦黎叫好。她之前對蘇錦黎的感覺一直很一般，直到今天突然覺得他是實力派的苗子了，瞬間喜歡起來。

耳機裡傳來工作人員的聲音：「到C7了。」

顧桔驚訝地睜大了眼睛，半天也只感嘆出一句：「哇！」

韓凱也跟著鼓起掌來。

然而專注於表演的蘇錦黎沒注意到現場反應，而是在唱完這段後又回到自己的位置，繼續跳舞，收放自如。

似乎是早就被現場的尖叫聲弄得麻木了，蘇錦黎沒注意到剛才演唱時的尖叫聲有多大。

安子晏站在舞臺邊看了半天，感嘆了一句：「這小子嗓子挺好啊。」

安子晏不懂唱歌也不懂跳舞，只能當個主持人，負責拉人氣，所以說出來的話特別沒專業性。

唱完這首歌，安子晏再次上臺，對他們幾個人說：「歇一歇，然後跟臺下的觀眾打個招呼。」

這個隊伍的全部成員輪流自我介紹後，安子晏會跟他們聊幾句，順便讓他們給自己拉票。

到了蘇錦黎的時候，安子晏故意背對著觀眾席，在身後對觀眾席擺了擺手示意，接著對蘇錦黎說：「你剛才的表現不是太好，唱破音了。」

蘇錦黎愣了一下，沒有意識到安子晏又在給他挖坑，還當是自己真的表現得不好，一下子紅了眼眶，回答：「可能是我……剛才太用力了，沒控制好。」

安子晏沒想到蘇錦黎居然會相信，還一副要哭了的樣子，突然卡殼，今天晚上第一次結巴：「沒，其實……其實也……挺好的，就是沒有彩排的時候表現得好。」

「嗯，我以後會努力練習的。」

蘇錦黎說完就抿著嘴唇，明明已經淚眼汪汪，卻還在努力忍眼淚。

大螢幕上就是蘇錦黎委屈巴巴的臉，看著讓人心疼。

「呃……」安子晏有點尷尬地笑了笑。

此時聽到臺下有粉絲在努力大喊：「蘇錦黎，你唱得超級好！」

「他騙你的！」

「真壞！」

「啊啊啊啊啊，真壞！」

不過安子晏還是繼續堅持自己的計劃：「之前你說過，有一個用來保命的特長，現在想不想展現一下來拉票，讓現場的觀眾願意投你一票。」

蘇錦黎緩了緩情緒，點了點頭，深呼吸後，眼淚終於收回去，才回答道：「很多人說，我發出這些聲音的時候，口型很醜，我能擋著嘴嗎？」

「可以。」

「然後你先不要說話。」蘇錦黎對安子晏說。

安子晏有點疑惑，還是點了點頭。

蘇錦黎用手擋著嘴，微微側身，然後說了一段話：「之前你說過，有一個用來保命的特長，現在想不想展現一下來拉票，讓現場的觀眾願意投你一票。」

安子晏疑惑地看著蘇錦黎，沒回過神來。

安子含探身看著他們倆，緊接著問：「蘇錦黎，剛才那句話是你說的嗎？」

蘇錦黎點了點頭。

「聲音一模一樣，親弟弟都聽不出差別。」

蘇錦黎又對安子含說：「你也先別說話。」

安子含對著自己的嘴唇，做了一個拉拉鍊的姿勢，接著比了一個「OK」的手勢。

蘇錦黎又學了安子含的聲音：「聲音一模一樣，親弟弟都聽不出差別。」

安子晏終於震驚了，跟著點了點頭，「這回親哥哥也聽不出聲音的差別，你的特長就是模仿別人的聲音嗎？」

「還有。」蘇錦黎說完，對著臺下比了一個「噓」的手勢，臺下難得的安靜了許多。

蘇錦黎輕咳了一聲後，開始模仿音樂的聲音，模仿的是剛才烏羽他們唱的那首歌，從開始的背景音樂，到後來的唱歌聲音加上樂器的聲音，這回全場震驚了。

安子含特意湊到蘇錦黎身邊去聽，聽到聲音確實是從蘇錦黎嘴裡發出來的，安子含整個人都呆滯了。

安子晏好半天說不出話來。

幾位評委老師在座位上，誇張地表現著自己的驚訝之情，等蘇錦黎模仿完畢，韓凱還問：「為什麼不模仿整首？我們都沒敢打擾你。」

「是極限了，模仿太久會喘不過氣來。」

安子含則是說了一句：「你個掛比。」

安子晏拍了拍臉，讓自己回神，問：「這屬於口技嗎？」

蘇錦黎點了點頭，又搖了搖頭，「就是鸚鵡學舌，我模仿能力比較強吧。」

「你的模仿能力非常強大了。」安子晏感嘆完之後，又想起了節目的流程。

【第八章】

安氏兄弟的爛桃花危機

很快，節目進行到了投票環節。

在場的觀眾會對選手們投票，每名觀眾可以投票給三個人，這樣也不至於一組裡有一名高人氣選手，導致其他選手沒票的尷尬情況。

等結果出來後，安子晏聽著耳機裡的聲音，接著宣布：「這場有意思了，又破記錄了，過半數的觀眾投給一個人。」

結果，觀眾們似乎不大捧場，還有粉絲喊著：「安子晏，你真壞！」

「真壞！」

這個梗是過不去了。安子晏也不在意，只是微笑著公布票數，說到安子含的時候，說到：「安子含……437票，你們是不是忘記了他是我弟弟？」

臺下又一片尖叫聲。

結果安子含不捧場：「不用你給我拉票，真壞。」

安子晏都不知道該說什麼了，卻還是跟著笑，他自己也覺得自己壞了。

現在，只有一個選手的票數還沒宣布，大家都已經猜到那個票數過半的選手是蘇錦黎，現場再次爆發了一陣尖叫聲。

安子晏試圖控場，結果剛剛安靜下來就有一個女生聲嘶力竭地喊了一句：「黎黎不哭！」尤其突兀，引得安子晏又一次卡殼了。

「好好好，我真壞，再這樣就不公布票數了。」安子晏真沒想到，他稍微欺負一下蘇錦黎，居然會引起這麼多粉絲聲討他。喊話的人裡有舉著他名字的燈牌吧？這算是瞬間「出軌」了？這種「大型出軌現場」讓安子晏措手不及。

等現場安靜下來後，安子晏才宣布了蘇錦黎的票數：「蘇錦黎，今天現場得票是839票。」

蘇錦黎聽完就傻了。

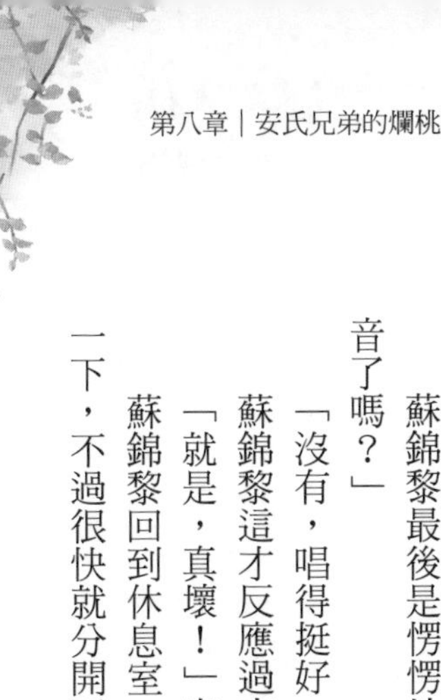

安子含也跟著震驚，想過蘇錦黎的票數應該很高，但是幾乎比他多了一倍這就過分了吧？

「我為什麼要在這一組？」安子含問道，想了想，終於想起來，「喔，我是隊長。」

說完就氣得原地轉圈，不過還是拍了拍愣愣的蘇錦黎的肩膀。

「有什麼想對粉絲說的嗎？」安子晏將手裡的麥克風遞到蘇錦黎嘴邊，蘇錦黎剛要開口，安子晏又把麥克風拿回去，「好，我們歡迎下一組。」

這回，臺下的觀眾幾乎是異口同聲：「真壞！」

這種場面讓四位評委老師都笑得前俯後仰的，安子晏有點氣，拿著麥克風質問臺下的粉絲：「昨天妳們還說喜歡我，現在就集體出軌？呵，女人。」

安子晏的粉絲終於恢復過來，開始說安子晏：「小燕子最帥！」

安子晏拿著麥克風冷哼：「妳們是不是過年吃餃子都只有餡，皮都被妳們平時揮霍光了？這麼皮真的好嗎？」

「我愛你小燕子！」粉絲們開始哄安子晏。

「看我以後怎麼收拾妳們。」安子晏再次說道。

全場尖叫。

蘇錦黎最後是愣愣地跟著安子含他們走的，到了後臺，蘇錦黎才跟安子含求證：「我剛剛唱破音了嗎？」

「沒有，唱得挺好，我哥騙你的，就是想讓你展示一下隱藏的必殺技。」

蘇錦黎這才反應過來，氣得不輕：「真壞！」

「就是，真壞！」安子含跟著附和。

蘇錦黎回到休息室，就有人來恭喜蘇錦黎，蘇錦黎笑著回應，沒注意到的時候還被張彩妮抱了一下，不過很快就分開了。

「蘇錦黎你太厲害了！」張彩妮說道。

「謝謝。」蘇錦黎回以微笑。

節目錄製到最後，蘇錦黎又一次被請上舞臺。

他作為全場得票數最高的選手，有一個冠軍福利，就是可以回應自己粉絲的要求，所以再次被邀請上臺。

蘇錦黎知道現場的人都在等他，短暫的驚訝過後，就快速跑向舞臺。到了舞臺邊，才緩了緩腳步，端正地走到臺上，站在安子晏的身邊。

安子晏看向他，說道：「我手裡捏著的都是節目收集來，粉絲們想要你做的事情。」

蘇錦黎看過去後，點了點頭。

「我看看第一張，是這樣寫的：蘇錦黎，我覺得你的聲音很好聽，可以稱呼我為寶貝，說一句情話嗎？」

蘇錦黎拿著麥克風有點不知所措，想了想，才問：「什麼算情話？」

「就是你想對你女朋友說的話。」

蘇錦黎點了點頭，接著看向鏡頭說道：「寶貝，遇到妳真好。」

這句話說完，全場歡呼。

安子晏點了點頭，突然覺得站在臺上聽蘇錦黎說話非常享受。

他又拿起第二張紙條：「小錦鯉，我想看你吹簫。呃……為什麼不是聽吹簫，而是看吹簫？」

安子晏剛讀完，就有粉絲喊了起來：「小燕子，別再想歪了！」

安子晏立即解釋：「我這次沒想歪。」

有工作人員送來簫，蘇錦黎伸手接過來，對工作人員道謝，接著拿在手裡看了看後，真的開始吹簫。蘇錦黎的吹簫並非業餘愛好，他從很早的時候就在私塾聽過音樂大家的演奏，當時就非常喜歡，之後也經常練習，所以他吹簫的水準絕對是大師級的。

吹完一段之後，又是滿堂喝采。

休息室裡的安子含，扶著烏羽的椅子背，說道：「這波過去，蘇錦黎能吸一波粉。」

「其實不用這段，光那段海豚音就足夠讓他脫穎而出了。」

「確實天賦異稟，某些人羨慕不來。」

烏羽回頭看了安子含一眼，然後挪了一下椅子，讓安子含差點摔下去。

臺上，安子晏又讀了一條：「蘇錦黎，我看了你的拉票視頻，你的水逆退散好像海草舞，我想看你跳海草舞。」

蘇錦黎不知道什麼是海草舞，於是回答：「我不知道怎麼跳。」

節目組很配合，在大螢幕上放了海草舞的視頻，蘇錦黎回頭看了一遍之後點了點頭，拿著麥克風問安子晏：「安大哥能跟我一起跳嗎？」

安大哥……安子晏努力保持微笑，立即拒絕了：「粉絲們是想看你跳。」

「我猜粉絲們很想看我們倆一起跳。」

「他們不想。」

蘇錦黎扭頭問臺下的粉絲：「你們想不想？」

臺下粉絲統一回答：「想！」

蘇錦黎再次看向安子晏：「他們想看。」

休息室裡安子含大笑起來：「蘇錦黎反擊了！安老賊，讓你壞，活該！」

他是安子晏的弟弟，自然知道安子晏跳舞時四肢不協調，坐等安子晏出醜。

人生，就是這麼奇妙。

錦鯉能成精，站到舞臺上飆高音，得到人氣第一名。

安子晏居然也能跳舞，高大的身材晃來晃去，就像地震的山嶽一樣，連他自己都覺得絕望。安子晏真的不想跳舞，就像一個鋼鐵般的漢子，無法忍受別人給他戴假髮、穿裙子，戴上粉紅色的蝴蝶結一樣。

小時候在幼稚園裡，他就被強迫去跳舞，結果引來一群小朋友笑話他，說他像殭屍。參加綜藝節目，被迫跳舞，還被粉絲截取了之後做成表情包，翻來覆去地黑他。

他也不明白，他跟安子含是兄弟，為什麼安子含跳舞那麼好，他就不行。

也是呢，安子含鋼鐵直，他卻山路十八彎。

蘇錦黎就好像沒注意到安子晏的窘迫一樣，他看過舞蹈視頻後，就基本會跳這個舞蹈了，現在還有心情教安子晏跳，可惜安子晏實在是……非常難教，他甚至懷疑安子晏走正步都會順拐。

沒辦法後，蘇錦黎讓節目組升起升降臺，然後他站在臺上，讓安子晏站在他的身前，拉著安子晏的手臂，教安子晏該怎麼揮舞。

偶爾還會掐住安子晏的腰往下按，讓安子晏完成動作。

安子晏全程是在崩潰的表情中完成的……真的是哭笑不得。

休息室裡，安子含簡直笑成了一陣旋風，偶爾，安子含還會踢烏羽的椅子，讓烏羽跟著一晃一晃的，表情特別無奈。

到了歌曲的後半段，蘇錦黎就放棄安子晏了，回到舞臺中間，獨自一個人跳完了這支舞。

蘇錦黎的處理會讓很多動作發生細小的改變，看起來不會很奇怪、女性化，反而動作利索，很好看。

等蘇錦黎跳完，又重新拿起麥克風：「安大哥的舞姿只能打四十分，還加入了面子分數，不能再多了。」結尾，居然還數落了安子晏一通。

安子晏曾經覺得蘇錦黎是一個假笑BOY，現在認為他是一個假酒BOY，又喝假酒了吧？

「很好。」安子晏說了一句之後問臺下：「你們為什麼不說他真壞？」

結果，這次粉絲特別不配合，喊著：「喜歡！」

「超可愛！」

安子晏又問：「喜歡我，還是蘇錦黎？」

這次的回答不大統一。

「我聽說，你最近有一個外號叫小錦鯉？」安子晏言歸正傳，對蘇錦黎進行採訪。

「嗯，很多人這麼叫，尤其常思音，他總說是遇到我之後轉運的。」

「那你覺得是你的功勞嗎？」

「有一部分吧。」蘇錦黎當然知道常思音是因為他才轉運的，所以說的也不是假話。「當然，還有他自己的努力，不然不會有這些機會。」

「我還聽說，你特別想談戀愛，但是到現在都沒說出自己到底喜歡什麼類型的女生。」安子晏繼續問。

粉絲們很喜歡扒這種八卦，如果蘇錦黎有前女友，安子晏估計不會問，但是蘇錦黎沒戀愛過，扒不出來什麼，就問得很坦然，粉絲們也愛看。

「呃……哈哈。」蘇錦黎覺得有點不好意思，扭頭笑了半天，才回答：「就一般般想，沒特別想，最近想的是好好練習，比賽取得好成績。」

「比賽完就談戀愛？」

「萬一……就有人……喜歡我了呢……」蘇錦黎說得特別羞澀，眼眸彎彎的像個月牙，說出這句話的時候表情特別甜，看起來十分可愛。

安子晏多看了蘇錦黎一眼，接著又問：「我又聽說了，你的合約沒限制戀愛，你還說你碰到喜歡的人就會追是吧？」

安子晏問完這個問題，臺下不少女生都興奮起來。

「原來合約還能限制這個？」蘇錦黎詫異地問。

「是啊。」

「這樣啊……別總聊這個啊。」蘇錦黎有點不好意思了。

「那你想聊點什麼呢？畢竟現在是你的福利時間。」

「聊點吃的也行，還有我的隊友。」

「那好，現在由我們的蘇錦黎小朋友宣布前十名。」

前十名現在已經全部揭曉了，蘇錦黎只需要按照名字讀出來就行，接著前十名中的其他九名依次上臺。這時蘇錦黎主動讓開位置，將麥克風遞出去。

前十名裡有蘇錦黎、烏羽、安子含、周文淵等人。

常思音並未進入前十名，讓人驚訝的是範千霆也沒進入，都在待定區。

看來，之前範千霆的實力夠了，但是人氣排名並不高，也不知道是不是鏡頭被刪剪了。

比賽結果宣布完畢，又做了最後的總結，今天的公演到此結束。

蘇錦黎疲憊地下臺，想到還要卸妝就覺得累，他已經筋疲力盡，只想在排隊等待的時候，能夠坐下休息一會，可到了化妝間門口發現根本沒有地方。

安子晏下場的時候可以說是前呼後擁，有助手給他送水，有人幫他摘下設備，Lily則是接過安子晏的外套。他路過選手的區域，就看到蘇錦黎居然盤腿坐在化妝間的門口，靠著牆壁閉著眼睛休息，心口有一瞬間揪緊，下意識地停住腳步。

蘇錦黎是真的累了，這些天都在高強度的訓練，白天彩排了一天，臨上臺之前都還在練習。

他是人氣最高的選手，在最後還有一段表演秀，所以比其他的選手都要疲憊一些。

安子晏知道這裡有很多雙眼睛在注視著他們，他並未多做停留，從助理的手裡拿過一瓶水，丟給蘇錦黎後就離開了。

蘇錦黎回過頭，就看到安子晏那個團隊浩浩蕩蕩離開的身影。

他擰開瓶蓋喝了一口，然後抱著瓶子繼續靠著牆壁休息。

比賽結束後，他們終於能夠緩一口氣，第二天中午才集合，給選手們一些休息的時間。

選手們抵達大廳之後，便宣布了場外投票的結果以及之後的任務。

下一輪比賽，第三輪中前十名的選手將會成為裁判，等待被其他選手挑戰。

而待定的選手們還要進行一輪比拚，這一次結束後只會留下三十人。

來宣布投票結果的人是藏艾跟顧桔，安子晏今天並沒有檔期，只能換人。他們兩個人站在一起，還真是俊男美女的組合，藏艾比較喜歡賣關子，不過人比較親切，拿著卡片宣布了排名。

第一名安子含、第二名烏羽、第三名魏佳餘、第四名周文淵、第五名蘇錦黎……第十一名常思音……第二十四名範千霆、第二十五名喬諾……第三十五名張彩妮……

范千霆站在人群裡，雖然沒表現出什麼，但是能夠看出來他有些失落。

其實很多人都已經猜到，範千霆的鏡頭肯定被刪剪了，這才導致原本排名第三的範千霆觀眾投票居然排名這麼低。

而張彩妮也是鏡頭很少的人，難得的票數還是看在她的形象不錯投給她的。

票數宣布完畢後，十五名淘汰的成員名單已經確定，這些人黯然離場。

蘇錦黎跟他們不熟，但是多少也有點感慨，看著他們離開心裡也跟著有些失落。

這些人都曾經努力過，有些人是因為實力，有些人則是因為節目組的剪輯，一個節目的播出時間有限，他們就是那些不幸的人。

下一輪，前十名沒有任務，只需要鞏固練習，提升自己就可以，其他的選手則繼續準備曲目。結束後，他們幾個人聚在一塊，安子含找了沒人的地方，搭著範千霆的肩膀說：「我找我哥說說，看看能不能幫你弄點鏡頭，不然太吃虧。」

範千霆欲言又止，他很想拒絕，說靠他自己，但是……又怕真的拒絕了，他就再無緣比賽了，於是他笑呵呵地說：「我在之後幾期一直跟你們混，估計會有點鏡頭。」

「別人我就不管了，你排第三，不應該這樣。你看張彩妮都炒CP呢，你也可以找點辦法。」

範千霆吞了一口唾沫，將自己內心的委屈硬生生地吞進肚子裡。說他不會不甘心是假的，多少還是會難受，只能祈禱以後能夠逆襲。

他表情難受了一瞬間，看向安子含：「只要我繼續努力，總有被他們看到的一天。」

「對。」安子含跟著說道。

在這之後，節目組歸還他們手機。工作人員似乎還想拍選手們終於能夠跟家人聯繫的視頻，但是蘇錦黎實在沒有能聯繫的人，只能打電話給自己的經紀人，所以沒什麼好錄的，就由別人去了。

他拿著手機回到寢室，撥通侯勇的電話號碼。

「小錦鯉，能打電話了？」侯勇興奮地問。

「嗯，是啊，突然就把手機還給我們了，應該是公布完票數覺得沒問題了吧。」

「我在高鐵上呢，世家傳奇的工作人員邀請我過去，費用他們報銷，談跟你的合約。」

「這件事情你怎麼看？」

「大公司，也不一定是適合你的地方，畢竟那裡人才濟濟，你現在有點人氣，他們願意簽你，以後你萬一曇花一現就被徹底埋沒了。而且公司裡勾心鬥角，我不想你被人攻擊。」

「喔……」

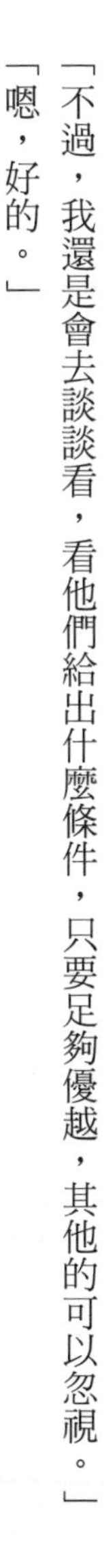

「不過，我還是會去談談看，看他們給出什麼條件，只要足夠優越，其他的可以忽視。」

「嗯，好的。」

之後侯勇又問了很多，比如問他跟選手們相處得怎麼樣，節目組裡有沒有什麼糟心的事情。

然後，蘇錦黎知道了一件事情：「啊，別人送我禮物是需要回禮的啊？」

「嗯，禮尚往來嘛，誰送你什麼了？」

「安子含跟安子晏都送過我東西。」

「他們倆對你不錯啊，看來是很早就有目的想收你到公司。」

「原來是這樣啊……」

掛斷電話後蘇錦黎就沒什麼事情做了，看到浩哥那邊總給他發轉帳，但是他沒收，所以都過期了，他立即跟浩哥聊了幾句。

浩哥：還以為你出名就不理我了呢。

蘇錦黎：沒有啊，我給你留言了，我手機被沒收了。

浩哥：哈哈哈，開個玩笑。

接著浩哥轉了一筆帳，蘇錦黎立即收了款。

之後看到小咪刷屏說自己遇到危險，幸運躲過去了。

尤拉給他拉票，還順便跟安子晏互相關注，吳娜他們一下子就老實了很多。

華森娛樂一直在跟世家傳奇努力保持友好，估計是被上級施壓了。

正看著這些消息，安子含就突然咆哮起來，在屋子裡走來走去。

蘇錦黎看著安子含暴走的模樣，忍不住問：「你怎麼了？」

安子含神經兮兮地把寢室的攝像機給關了，又把寢室的門給關上。

「我三個女朋友建了一個討論群組，把我拉進討論群組裡，說我們四個一起聊聊天。」安子含

回答。

「你們幾個的感情真好啊。」蘇錦黎感嘆。

原本在上鋪失落的範千霆聽到之後，笑出了放屁一般的聲音來。烏羽估計在裝睡，聽到蘇錦黎的話之後，翻了個身，肩膀一顫一顫地偷笑。

安子含這個無語啊……他該怎麼解釋是自己劈腿，結果被三個女朋友捉現行了呢？

「是，感情挺好，她們三個還聚一塊去逛街了，拍了合照給我。」安子含生無可戀地回答。

「我看看你女朋友們長什麼樣？」範千霆探身過來。

安子含拿出手機給範千霆看了相片。

「嗯……網紅臉，平時GAY裡GAY氣的，沒想到你的審美這麼直男。」範千霆評價道。

蘇錦黎也湊過去看了看，問：「三胞胎嗎？」

「不是……」安子含翻著白眼回答。

烏羽終於笑出聲來。

「我們現在紅了，你們知道嗎？」安子含突然說了這件事情，讓所有人都覺得很奇怪。

節目組還給他們手機後，烏羽都沒開機，直接回來補覺，他的心態一直很穩，不驕不躁，也不在意其他的。

范千霆則是給父母打完電話後，打算睡個午覺，之後就要去準備第四輪比賽的曲目，也沒多看消息，怕看到節目裡沒有自己的鏡頭更心煩。

蘇錦黎也是拿到手機先聯繫朋友，同樣沒來得及看網頁。

安子含不一樣，打開微博看到自己的粉絲數就懵了，緊接著就搜索了一些消息，再去看看視頻網站，還順便關注了蘇錦黎跟範千霆的微博，做完這些，才返回來看微信，接著就看到自己的後宮起火了。

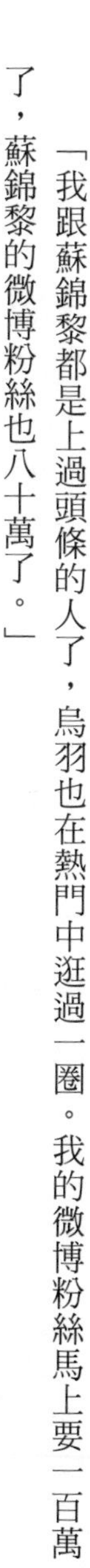
「我跟蘇錦黎都是上過頭條的人了，烏羽也在熱門中逛過一圈。我的微博粉絲馬上要一百萬了，蘇錦黎的微博粉絲也八十萬了。」

安子含介紹一下大致情況後，蘇錦黎也緊張兮兮地拿出手機，然後把手機遞給安子含，「這個我無法登錄，要驗證碼。」

安子含拿來蘇錦黎的手機，幫他登錄上微博，緊接著就看到蘇錦黎傻乎乎地去翻自己的微博，一條一條留言地看，眼睛都瘆了。

「有！有人喜歡我！他們！喜歡我！」蘇錦黎興奮地說。

「嗯。」安子含隨便應付了一句。

「還有人叫我老公，我要娶她嗎？」

「不，你娶不過來的。」

「那……那她都叫了，盛情難卻啊。」

安子含無奈地嘆了一口氣說道：「這孩子興奮傻了。」

蘇錦黎不再說話了，繼續看評論。

「我就怕她們三個組團預謀什麼，黑我一波，這樣我就真的毀了。」安子含繼續說道。

「活該，誰讓你幹這種事情的？」烏羽問道。

「我跟她們頂多算是固定的炮友，平時跟她們沒什麼聯繫，聊天也是約什麼時間見面，去哪間酒店。還有她們看上什麼了，我買給她們，就是傳說中的啪買。」安子含回答完後覺得特別氣。

「老司機翻車了？」烏羽繼續嘲諷地問，依舊覺得安子含活該。

「平時也就算了，這次我正是熱門人物，如果出了什麼事情我就傻了。」安子含氣了一會，又警惕地看向他們，問：「你們幾個不會說出去吧？」

範千霆回答：「我正愁沒熱度呢，不如我微博曝光你吧？」

「……」安子含又傻了。

烏羽則是聳肩，「我沒興趣爆料這些，而且無憑無據的說了也沒用。至於蘇錦黎，他估計到現在都不明白，為什麼你後宮關係和諧，你會這麼緊張。」

安子含在屋子裡來回走了一會，突然有了想法：「你們幾個是不是哥們？」

「別告訴你準備把你女朋友分給我們一人一個？」範千霆奇怪地問。

「我約她們出來談談，你們陪我一起逃寢吧。」

烏羽直接沒理他，掀起被子鑽進被窩準備睡覺了。

範千霆搖了搖頭，「不行，我第四輪有任務，一會就過去了。」

安子含看向了蘇錦黎。蘇錦黎正聚精會神地看著手機螢幕，刷著評論，小心翼翼地一點一點滑，估計是怕碰錯了東西。

「蘇錦黎，是不是我弟弟？」安子含又問蘇錦黎。

蘇錦黎搖了搖頭，「不是啊。」

「你前陣子還叫我安哥呢？」

「喔……怎麼了嗎？」蘇錦黎依舊沒回過神來。

「陪我出去一趟，我去弄個請假條，今天有個場合可以聚會，比較安全，我們倆過去。」

「我不去了，我想睡覺。」

「說不定能遇到沈城，或者我想辦法給你要沈城的聯繫方式！」

「好，我去。」蘇錦黎秒速答應了。

蘇錦黎任由安子含幫他喬裝打扮，罩了一層又一層，只留下眼睛能看到東西。

然後，跟著安子含離開訓練營，上了安子含打電話叫來的車。

司機應該是認識安子含，安子含上車後還在跟安子含敘舊，叫安子含二少。

「子含，我有點熱。」蘇錦黎悶悶地說。

安子含扭頭看了看蘇錦黎，扯下蘇錦黎的口罩，「上車可以摘下來了。」

「喔，好的。」蘇錦黎立即將所有的裝備都取下來，鬆了一口氣，「以後出門都得這樣嗎？」

「差不多吧，帽子口罩不能少，不然會很麻煩。」

蘇錦黎突然有點頹然，長長地嘆了一口氣，這樣有點麻煩啊。

安子含早就習以為常了，一直拿著手機聊天，沒心情理會這些。

車子行駛了一個多小時還沒到地方，蘇錦黎甚至懷疑這個地方比他的工作室還偏僻。

他左右看了看，車依舊在高速公路上，他立即問安子含：「還有多久到啊？」

司機首先回答：「再有二十分鐘吧。」

「我有點暈車了……」蘇錦黎坐車的次數不多，平時坐侯勇開的麵包車還沒什麼感覺，但是乘坐這種開著空調的車就漸漸有些不舒服。

「高速公路不能停車，我們去休息站吧。」安子含回答，從車裡取出一瓶礦泉水遞給蘇錦黎。

他們在休息站停了車，特意開到車少的位置，蘇錦黎下車緩了一會才覺得自己好了點。

司機去幫他買了一個甜筒，他一個人蹲在路肩上吃了起來。

這個時候，停在附近的車有司機過來開車，看到蘇錦黎，多看了好幾眼。

蘇錦黎依舊沒有意識到自己已經紅了，仍悠閒地吃東西，直到看見有人拿手機打算錄他，他才站起身快速上了車。

那幾個人依舊沒走，看著他們的車開走了才甘休。

蘇錦黎看著車窗外，推了推安子含的肩膀問：「不會有問題吧？」

「我去，你手上的冰淇淋蹭我衣服上了。」

「我問你問題呢。」

「沒事，剛拿出手機你就回來了，周圍我都觀察著呢，沒其他人。現在你知道了吧？以後注意著點。」

蘇錦黎趕緊點了點頭，「原來這就叫出名了啊？」

「我真是納悶了，你那個深山老林裡什麼都沒有嗎？怎麼你什麼都不懂？」

蘇錦黎也不能回答什麼，只能隨便應付了一句：「就是……沒網路。」

安子含心情不佳，不再說什麼了。

蘇錦黎拿著自己的手機，研究著要不要發一條微博？他被侯勇叮囑過，現在做什麼都小心翼翼，所以在發微博之前，還去到安子含的微博看了一圈，覺得沒什麼可以學習的地方。

之後去範千霆、烏羽、常思音的微博看了看，都關注了之後，研究他們是怎麼發微博的。

烏羽的風景照多一些，說話很官方，模稜兩可的，看不懂，就是很厲害的樣子。

範千霆則是各種搞笑的段子，還有自拍照。

常思音的微博裡大多是自己的生活日常。

安子含的微博是各種自拍，去哪裡旅遊的風景照，還有就是數落安子晏的吐槽微博。

他們幾個，好像都有自己的風格，蘇錦黎想了想後，問安子含：「你能幫我拍張相片嗎？」

安子含點了點頭，拿著蘇錦黎的手機，對著蘇錦黎找角度，後來乾脆拍了蘇錦黎的側臉。因為在車裡，車窗外有光，讓蘇錦黎的輪廓很暗，卻讓他的側臉線條越發明朗，顯得睫毛極長。

「你個睫毛怪……」安子含放大相片看了一眼，說道：「不用修圖，拿去吧。」

蘇錦黎接回手機，就發布了一條微博，加上了這張相片。

蘇錦黎：今日份的小錦鯉來啦，聽說善良的人會有好運喔。【照片】

到了地方，蘇錦黎終於知道安子含為什麼說這裡安全了，這裡是非常偏僻的別墅區，位置屬於臨市，車子過了審查駛入別墅區，行駛一段時間才到聚會的場所。如果有人跟車，根本無法進入園區內。

進場後，無論是誰都會被沒收通訊設備，還會用儀器測一測有沒有其他的設備，通過後才能夠進入。

進去後不少人跟他們兩個人打招呼，安子含都隨便應付了幾句，跟一個保姆問了一句：「我安排來的人呢？」

保姆指了指樓上，「在房間裡等著你呢。」

安子含想了想後，對蘇錦黎說：「你一會就在那個桌子上選你喜歡吃的東西，選好後跟她說，之後會給你送到樓上去。」

「喔，好的。」蘇錦黎的眼睛已經往擺放食物的長桌上看了。

「樓上的207房間是我們家的固定房間，門口有密碼鎖，密碼是739128。一會你去那個房間吃東西，休息一會，等我忙完了去找你。」安子含說完就直接上樓。

蘇錦黎和保姆一起到長桌前，他看著上面的食物，也不客氣，真的點了好幾樣。

保姆將食物的名稱記下來，對他示意：「您可以去樓上等候，我們做好後會給您送上去。」

蘇錦黎對她道謝，然後開開心心地上樓，用密碼打開了房間的門。

房間裡早就被收拾過，十分規整，說是一個房間，不如說是一個家。進入之後是客廳，有大大的沙發跟影音室，相鄰的是餐廳，只是沒有廚房，估計也不會有人來這裡親自做飯。

客廳跟臥室之間，是用簾子隔開的。進入浴室裡，蘇錦黎就震驚了……好大的浴室！好大的浴缸！可以變成魚游泳了！他已經很久沒游過泳了。

他驚訝地看了一會，就有人按了門鈴，他立即去開門，有人推著餐車進來，將食物送到餐廳裡，緊接著又離開了。

蘇錦黎坐在餐廳大吃了一頓，這裡的食物好吃到讓他險些落淚，他終於覺得不虛此行了。

吃完飯後，他撐得不行，在屋子裡走了幾圈，又開始犯睏，拉上簾子去臥室睡覺了。

侯勇沒想到，他到世家傳奇後，來跟他談合約的居然是安子晏本人，這絕對是最高規格的待遇。安子晏是世家傳奇總裁的長子，又是公司裡最有人氣的藝人，兩年前就開始接手公司裡的一些事務了。

不過他本人的工作也非常忙，處理這些事情的時間不多，侯勇對於安子晏能親自見他很是驚訝，也因此有了很好的印象。

緊接著，安子晏就給了侯勇一份合約，上面寫著會給蘇錦黎的條件，比如每年確保有什麼資源，會最低給他接幾個代言，分成也十分合理，還有就是……

「如果他來了我們公司，你依舊會是他的經紀人，這回你就不用一個人全部親力親為了。我們會給他配備私人造型師、保鏢、司機、助理一到四人，宣傳二到五人不等。我們公司請的人，向來都是頂尖的。」

侯勇翻看著合約，看著裡面的承諾，每一條、每一個字都有著足夠的誘惑，加上安子晏給出的團隊陣容，心動得心口狂跳。

他之前在華森也是帶新人，宣傳是要用公司統一的團隊，偶爾還得由他親自來發。造型師跟保鏢都是臨時聘用，並沒有固定的人員。

「還有就是，他在來我公司的前三年應該是最忙的，所以你在前三年只會帶他一個藝人，全程一對一。至於他的資源全部都會經過我的手。」

侯勇點了點頭，問安子晏：「所以蘇錦黎簽約進來後，屬於您手底下的藝人嗎？」

安子晏到世家傳奇後並非是一家獨大，他需要作出一些成績才能得到認可，而這個成績就是要培養出人氣藝人。

這兩年間，安子晏也培養了幾名勢頭很強的藝人，都屬於安子晏的陣營，但跟之前老前輩手裡的天王級別的藝人，還是有差距的。

「沒錯，你應該知道我有多想培養出優秀的藝人吧？我在世家傳奇的根基不穩，這家公司還有那麼多股東，日後我需要成績，才能到更高的位置。」安子晏說的是實話。

侯勇心裡有數，拿著合約反覆看了又看，可以說，世家傳奇真的很有誠意了。

「如果你覺得可以，我可以派人跟你們工作室的老闆繼續商談，以後，你們的工作室就屬於世家傳奇。」安子晏調整了一個姿勢，認真地看著侯勇。

侯勇抬起頭，跟安子晏對視的一瞬間就覺得有些不對勁，立即錯開目光。他聽說過業界的傳聞，所以一直在對安子晏有所防範，進來後都沒跟他對視過。

「我可以再考慮一下嗎？」侯勇問。

「可以。」安子晏很有自信，他覺得他已經拿出最優厚的條件，是其他公司做不到的。

談到後來，安子晏接到一通電話。正在談事情的中途他不喜歡被打斷，所以直接掛斷了。結果對方十分執著，一直打，他只能先告辭，讓江平秋繼續談，走出去接聽電話：「喂，怎麼了？」

「子晏……」電話裡傳來青梅竹馬哽咽的聲音。

安子晏微微蹙眉，問：「怎麼哭了？是歐陽欺負妳了嗎？我們昨天見面的時候還好好的啊。」

「不提他可以嗎？」

「怎麼了？」

「子晏，我愛你！我真的好愛你。」

安子晏覺得特別莫名其妙，電話那邊是他的青梅竹馬陳恬笑。

陳恬笑早在今年年初就訂了婚，未婚夫跟安子晏也很熟，是圈子裡的世家公子哥。當時安子晏還參加了他們的訂婚宴，甚至他們幾人在昨天才見過面。

「妳……在玩打賭遊戲？」安子晏問。

「我一直愛你，從剛剛懂感情開始就愛你，可是你一直無視我。我並不喜歡歐陽，和他在一起只是利益婚姻，我真的不想跟他在一起，你救救我好不好？」

安子晏抬手揉了揉額頭，突然覺得這件事情特別棘手，「這件事情我只是一個外人，不能說什麼。我只是能確定，就算妳沒跟歐陽在一起，我也不會跟妳在一起，我對妳沒有那方面的感覺。」

安子晏說的是實話，他對周圍的人都沒有過好感，一直以來也只把陳恬笑當成是朋友。

可是這個拒絕讓陳恬笑陷入瘋狂的狀態：「可是我愛你啊！我不知道該怎麼做才能夠忘記你。我要瘋了，我不想這樣，我真的不想再這樣了，你再來看我一次好不好？求求你。」

「對不起，我最近很忙。」

「我在馨月山莊等你，如果今天晚上等不到你，幾天後參加我的葬禮好不好？」

「妳什麼意思？」安子晏原本已經準備掛斷電話了，結果突然頓住。

「與其嫁給歐陽，過我不想過的日子，不如一死了之，這樣還算痛快。」陳恬笑說完這句話，就掛斷電話。

安子晏之後又給陳恬笑打了電話，陳恬笑都不接。

他只能給馨月山莊打電話，得到的消息是陳恬笑真的在那邊，他們裝成客房服務去了一次，陳恬笑並不開門，不過有回答，估計現在是安全的。

他又打電話給歐陽，不敢直說，只能委婉提醒：「陳恬笑給我打電話，狀態似乎不大對，你去看看她吧？」

歐陽那邊很吵，笑了笑後回答：「喔，應該沒什麼事，她總是神經兮兮的，就是喜歡吸引人的

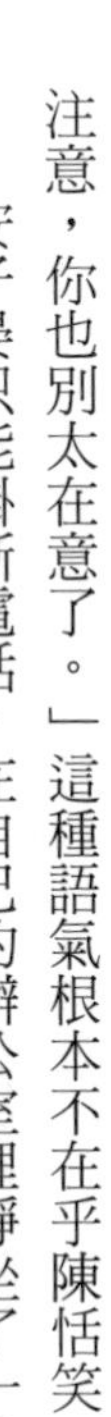

注意，你也別太在意了。」這種語氣根本不在乎陳恬笑。

安子晏只能掛斷電話，在自己的辦公室裡靜坐了一會，還是離開公司，開車去馨月山莊。

到了馨月山莊，他帶著保姆到陳恬笑的房間門口，再次讓保姆敲門詢問需不需要服務。

房間裡傳出陳恬笑歇斯底里的喊聲：「都說了不用！」

安子晏對保姆示意了一下，接著離開去207房間，輸入密碼走進去。

進去後，他進入客廳，脫掉自己的外套，回頭就看到餐廳裡有空盤。

一般有人在房間裡都會打開提示燈，比如請勿打擾、立即打掃。

他們家的人來了都會打開「請勿打擾」的提示燈，這樣外面不能隨意進入，只能按門鈴，然而他進門的時候什麼提示都沒有。

他又走向臥室，拉開簾子，就看到蘇錦黎躺在床上，迷糊地揉著眼睛看向他。

兩個人都愣住了。還沒等說話，就有人打開房間的門，安子晏下意識地重新拉上簾子，回過身就看到陳恬笑走進來。

「妳知道密碼？」安子晏詫異地問。

「我跟你一起來這裡這麼多次，看過你輸入密碼，怎麼會不記得？」

「妳有什麼事嗎？」

「我知道你是在意我的，對不對？」陳恬笑說的時候將門關上了，安子晏暗暗覺得不對勁。

「妳喝酒了嗎？」安子晏盡可能保持冷靜，接著走向門口，「我們出去聊。」

「你就這麼不想跟我待在一個房間裡嗎？」結果門被陳恬笑擋住了。

「我是藝人，這樣不大方便。」

「這裡根本沒有人能偷拍！」

安子晏有點無奈地抿著嘴唇，看向陳恬笑。

陳恬笑淚眼婆娑，說著自己有多愛他，從小時候做的每一件事情說起，絮絮叨叨地說了很久。

安子晏一直在聽，接著回答：「這又怎麼樣，我並不喜歡妳。」

陳恬笑崩潰大叫：「你怎麼這麼自私，只在意你自己，你能不能為我考慮一下，我這麼愛你，你就不能救救我嗎？」

「怎麼救？」安子晏的聲音冰冷，他已經看出來陳恬笑的狀態不對勁了。

「愛我好不好？或者，讓我抱抱你，你今天陪陪我，就一晚行嗎？我以後絕對不糾纏你。」

「妳這樣做讓我很討厭，而且妳這個神奇的理論……透露著妳的腦殘。」

「你特意來看我，不是在意我嗎？」

「我們雙方父母是朋友，如果妳死了，我會很麻煩，所以我來這裡只是想確定一下妳死了沒。我之前跟妳來往，只是因為要跟妳家裡保持良好的關係，但是妳現在讓我很煩，妳最好現在就滾出去，不然別怪我不客氣。」安子晏不是一個善良的人，這種事情遇多了，處理的方法變得冷酷無情，他精通說無情的話，做出冷酷的樣子讓對方死心，似乎只有這樣對方才能放過他。

然而這一次，安子晏錯了。

陳恬笑突然從口袋裡取出一把刀來，用雙手握著，接著用猙獰的表情對他說：「我總覺得，既然得不到你，不如毀了你，不然以後看到你跟別人在一起，我會多難過。不……絕對不能讓這樣的事情發生。」

安子晏立即緊張地說道：「妳把刀放下，冷靜一點行嗎？」

然而陳恬笑聽不進去，繼續絮絮叨叨地說著：「不行，不能讓你跟別人在一起……不能，絕不可以。」

安子晏下意識地挪動了一下位置，想辦法從陳恬笑的手裡把刀奪走。

陳恬笑出於警惕，也跟著移動了位置。

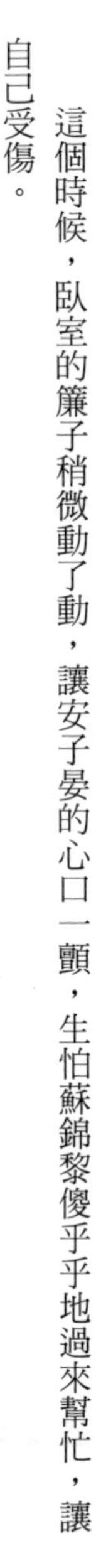

這個時候，臥室的簾子稍微動了動，讓安子晏的心口一顫，生怕蘇錦黎傻乎乎地過來幫忙，讓自己受傷。

然而他尚未來得及阻攔，蘇錦黎就突然拉開簾子，大步走出來，突兀地從陳恬笑的身後抱住她的身體，雙手握住她的手臂，用力向一側撞過去。

陳恬笑到底是一個女孩子，躲閃不及，手臂撞到櫃子，手裡的刀掉落在地面上。

這時陳恬笑開始拚命掙扎，聲嘶力竭地喊叫。

蘇錦黎一直沒鬆開她，口中念念有詞，就像一段經文一樣，直到最後一個字結束，蘇錦黎低聲喝了一句：「收！」

安子晏看不到陽氣，自然也看不到從陳恬笑的身體裡出現一股黑氣，瞬間從蘇錦黎的脈門位置，進入蘇錦黎的身體裡。

陳恬笑體內的黑氣被蘇錦黎吸走後就失去知覺，暈了過去。

蘇錦黎扶著陳恬笑的身體，問安子晏：「要扶到床上去休息一會嗎？」

安子晏看著這一幕，震驚得面部表情都失控了，一臉的驚恐，不過還是立即回答：「扔地上，放床上算怎麼一回事。」

總被黑的藝人，都有一種病態的潔身自好本能。安子晏可是一個打哈欠沒擋嘴，都會被噴上幾天幾夜，公關都抵擋不了的人。

「喔。」蘇錦黎就真的直接將陳恬笑放在地板上。

「你沒事吧？」安子晏緩過神來後，第一個問題就是這個。

「喔，沒事。」蘇錦黎回答，接著整理了一下自己的衣服，有點睡皺了。

安子晏抬手擦了擦額頭上的冷汗，走到蘇錦黎的身邊，看了看蘇錦黎的手背，確定沒受傷，才拉著蘇錦黎到客廳裡坐下。

「這是怎麼一回事？怎麼你念念有詞後，她就暈了，是什麼原理？」安子晏問道。

「世間萬物皆分陰陽，人的體內會有陰陽匯聚，在泥丸宮內……」

蘇錦黎說到一半，就被安子晏無情地打斷：「說重點。」

「她中邪了。」簡單易懂，一句概況。

「中邪？怎麼就中邪了呢？」

「世間萬物……」

「重點！」

「喔……」蘇錦黎想了想之後，還是堅持，「我還是得這麼跟你解釋，你先別急啊，不然你聽不懂的。」

安子晏看著蘇錦黎一本正經教書育人的樣子，突然心情就好了一些，這回不再打斷，而是讓蘇錦黎說下去。

「每個人的身體裡都會匯聚陽氣跟陰氣，男人的身體裡陽氣較重，女人的身體裡陰氣較重，所以男人稱之為陽，女人稱之為陰。當一個人在陰煞之氣很重的地方待久了，就會吸入陰氣，導致陰陽失衡。」

安子晏點了點頭，「所以呢？」

「這位女士應該是在陰煞之氣聚集的地方待過，被陰煞之氣入侵身體。陰煞之氣會引起人的貪念，比如喜歡錢的人更愛錢了，他最在意的東西會在他的腦海內無限被激發欲望。」

「嗯。」安子晏回應了一聲。

「然後，她應該是跟你長期接觸，長期被你身上過盛的陽氣吸引，一直在意你。在被陰煞之氣侵害後，短時間內應該又見過你一次，刺激到她的想法，整個人都失控了。」

安子晏這回對於蘇錦黎說的話，算是相信了。

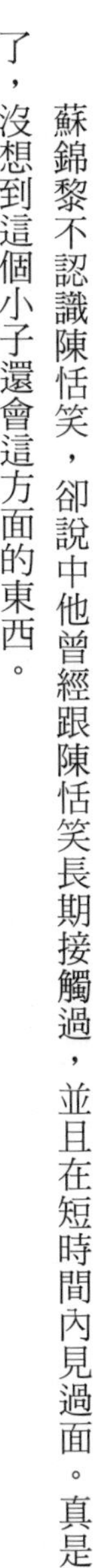

蘇錦黎不認識陳恬笑，卻說中他曾經跟陳恬笑長期接觸過，並且在短時間內見過面。真是神了，沒想到這個小子還會這方面的東西。

「繼續說。」安子晏示意。

「沒了。」蘇錦黎回答。

兩個人四目相對，安子晏一臉的黑人問號，蘇錦黎寧靜美好。

安子晏還在霧裡沒走出來，總覺得自己什麼都沒搞明白呢。

最後還是安子晏繼續問：「那你念的是什麼？她為什麼會突然暈倒？」

「是靜心咒，然後把她身上的陰煞之氣吸走了。她的身體裡少了一股氣流的支撐，肉身難以承受，所以暈倒了。等她體內的小乾坤調整好了，她自己就會醒過來。」

安子晏突然被這一系列的名詞弄得有點迷糊，點了點頭，盡可能消化這些消息。

「你為什麼懂這些，私塾裡教的？」安子晏繼續追問。

「爺爺教的。」

安子晏聽說過一些風水堪輿的事情，都只是作為一種茶餘飯後的消遣，聽一聽就過去了，現在，蘇錦黎這麼正兒八經地說出來，還真說中了一些事情，不由得暗暗驚訝。

「你說我陽氣過盛，是怎麼回事？」安子晏注意到了這一點。

蘇錦黎見瞞不住了，於是回答：「其實是這樣的，你的身上陽氣很重，導致其他人會莫名其妙地被你吸引，尤其是體內含有一些陰煞之氣的人，甚至會走向極端，做出一些不可思議的事情。」

「你怎麼能知道我陽氣重？」安子晏似乎找到自己身上問題所在之處，立即追問。

「因為我身上的陰陽失衡，碰到你會覺得畏懼。」

安子晏似乎是為了試驗，特意伸手握住蘇錦黎的手，蘇錦黎一點一點地往回抽，安子晏就是不肯鬆手。他似乎對這種耍流氓的行為還挺喜歡的，揚起唇角壞笑起來，問蘇錦黎：「有多畏懼？」

「就是……想揍你。」蘇錦黎凶巴巴地回答。

安子晏鬆開蘇錦黎的手，點了點頭。

他有成千上萬個問題想要問，但是一時之間卻想不到該從哪個問題開始。

想了想之後，努力理清頭緒，問道：「我總會莫名其妙地吸引他人，是因為我身上的陽氣很足。同樣，你怕我也是因為我陽氣很足？」

「對。」

「如果我的陽氣恢復正常，是不是就不會有這些麻煩，你也不會再怕我了？」

「嗯，是的。」

「那你會喜歡我嗎？」

「啊？」蘇錦黎被這個莫名其妙的問題弄懵了。

安子晏只是試探了一下，見蘇錦黎一臉懵逼，只能強行解釋：「就像你是沈城的小迷弟一樣，喜歡我。」

「喔，不會的。」蘇錦黎直接拒絕了，他不會喜歡安子晏的，喜歡沈城是因為沈城是他哥哥。

扎心了，老鐵。安子晏抬手錘了錘自己的胸口，瞬間得到了一個答案：蘇錦黎是直的。

雖然是一個意料之中的答案，他還是被蘇錦黎那毫不猶豫的回答傷到了，半天回不過神來。

原來沒有陽氣的干擾，他這麼不招人喜歡。

他無奈地繼續問：「有控制陽氣的方法嗎？」

「其實陽氣重不是壞事，證明你身體好，繁殖能力強。」

「……」

「你這麼強的陽氣，放在我們家族裡，能生好大一群小崽崽。」

安子晏立即揮了揮手，「我不想生崽崽，你告訴我怎麼控制吧。」

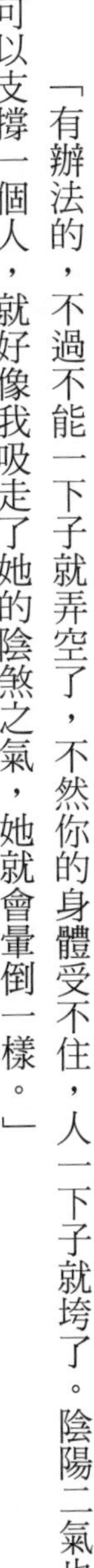

「有辦法的，不過不能一下子就弄空了，不然你的身體受不住，人一下子就垮了。陰陽二氣也可以支撐一個人，就好像我吸走了她的陰煞之氣，她就會暈倒一樣。」

「她會暈多久？」

「大概一天多吧，醒了也需要休養一個多月才會好。」

安子晏現在很忙，沒有空休養，他甚至特別貪心地想讓這種陽氣收放自如，可以為他所用，利用陽氣得到他想要的東西，又可以避免麻煩。

然而，這明顯是不可能的，相比較之下，他還是願意恢復正常。

「怎麼化解？」安子晏又問。

蘇錦黎抬起手來，單獨伸出食指，「你跟我一樣。」

「喔。」安子晏也抬起手，伸出食指，蘇錦黎用自己的食指指尖對準安子晏的指尖。

「這就可以了？」安子晏看著他們的指尖，難以置信地問。

「嗯，我在吸你陽氣了，你感覺到了嗎？」

安子晏總覺得自己被耍了，他沉默地感受了一會，搖頭，「完全沒有感覺。」

「應該是你陽氣太足了，少了一點你也察覺不到。」蘇錦黎說完，又握住安子晏的手。

蘇錦黎的身體很涼，幾乎沒有溫度，讓安子晏下意識地心驚。

兩個人握住手片刻後，蘇錦黎又問：「這回感覺到了嗎？會不會覺得心慌。」

安子晏又搖了搖頭。

蘇錦黎知道的妖精吸人類陽氣的方法就是這樣啊，怎麼會不管用呢？人類被吸了陽氣，肯定會身體瞬間有冰冷的感覺，心慌氣短才對。

「我看聶小倩他們不都是那啥吸陽氣嗎？為什麼你這個吸陽氣這麼柏拉圖？」安子晏忍不住調戲蘇錦黎。

蘇錦黎恐怕是第一個被人類嘲笑吸陽氣不給力的妖精了。

蘇錦黎委屈巴巴地回答：「我不行啊，我是男孩子。」

「男孩子也可以的。」

「你傻了吧，男孩子怎麼可以？」蘇錦黎抬手敲了敲安子晏的額頭，見安子晏瞪他，立即收回了手。

安子晏靠著沙發，又問：「所以我的陽氣是可以控制的，只是你不是女孩子，所以你來不了？那是不是以後我戀愛了，有那方面生活了，會好一點？」

「對，會的，你陽氣這麼重也是憋太久的關係。」

「……」

「安子含的陽氣就比你輕很多。」

「……」

蘇錦黎繼續解釋：「還有就是，你本身體內就是一個充盈的載體，陰陽二氣自身會運行，生生不息，所以你的陽氣只需要恢復一陣子就回來了。我就算幫你吸走了陽氣，你也會自己恢復，只會讓你短時間內好一些。」

安子晏忍不住蹙眉，「所以我這玩意沒救？是不是要私生活不停才能好一點啊？」

「理論上是這樣。」

「理論？」

「如果你的伴侶體內的陰陽之氣不對的話，不但不會減少你身上的陽氣，反而增加，你找一個會這種功法的女孩子吧。」

「這都什麼跟什麼啊……你會嗎？功法。」

「我會有什麼用，我是男孩子啊！」

安子晏對這個方法很是不喜歡，於是繼續追問：「沒別的方法嗎？」

「有，但是我不會了。」

「你爺爺會嗎？」

「他超級厲害，肯定會，但是他不喜歡見外人。」

「我可以付傭金，你們可以開價。」安子晏倒是十分大方。

蘇錦黎還是搖了搖頭，「恐怕不行，下次我回山上幫你問問我爺爺吧。」

「也行。話說回來，你為什麼在這裡？」

「喔，子含交了三個女朋友，三個女朋友一塊邀請他來這裡聊天。」

安子晏瞬間提高了音量，憤怒地問：「什麼玩意？」

安子晏只顧著關心這些陰氣、陽氣的事情，現在才想起來蘇錦黎出現在這裡的不合理性。

聽到安子含居然做了這種壯舉，安子晏的腦袋都要炸了，怒火瞬間噴湧而出，讓他硬擠出來的笑容看起來有幾分猙獰。

蘇錦黎突然意識到自己可能說錯話了，趕緊閉了嘴，他快速起身走到了陳恬笑的身邊，險些拐到的動作裡都有著欲蓋彌彰的慌張，並且生硬地轉移話題：「地上涼，我給她蓋個被子。」

「行，辛苦你了。」安子晏說完，大步流星地走出房間，「嘭」地關上了門。

蘇錦黎趕緊跑回床邊，拿出自己的手機給安子含打電話。

「喂？」安子含接聽了電話，聲音沉悶地問，顯然那邊談得不算順利。

「你哥來了！」蘇錦黎這回聰明了，第一句話就說了重點。

「什麼？」

「他好像去找你了，你趕緊注意一點。」

「我操！」

安子含很快就掛斷了電話，蘇錦黎也不知道救了安子含沒有，在屋子裡忐忑了一會，還是拿起被子給陳恬笑蓋上。

他又抬起陳恬笑的手臂，手指搭在了陳恬笑的脈門上，看看陳恬笑現在的狀態，確定沒問題了才放下來。

結果，門突然被打開，安子晏拎著安子含走了進來。

真的是拎著，安子晏拎著安子含的後衣領，將安子含硬生生地拽了進來。

安子含本來還在急切地解釋著什麼，結果看到地上躺了一個人，嚇得「哇」一聲，蹦了起來，話也沒說出來。

安子晏將門關上後，連續踹了安子含好幾腳，「你挺牛逼啊，一下子跟三個對象交往！」

「沒有，就是純潔的炮友關係……」

「滾犢子！」安子晏又踹了安子含一腳，終於鬆開安子含的衣領。

這個時候，江平秋敲了敲門，安子晏很快開了門。

「安少，這件事情怎麼處理？」江平秋進來後先問了這個問題，並且無視了躺在地上的人，估計是早就知情。

他們兩個人是一塊來的，江平秋向來跟安子晏形影不離，是一名得力助手。安子晏原本安排江平秋在別的房間休息，現在發生突發狀況，只能把江平秋叫來了。

「先把她們三個人分開三個房間，省著互相看對方遞眼神。」安子晏回答的時候解開了領口的一個鈕釦，又瞪了安子含一眼。

「好。」

「哥，我都處理完了，你別管了。」安子含委屈地說道。

「每個人給一千萬分手費還不夠，還得搭套北京三環內的房子，你傻子嗎？你有錢了是吧？」

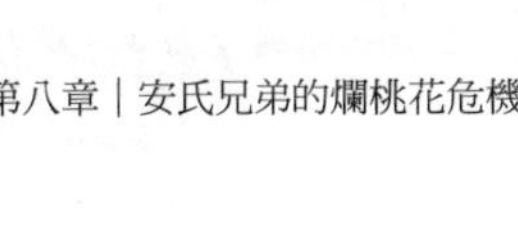

「我也賺錢了，現在我也紅了，以後給家裡添上就行了。」

「你約個炮幹掉一部電影的投資，你射出來的那玩意那麼值錢？」

「我射出來那玩意，如果正常生長是你侄兒！」安子含回答得理直氣壯。

安子晏簡直要被安子含氣死了：「信不信我把你那玩意給剁了，讓你成太監？而且她們三個明顯是串通好了，想要敲詐你一筆，我真不知道你什麼眼光，怎麼找這樣的女朋友？」

安子含的臉脹得通紅，氣鼓鼓地坐在沙發上。

安子晏這才對江平秋說：「你現在就去山莊那裡拿她們三個人的手機，讓技術部破解了，找出聊天記錄。同時派人去她們的家裡，找到所有的電子設備，讓德子他們把所有有可能存東西的地方都查一遍，刪除證據。」

「好的。」江平秋平靜地回答。

「至於分手的費用，知道見好就收的聰明人給兩百萬，糾纏不休的給五十萬，或者乾脆一分不給，把她敲詐勒索的事情擴大嚇唬嚇唬，然後讓她們滾蛋。」

吩咐完，江平秋就離開了。

安子晏到了安子含對面，嘲諷地說道：「你可真是厲害，一口氣交三個女朋友，我平時怎麼教你的？我是不是告訴過你，如果想談戀愛就好好處，別搞那些出軌、劈腿的事情。」

「她們就是……固定的炮友，不算女朋友。她們就是因為我……有錢才跟我在一起的，最開始也知道我不止一個……」

「你戀愛我不阻止，找一個合適的女孩子，就算囂張跋扈、公主病什麼的，只要你覺得可愛你就處，我一句話沒有。」安子晏說著，坐在安子含正對面的茶几上，跟自己的弟弟講道理。

「但是你一次找了三個，這三個人還合起夥來敲詐你，這次是她們三個心術不正，我有底氣回擊。但是下一次你碰到了一個女生，你渣了人家，你劈腿了，她如果鬧，我都沒臉幫你說話。」

「我也知道自己什麼樣，最開始也沒打算找那種正經談戀愛的女生，她們幾個都是身邊比較好看的。我不想跟別人共用，就先包一陣子，算是穩定的。」安子含解釋完，又被安子晏踹了幾腳，在沙發上平移了一個位置。

「我怎麼有你這樣的弟弟？你還是個人嗎？」

「我錯了……再也不敢了。」

安子晏氣得心臟亂跳，氣息都有些不勻，看著安子含就恨不得再踹幾腳，可是看到安子含疼得要哭了，又忍了下來。

還不是被他慣的，他只能自己承受。「你以後是藝人了，一言一行都被人盯著，稍微有點錯誤就會被無限放大，之後你就再也沒辦法翻身了。無論是你平日裡的為人處世，還是戀愛方面，甚至是我們家的家事。」安子晏再次開口。

「嗯。」安子含揉著被踹疼了的大腿回答，啪嗒啪嗒地掉眼淚。

這一次安子含也挺後怕的，剛剛有紅的徵兆就鬧出事情來，他只能急吼吼地來這裡，跟她們三個見面，談妥條件，還不能算是徹底解決了。

安子晏來了，雖然挨一頓打，但是能徹底解決也是好的。

安子晏還想罵幾句，一回頭就看到蘇錦黎蹲在櫃子後面，只探著頭，用一雙漂亮的眼睛，眼巴巴地偷窺他們倆。見他回頭，又快速縮了回去。

這模樣，就像偷偷觀察的小動物，被肉食性動物看了一眼，趕緊躲開了。

安子晏還是第一次在氣頭上，猝不及防地被萌了一下。

「我去處理一下，你老實在這裡待著。」安子晏起身，對安子含說。

安子晏往外走，路過蘇錦黎的身邊，居然伸手揉了揉蘇錦黎的頭，接著走了出去。

蘇錦黎突然覺得這是寵物的待遇，所以，安子晏想養魚嗎？

【第九章】

都是巧克力惹的禍

蘇錦黎等安子晏出去了，才垂頭喪氣地到安子含旁邊：「我又說錯話了。」
安子含快速地擦掉眼淚，在他的「弟弟」面前裝出無所謂的模樣：「其實我哥看到你在這裡，就能猜到是我帶你來的，之後再問我為什麼突然請假、亂使用特權，就能問出來是怎麼回事。」
蘇錦黎坐在安子含的身邊，小聲問：「疼嗎？」
「肯定的啊，我哥每次揍我，就跟我不是他親弟弟似的。」
「這次我依舊覺得你哥哥說得對。」蘇錦黎認認真真地說。
「你胳膊肘怎麼老往外拐啊，你每天都能看到我，你能見到他幾次？」
「就事論事，不過，他派人私闖民宅不對吧？」
「非常時期非常對待，如果我哥進去的時候她們幾個老實點，這件事情還有的談。但是我哥進去後，她們就開始嘲諷說，我剛開始紅，沒有錢，所以特別摳。說我哥工作這麼多年，肯定有積蓄，讓我哥再給她們一人買一輛車，低於六百萬她們都瞧不起我哥。」
「啊？這麼過分？」蘇錦黎都傻眼了，他是一個工資漲了三頓火鍋錢就高興好久的人，聽到這些數字都覺得不可思議。
「對，還非常得意，其中一個還讓我哥給她簽一疊名，她回去送人。」
「你怎麼找這樣的女朋友啊？」
「當初就是覺得長得可以，沒多想。」
蘇錦黎看著安子含的眼神都變了，特別嫌棄：「你這樣的人真不適合做男朋友，對她們不負責任，你也有問題。」
「嘿！我要認真戀愛了，也是很不錯的。」
「我不相信你了。」
安子含靠著沙發，長嘆了一口氣，說道：「再也不敢了，誰能想到碰到這種事情啊。」

蘇錦黎看了安子含一眼，還是抬手揉了揉安子含的頭，「知錯就改，浪子回頭。」

安子含指了指躺在地上的陳恬笑，問：「這位是怎麼回事啊？」

蘇錦黎就把自己剛才碰到的事情跟安子含說了，不過並未說他吸了陰氣，而是說被搶奪了刀之後，她就暈倒了。

「又是這樣的事情。」安子含倒是不驚訝。

「經常的？」

「是啊，我哥已經經歷過兩三次有人要為他自殺了，不過消息被鎖得死死的，沒傳出去。我們世家傳奇這方面很有一套，只是吧，我哥的黑料總是防不勝防，他有一次簽名遞還回去的時候沒看那個粉絲，而是看向下一個人，這都被黑了。我哥就是黑紅黑紅的。」

「那還真是很麻煩啊。」蘇錦黎下意識感嘆。

「對啊，我哥挺苦惱的，有陣子都要得自閉症了，不願意跟其他人接觸，找了心理醫生才緩解一些。」

「天啊……」

這時安子晏走了進來，同時還在打電話：「她住的地方應該是太陰森了，所以影響了她的情緒，外加她太累了，都有可能是原因。嗯……叔叔，還有一件事情，笑笑好像不喜歡歐陽，你別太難為她，她的心理壓力很大。」

安子晏站在陳恬笑的身邊，盯著陳恬笑看了一會，再次補充道：「而且，歐陽一點也不在意笑笑，我告訴他笑笑暈倒了，他也毫不在乎。我想，您也想讓笑笑幸福吧？」

掛斷電話，安子晏叫人過來將陳恬笑用被子包起來，然後送回陳恬笑自己的房間。

做完這一切，安子晏站在門口發了一會呆。

他當初還以為，陳恬笑是他難得的異性朋友，不然他也不會百忙之中抽空跟她及歐陽見面。

以後……估計又要老死不相往來了，說不失落是假的，但他毫無辦法。

蘇錦黎在這時走出房間，到安子晏的正對面，顫顫巍巍地伸出手來，揉了揉安子晏的頭。

安子晏詫異地看著他，就聽到他說：「你身上陽氣的問題，一定有辦法解決的。」

「那就借您吉言了。」安子晏回以微笑，好看的笑容讓蘇錦黎稍微愣了愣神，心想如果安子晏不是陽氣男的話，估計也不會那麼可怕。

安子晏就是那種如果安子含犯了錯，安子含呼吸都是錯誤的家長。

晚上，他們三個人在一起吃飯，安子含剛拿起一塊炸雞，安子晏就開始罵了：「鬧出這種事情你還有心情吃東西？我都替你覺得丟人。」

安子含立即將炸雞放回去，好像他剛才拿起炸雞完全是一場誤會。

蘇錦黎本來是要吃的，也跟著乖乖放了回去。

蘇錦黎偷偷看了安子含一眼。

「你吃你的。」安子晏對蘇錦黎說道。

安子含眼神示意，想讓蘇錦黎幫自己說說情。

「你眼睛不舒服嗎？」蘇錦黎關心地問。

「少裝可憐，你之後有比賽，我都沒打你頭。」安子晏跟著說。

安子含：「……」

這兩個人的不解風情真是到一種境界，估計以後他們找對象都非常費勁。

安子含放棄掙扎，直接起身，「你們倆吃吧！」

結果走了之後，就發現這兩人面對面坐在一塊，吃得還挺開心的，根本就不在意他吃不吃了。

蘇錦黎吃一樣東西，就要念叨一句：「這個好好吃。」

「嗯，再給你要一份？」

「不，我要留著肚子多吃幾種。」

「不夠我再給你點。」

安子含餓得不行，他們倆又老饞他，他就開始滿屋子轉悠，想找辦法噁心他們倆。翻箱倒櫃後，安子含找來蠟燭放在餐桌上，點燃了後關了餐廳的燈，兩個大老爺們吃燭光晚餐，噁心不噁心？安子晏果然表現出特別嫌棄的樣子，問：「吃飯放個這玩意幹什麼，怪嗆人的。」

「也挺好的，其實這個肉可以再烤烤，更好吃。」蘇錦黎挾起一塊肉說道。

「烤肉不是一般用炭火嗎？」

「我在山上的時候就這麼幹，你看。」蘇錦黎說完，就真的開始用蠟燭烤肉了。

原本增添情趣的用品，放在安子晏跟蘇錦黎面前就成了烤肉道具。

安子含本來就餓，聞到烤肉的味道當場覺得這簡直太要命了。

「我覺得你們倆以後不好找對象，一點情調都不懂。」安子含在一邊突然說道，還順便「嘖嘖」了兩聲。

「交三個女朋友，就覺得自己很瞭解女生了？我告訴你，現在的女孩子更喜歡長得好看，外加有錢的，其他的就可以忍了。」安子晏回答完，又白了安子含一眼，「把後背挺直了，整天弓著個背，就是玩手機玩多了，坐不直了是不是？」

安子含翻了一個巨大的白眼，突然後悔他為什麼不在事情解決了之後立即回訓練營去，非要在這裡過夜！

現在安子晏看他什麼都覺得不順眼，他只有少在安子晏面前晃才能夠確保平安。

蘇錦黎跟安子晏吃完飯後，蘇錦黎才試探性地問：「要不這個留給子含吧。」

「不用留，他喝水都胖。你是沒看到他第一期的節目，臉腫得像臉上長了腫瘤。」安子晏說得非常誇張，完全無視一群迷妹刷屏說安子含帥。

「可是子含不胖啊。」

「鏡頭效果，在鏡頭裡會顯得比本人胖出四分之一左右。國內的審美還就是這樣，一得白、二得瘦，三就是得像他那三胞胎女朋友似的蛇精臉。」

安子含崩潰了，怎麼又聊到他這裡來了，他剛才真的是動都沒動，一句話沒說。

好在，安子晏很快又聊到合約的事情：「我已經跟你的公司開過會了，現在正在討論具體的合約條款，他們已經基本上答應我們的要求，這兩天就會簽正式合約。之後你也可以有自己的小團隊，你有什麼想法嗎？」

「團隊都有什麼啊？」

安子晏將他的團隊需要的人跟蘇錦黎說了一下，蘇錦黎點了點頭，「你等一下啊。」

他取出手機，第一個就給浩哥發了消息。

蘇錦黎：浩哥，你會開車嗎？

浩哥：會啊，每次都是我自己開車去送貨，怎麼了？

蘇錦黎：以後我可以有私人司機了，你感興趣嗎？如果你願意過來，我可以幫你跟公司爭取一下工資。

浩哥：成啊，不僅僅司機，保鏢我都能兼職了，開雙份工資嗎？

蘇錦黎立即抬頭問：「我找我熟悉的司機跟保鏢可以嗎？」

「嗯，可以啊，不過得信得過，如果以後出賣你的消息，賣給粉絲就很麻煩了。」安子晏點了點頭，喝了一口水，這不算多困難的事情。

「人品我是信得過的，那你能多給點工資嗎？」

「這個都是後期合約要談的事情，交給侯勇跟江平秋就可以，我不經手這種細節。」

他立即給浩哥回覆：我讓侯勇在這幾天聯繫你，工資他幫你爭取。

浩哥：行，只要工資給得合適我就去，跟著你幹我心情也能好，哈哈。

他又給小咪發了消息，問：我要找自己的助理了，需要注意什麼嗎？

小咪回覆得居然也挺快的：什麼時候啊？

蘇錦黎：等比賽結束。

小咪：那個時候尤姐的戲差不多拍完了，她要去國外休養一陣子，遠離紛爭，所以我有空。到時候我去你的團隊掛個兼職，幫你帶帶其他的助理吧，我也是有工作經驗的。

蘇錦黎：這樣的話最好了。

「造型師可以找波波老師嗎？」蘇錦黎抬頭問安子晏。

原本裝屍體的安子含一下子激動了，問：「那個死GAY？」

「我覺得他超級厲害，還會做手工。」

「這就厲害了？找了他，簡直讓你的團隊瞬間掉價，你還準備找誰啊？」

「我前陣子認識的一個大哥，想讓他做我司機跟保鏢。」蘇錦黎老老實實地回答。

「工作經驗呢？」安子含繼續問。

「以前是安裝鏡子的師傅。」

「……」這是讓做瓷器的工人去殺豬啊，什麼跟什麼啊！

「小咪她說可以做我一陣子的兼職助理，幫我帶帶新助理。」蘇錦黎又一次說道。

「小咪誰啊？」

「尤姐的助理。」

「你在跟我開玩笑嗎？」安子含簡直無語了，「我們世家傳奇專業培養了那麼多的人你不用，你找的都是些什麼奇奇怪怪的人？我們安排的助理用其他人帶？她是不是也是你那個神奇的工作室找的啊？」

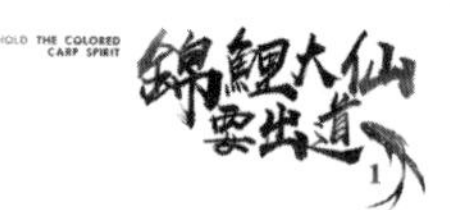

「他們人很好的。」

「人好能當飯吃嗎？」

蘇錦黎瞬間失落起來。

安子晏也跟著扶額，想了想跟著說道：「如果你真的想用他們，可以先試試，我派人去談，之後如果不行就換人，到時候被動離職，我們可以補助三個月的工資。」

「嗯，行。」蘇錦黎又興奮地發起了短信。

安子晏吃完飯，看了一眼時間，說道：「我要趕回劇組了，你們倆今天怎麼安排？」

「我住隔壁，蘇錦黎住這間。」安子晏回答，因為安子晏要走，興奮之情溢於言表，人也瞬間可愛了幾個檔次，「你晚上走夜路小心點。」

「嗯。」安子晏拿著東西直接離開了，蘇錦黎終於鬆了一口氣，站起來活動了一下身體，他被那一身陽氣壓抑得渾身難受。

兩天後，安子晏出席了一場慈善晚會，到現場做特邀嘉賓。

這次的慈善晚會非常隆重，在場邀請了小半個娛樂圈的當紅藝人，今天到場的藝人將近四十人。一個慈善晚會幾乎成了紅毯秀，各個都是盛裝出席，安子晏也不例外。

安子晏走下車，甩了甩手錶後，調整好表情，面帶微笑地走入場。身邊都是閃光燈，不停地閃爍，他已經能夠練出來毫不在意了。

走入場內不久，他就看到他最不想看到的人——沈城。

每一場慈善晚會，沈城都一定會參加，幾乎不會缺席。安子晏覺得，沈城是一個偽善的人，見到他就覺得渾身難受。

讓他意外的是，他剛入場，沈城就注意到他，目光似乎總是時有時無地朝他投過來。他總覺得這是一個陰謀，沈城只有要算計他的時候才會這麼關注他。

就在安子晏想要跟江平秋聯繫，讓他多加防範時，沈城居然主動走過來，面帶微笑地看著他。

安子晏內心裡暗罵了一句：這老賊今天正面來啊？

不過，他還是看向沈城，在鏡頭前他一直表現得很完美。

「誰摸過你的頭了嗎？」沈城居然直截了當地問了這樣一個問題，聲音很低，如果不在他們身邊，沒有人能聽到他們究竟說了什麼。

「哈？」安子晏覺得莫名其妙，差點沒控制住自己的表情。

「回答我就可以了。」

安子晏看著沈城，依舊在微笑，然後咬著牙齒，用唇語專家都看不出來的幅度，回答：「沈城，你他媽的有病吧？」

一句話說完，笑容都沒有變化過，無懈可擊。

沈城抬手，憑空一抓，就好像拿走安子晏身邊的什麼東西一樣，接著再次說道：「你不配被祝福。」說話的表情同樣毫無破綻。

什麼玩意啊這是？新的坑人方法？防不勝防？

「再會。」安子晏回答完，扭頭就走，他總覺得跟沈城這個老賊多說一句話，就會渾身突然起疹子，奇癢無比。

沈城在他心裡就是一個癩蛤蟆一樣的存在，不咬人，膈應人。

沈城很少提前離場，今天突然身體不適，是被助手扶著離開的，估計明天的新聞又會是沈城帶病參加慈善晚會之類的，全部都是誇獎。

安子晏跟沈城的名字放在一塊，就是完全不同的兩種存在。

安子晏也不知怎麼就那麼倒楣，不一定什麼時候，就因為一件莫名其妙的事情被黑了。

沈城則相反，清一色的好評，從小就是三好學生，無敵的別人家的孩子般的存在。整個娛樂圈裡形象維持最好的人，絕對是沈城沒錯。

沈城回到家裡，一直沉著臉，助理啾啾一句話不敢多說。

「問了那個老狐狸了嗎？」沈城沉著聲音問。

啾啾小心翼翼地回答：「問了……你弟弟確實下山了。老爺子也很驚訝，沒想到他居然沒找到你，這麼久也沒回山上。」

沈城頓時覺得頭痛。

錦鯉精送出的祝福，沒有生效之前都會圍繞在被祝福者的頭頂，只要是同類就會一眼看到。

蘇錦黎的體質特殊，又因為心靈純淨，送出的祝福是淡淡的橙色，像沈城送出的祝福會是紅色的，就是所謂的「紅」運當頭。

所以，沈城一眼就認出來，安子晏身上圍繞的祝福是蘇錦黎送的。

「他現在叫什麼名字？」沈城又問。

「老爺子說，他下山的時候太興奮了，忘記把自己取的名字告訴他了，老爺子也不知道。」

沈城瞬間覺得頭大，這的確是他弟弟能幹出來的事情。

「我去問問安子晏？」啾啾試探性地問。

「安子晏不會說的，甚至還會戲耍你一番，接著去調查，看看能不能抓住我的把柄。」

「這怎麼辦，你弟弟這麼長時間是怎麼生活的？他什麼都不懂，不會吃不上飯吧？」

沈城被問得臉黑成了一坨炭，平日裡的男神形象瞬間全無。

「我就是奇怪一件事情，安子晏身上的陽氣那麼重，我弟弟應該會怕他才對，為什麼還會送祝福給他？」沈城一直很在意這件事情。

「他體質特殊，他害怕陽氣重的人，但是陽氣重的人會喜歡他啊。再說了，安子晏似乎是個GAY，圈裡有傳聞……」

話還沒說完，沈城就怒視過來。

緊接著，屋子裡的燈開始狂躁地閃爍個不停。

啾啾抬頭看了看燈，趕緊伸手勸說：「老大，您別生氣啊，燈泡都要炸了。」

話音剛落，屋子裡的燈全部炸開，整棟大樓瞬間進入斷電的狀態。

啾啾嚇得連續後退，顫顫巍巍地說道：「老大，我就是隨口說說。」

「他敢碰我弟弟，我就讓他後悔出生。」

「對對對，收拾他！」啾啾的求生欲讓他趕緊這樣回答。

「去調查安子晏最近接觸過的人，十八歲左右，男生。」

「好。」啾啾說完就要往門外走。

「你幹什麼去？」

「這裡斷電了沒有網了，我去網吧……」

在啾啾即將出門的時候，沈城又加了一句，聲音沉得可怕：「著重調查安子晏感興趣的人，或者是……故意隱藏起來的人。」

「好……」

新的一期《全民偶像》播出了。

這一期的節目，雖然電視播出的版本受限節目時間，但是網路版非常感人，刪減的部分很少，而且後期給力，觀看數量以令人咂舌的速度增長。

投票平臺也在開播的同時再次開放，訓練營裡也在同時再次沒收了所有學員的手機。

然而這次比賽的前十名有他們的專屬福利。

比賽第一天，他們穿越長長的走廊到休息室，前十名選手可以透過大螢幕，看到網路版的第三期節目。

在他們集體要求下，節目組用大螢幕播放的還是有彈幕的版本。

休息室裡還有攝像機，估計會拍攝出來他們觀看比賽時的表情，也會作為節目的內容播出。

這次的座位是按照排名坐的，蘇錦黎坐在第一位，旁邊是烏羽跟安子含，他們倆倒是第一次並肩坐在一塊。

剛剛開始打開視頻，就進入九十秒鐘的廣告。

安子含直拍大腿，嚷嚷起來：「你們就不能辦個會員？」

十名選手裡有幾個人偷偷笑出聲來。

蘇錦黎沒說話，他覺得看一會廣告也沒什麼啊，這樣還能省錢。不過總體說來，是他實在是太窮了。

視頻開始後，到安子晏出場，迷妹們就開始霸屏了。

安子含看著螢幕，把嘴嘬成了「O」型。

「怎麼突然這麼多字？」蘇錦黎看著那麼多彈幕，眼睛都要暈了。

「你以前都不用彈幕看視頻嗎？」烏羽問道。

「不啊，我不知道這個功能。剛才的字還以為是節目組做的特效，可是它一直存在。」

「這個就是能看到觀眾們即時的評論。」烏羽解釋。

蘇錦黎忍不住感嘆：「安大哥人氣好高啊。」

身邊坐的人是烏羽，於是只得到了「嗯」的一聲回應，讓蘇錦黎尷尬得沒再說下去了。

等到張彩妮他們這組上場後，彈幕少了一些，然而等張彩妮點名蘇錦黎送祝福後，彈幕再次瘋狂起來。

他努力看了看，發現彈幕的內容也很奇怪。

「啊啊啊，這個小婊砸勾引我老公！」

「情敵來戰！」

「安子含有人勾搭你老婆了！」

「兩個人完全不搭。」

「心機女想炒CP吧，抱走小錦鯉不約。」

「居然摸頭殺！」

「小錦鯉你居然出軌了！」

「張彩妮笑得有點甜啊。」

「摸頭殺讓我少女心氾濫。」

「安子含管好你媳婦。」

安子含看到這裡也弄不明白了，疑惑地問：「我媳婦？我跟張彩妮一點也不熟啊，我們都沒聊過天。」

周文淵似乎很懂，湊過來說：「他們說的媳婦，是指蘇錦黎。」

「蘇錦黎？他是我弟弟。」

「估計你們倆是有CP感唄。」

蘇錦黎小聲問烏羽：「CP感是什麼？」

「呃……有夫妻相吧。」

「啊？」蘇錦黎覺得特別奇怪，「可我是男孩子啊。」

「別在意，我相信你的眼光不會那麼差。」

安子含立即挪了一下椅子，撞了烏羽的椅子，引得烏羽小聲嘟囔了一句：「幼稚。」

等節目表演結束，張彩妮跑去找蘇錦黎擁抱，結果蘇錦黎跟她擊了一個掌。

「2333這一段重複看了三遍。」

「可以說，蘇錦黎家粉絲的家教很嚴格了。」

「憑實力單身，並且實力強勁，沒毛病。」

「被可愛哭！」

「竟然覺得這對有點萌了。」

「反差萌組合？」

「張彩妮一看就是老司機。」

蘇錦黎看著這些彈幕，努力理解，還是覺得一些詞彙非常難懂，他不大理解這些詞為什麼會出現在這個片段。

「這個功能好好啊，可以看到觀眾們的反應。」蘇錦黎感嘆道。

「你還真是復古男孩，這些都不知道？」周文淵驚訝。

蘇錦黎還是有點忌憚周文淵的，所以周文淵說話很少回答，只是偷偷問烏羽，但烏羽太冷淡，讓他有點寂寞。

現在周文淵主動跟他搭話，他只能回答：「對啊，不知道。」

「前陣子，我哥不知道在哪裡買到了PSP，這小子玩得可起勁，估計下次我送禮都得送他留聲機。」安子含跟著感嘆。

「留聲機是什麼？」蘇錦黎又問。

安子含無奈了，搖了搖頭，「看節目。」

「喔。」蘇錦黎失落地繼續看節目了。

等到烏羽上臺就能夠看到他的人氣也很高了。在每一組即將進行比賽的時候，還會播放他們練習的片段，讓觀眾可以看到他們練習時的樣子。

烏羽這組的片段，就是烏羽他們練習時的艱難，還有一段居然有蘇錦黎、安子含他們出鏡。

螢幕裡出現安子含對著烏羽晃胯，被烏羽趕走的畫面後，彈幕明顯歪了。

「相愛相殺組合。」

「他們倆是聚在一起說相聲嗎？」

之後是烏羽教常思音發音，蘇錦黎在旁邊跟著哼唱，好聽的聲音以及那一段海豚音，讓螢幕再次炸屏。

「小烏魚跟小錦鯉是水中生物組合嗎？」

「這個比賽裡的實力唱將：烏羽、蘇錦黎、魏佳餘。」

「被天使吻過的聲音。」

安子含看著彈幕，笑嘻嘻地說：「真的啊，烏魚跟錦鯉，你們倆是水中生物組合啊。」

「我總覺得我媽給我起名字的時候，根本沒深思熟慮過，甚至沒自己讀一讀。」烏羽雙手環胸，唉聲歎氣地說。

「我起名字的時候深思熟慮了。」蘇錦黎回答。

他是在蘇州成精的，他是錦鯉精，就叫蘇錦黎了。他們起名字都有紀念性意義，他估計他哥哥的名字，是因為他哥哥是在瀋陽成精的，就叫沈城了。

他們的姓氏一般都是地名，如果地名的名字實在沒辦法起名，再用別的。

「你的名字比烏羽的好聽點。」安子含忍著笑回答：「烏羽這個名字是真的難聽。」

「你的名字呢？安子含，名字是子漢，是想成為男子漢嗎？結果nan成了an，所以成為男子漢的可能性是no。」

「沒興趣。」

安子含理解了半天，才明白烏羽的意思，點了點頭，「你研究我名字研究很久了吧？」

很快輪到安子含上場，彈幕瞬間變得特別歡樂。

「終於等到了塑膠兄弟組合。」

「原本不粉安子晏，然而因為他們倆的互懟，萌上了這對兄弟。」

「子含，我是你嫂子！」

「子晏啊，我是你弟妹。」

「嫂子團讓我看到妳們的雙手！」

「手手。」

「嘿呦喂，我真可以跟我哥比誰女友粉多，誰多誰登基。」安子含笑呵呵地看著螢幕，說道。

蘇錦黎看完嘿嘿笑，「你就算登基了，你哥也會是攝政王。」

「哈哈哈……」烏羽終於笑了出來。

「怎麼每次有我的笑話，你都笑得特別開心呢？」安子含看著烏羽真是特別不爽。

「你那麼在意我幹什麼？」烏羽反駁。

「誰在意你啊？」安子含跟烏羽再次互相不理對方了。

等到了蘇錦黎上場，就開始新一輪的彈幕轟炸。

「小錦鯉今天有種校草的感覺。」

「別校草了好嗎？你們的死魚沒讀過書，文盲一個。」

「說文盲的是不知道國內私塾有多厲害吧？」

「鼻子插大蔥，安子含你是認真的嗎？」

「安子晏其實很寵弟弟吧，被這麼說了，還笑得這麼沒心沒肺。」

「等等！安子晏是因為蘇錦黎說他鼻孔精緻才笑的吧？」

「申請加入討論群組。」

「我的媽，安子晏這深情款款的眼神是怎麼回事？安子晏演偶像劇都沒這麼撩過！」

「兄弟二人爭搶一妻？」

「蘇錦黎ALL？」

「說ALL的別走！」

蘇錦黎看完，忍不住問烏羽：「這個ALL是什麼意思？」

「呃……」烏羽有點尷尬，不知道該怎麼說。

「蘇錦黎，這麼久了都沒有一個彈幕說你攻的，你是不是該自己反省一下？」周文淵突然問蘇錦黎。

「啊？」什麼跟什麼啊？蘇錦黎不懂。

「我發現你很懂啊！」安子含問周文淵，他甚至能想到，周文淵這麼懂的樣子，會成為熱門微博，被人調侃。

蘇錦黎什麼都不懂，就會成為背景板，一下子被比了下去。

「我妹妹在家裡有好多本子，我也是耳濡目染。」周文淵回答得坦坦蕩蕩。

「你有妹妹？漂亮不漂亮？」

「挺可愛的。」

這時候，大螢幕播放的是蘇錦黎回答韓凱，自己很想戀愛的片段。

「哈哈哈，我的天，太可愛了吧。」周文淵忍不住感嘆了一句。
蘇錦黎扭頭看向周文淵，也不知道該不該搭話，於是只是笑了笑。
周文淵身體前傾，手臂搭在膝蓋上，一扭頭就能看到蘇錦黎，也對著蘇錦黎微笑。
彈幕同樣是這樣的畫風。
「小錦鯉，我要跟你談戀愛！」
「你想談戀愛，可是你單身是憑實力啊！」
「是啊，不吃好吃的、不戀愛，做人還有什麼意思？」
「剛做人幾年？」
「哥哥是怎麼回事？父母離婚嗎？」
「啊……會哭的，好心疼。」
「小錦鯉是不是家裡條件不好啊，公司也窮，好可憐。」
「貧民窟公司裡走出來金錦鯉。」
在安子含跑去找蘇錦黎，讓蘇錦黎叫他哥哥之後，彈幕畫風再次跑偏。
「小錦鯉沒事，哥哥跟嫂子都會陪著你呢。」
「我跟你安哥都保護你。」
「兩小隻蹲在一起的背影有點萌。」
「乖乖叫哥，好萌啊。」
「安子含好像超喜歡蘇錦黎。」
「是啊，超級喜歡！」安子含突然說了一句，然後對著蘇錦黎比心。
蘇錦黎側頭看了安子含一眼，跟安子含對著比心，就跟玩似的，笑得特別燦爛。
他們倆都知道，就是一個玩笑而已，其他人開始起鬨，說他們倆噁心。

「轟出去！」魏佳余這位實力派女選手都受不了了。

「別別別，讓我看完我家弟弟唱完這首歌。」安子含裝模作樣地求情。

「哈哈哈。」蘇錦黎簡直笑成了一個微笑娃娃。

再抬頭，蘇錦黎突然看到了一條彈幕。

「我弟弟用不著你們兄弟倆照顧。」

他看著這條彈幕，不由得一愣，這是調侃嗎？還是……哥哥應該還不知道他已經下山了吧？

他很快就拋到腦後，繼續看節目了。

等蘇錦黎的分數公布後，不少人都替蘇錦黎喊冤。

「小錦鯉純屬選歌吃虧了。」

「蘇錦黎唱得很好聽，不應該這麼低分。」

「公司窮啊，沒辦法，高分的都是大公司的選手。」

「一會周文淵肯定高分，等著瞧吧。」

周文淵看著彈幕，還能笑出來，「被說得壓力好大啊。」

蘇錦黎這個時候不得不感嘆他們幾個人的心態了。彈幕沒有被篩選過，很多彈幕會罵人，其中安子含被罵得最凶，然而安子含就像沒怎麼看到似的；烏羽不用說了，從頭到尾都很淡定；周文淵也一直是笑呵呵的樣子。

其實他在看到別人說他文盲，說他裝單純的時候，還是會心裡不舒服。他從深山裡出來，來到世間還沒待多久，就突然走進大眾的視野，被很多人熟知。

然後，他們對他品頭論足，惡意揣測他的一言一行，他一時之間心態還真的調整不過來。

他繼續看著螢幕，看到周文淵似乎人氣也很高，很多刷周文淵名字的迷妹，周文淵也會時不時說兩句話。

蘇錦黎開始陷入沉默，只是一邊看著一邊想著：哥哥當年是怎麼做的呢？也是這樣嗎？

當天，微博的熱搜又一次被《全民偶像》霸占了。

蘇錦黎想談戀愛、安子晏與安子含、求蘇錦黎摸摸頭、烏羽高音、周文淵逆襲、蘇錦黎憑實力單身……這些詞彙先後上了熱搜榜，輪換著順序。

當天夜裡，一條熱搜橫空出世，一下子成了爆款熱搜，並且一直沒掉下來。

沈城關注蘇錦黎。

啾啾去了孤嶼工作室，他是被沈城派去的，要談關於蘇錦黎的合約問題。沈城要求很強硬，無論如何必須在第一時間把合約談妥，絕對不可以讓安子晏得手。

說起來，沈城找弟弟真的非常順利，啾啾只發了幾條微信消息，打聽安子晏最近的主要工作，就得知其中一件事情是安子晏正在收購孤嶼工作室，因為蘇錦黎是工作室的藝人。

最近蘇錦黎風頭正旺，想找到消息並不難。

接著，他讓沈城去看《全民偶像》這個選秀節目。很少看這類節目的沈城真的看了，從看到蘇錦黎的第一眼，沈城的表情就變得特別凝重，他快進看完蘇錦黎的所有片段，尋找蛛絲馬跡來確認蘇錦黎是不是自己的弟弟。

那天剛巧更新到第三期，韓凱跟蘇錦黎的對話，讓他確認了蘇錦黎就是自己的弟弟。

比如「剛做人」這個詞，還有就是對哥哥的描述都能夠確認。

看到蘇錦黎說「會哭的」，沈城當下心疼得站起來，在屋子裡焦躁地走來走去。

沈城一直是一個很淡定的人，不論發生什麼事情都波瀾不驚，但是面對弟弟的事情時就完全無法冷靜了。

他跟蘇錦黎在有意識後，根本不知道自己的父母究竟是哪兩條魚？這兩條魚是不是已經死了？但他們倆能夠感受到，彼此是有血緣關係的，所以在那些年裡一直彼此扶持。

沈城魚生最大的恐懼就是看到弟弟被人抓走，險些被吃掉。

當時沈城也只是一條尚未修煉完成的錦鯉，什麼也做不了，只能著急地游來游去，幸好，弟弟被放過了。

從那以後沈城對弟弟的照顧就堪稱變態級的，他不想再失去親人……呃，親魚了。

沈城出山的時候也很懵懂，好在他跟蘇錦黎不一樣，要更冷靜一些，而且有些小機靈，很快因為長相優秀成了童星，他被送去上學，與此同時開始工作。

成為藝人後，他的煩惱越來越多，讓他的一言一行都被大眾關注。他很想回去看看蘇錦黎，然而公司安排的行程連一天假期都沒有，最開始他還想過把蘇錦黎接過來一起生活，後來就放棄了。

他想讓自己的弟弟過無憂無慮的生活，不想被媒體發現，讓蘇錦黎經受非議。

他已經努力做到最好了，然而依舊時不時有些負面的評價，他也只能權當沒看見，他絕對不想弟弟也經歷這些。

最近他做了一些努力，成為公司的股東之一，並且已經累積足夠的人氣，他開始走精品路線，只接優秀的作品。他原本已經擬定計劃，不久後打算安排休假回山裡一趟，卻突然看到安子晏身上的祝福。

沈城再難淡定了，竟然臨時註冊小號，暴躁地發了一條彈幕。

發完後就開始想辦法，怎麼才能去見蘇錦黎？該怎麼處理他們的關係，才能讓風波最小、讓蘇錦黎不至於被推到風口浪尖上？

沈城得到安子晏消息的第一時間，就讓啾啾擬定一份合約綱要。

啾啾一大早就趕來孤嶼工作室，見到了侯勇，同時看到工作室的環境後，啾啾直覺得心酸，蘇錦黎是沈城的弟弟，沈城隨便準備的地方都比這裡舒適豪華十倍。

「我們已經在跟世家傳奇談合約細節了，這個恐怕……」侯勇說得很客氣，他沒想到波若鳳梨居然會派兩撥人過來。

「世家傳奇那邊給你們什麼條件，我們都可以優厚一倍。」啾啾大手一揮，直接這樣說道。

「世家傳奇給的條件已經非常合理了。」

啾啾著重問了幾個細節，詢問世家傳奇給的條件，問完之後他就沉默了，真是給得非常合理，再優越一點都會打破業內行規。

啾啾沒辦法，只能到安靜的地方給沈城發消息，彙報這邊的情況。

「老大，真的沒辦法再加條件了，如果被老總那邊知道，估計要調查了，他現在拚命找你的把柄呢。」啾啾發送完語音訊息，就站在窗戶邊等待回覆。

「那就放棄工作室，我會跟我弟弟見面，想辦法讓他出來解約，工作室就讓安子晏拿去吧。」沈城回覆了語音訊息。

啾啾得到提示，跟侯勇又客氣了幾句話後，臨走前突然問：「我能看看蘇錦黎的寢室嗎？」

「可以……是可以。」侯勇答得很勉強，最後還是帶啾啾去參觀了。

打開門的一瞬間，啾啾心疼得不行，都不敢給沈城發圖片，扭頭離開了。

節目組經常會收到粉絲的禮物，按照選手的名字分送到選手的手裡。

前十名的選手這幾天都是聚在一起集中訓練，所以來領禮物的時候也是一起來的。

蘇錦黎找到寫著自己名字的箱子，往箱子裡看了看，就覺得特別地滿足，各種小玩偶或者手工小工藝品，都是他很喜歡的。

也許是知道他喜歡吃，所以不少粉絲會送他零食。

他捧著禮物，美滋滋地往回走，周文淵剛走進來，兩個人打了個照面。

「哇，你的禮物都好可愛啊。」周文淵走過來，朝蘇錦黎的禮物箱裡瞧，然後還伸手拿出兩樣看了看後又放了回去。

「我挺喜歡的。」

「真好，我也去取了。」周文淵說完就離開了，蘇錦黎則是快步離開門廳。

等蘇錦黎離開，周文淵突然停下腳步，轉身看了看蘇錦黎的背影，接著繼續朝自己的箱子走過去，蹲下身的時候突然笑了笑，很淺，鏡頭都沒能捕捉到。

蘇錦黎捧著禮物回到寢室，蹲在箱子前翻來翻去。

他把每個手工做的小娃娃都掛了一條繩子，掛在自己的床邊，又找出幾個擺在自己的床頭。

又從盒子裡拿出幾件衣服挨個看了看，接著展開一件衣服給安子含展示，「這個圖是他們手工畫的欸！好厲害！」

「我發現你特別喜歡會做手工的人啊。」

「嗯，是啊，還有做菜好吃的人。」蘇錦黎坦然地回答。

蘇錦黎收拾完了，坐在椅子上拿出幾袋零食，一邊吃一邊看烏羽他們展示禮物，還時不時會點評幾句。

突然間，他的身體猛地一僵。

剛才他吃了一塊巧克力，直接嚼了吞進去，巧克力在食道內融化後，有些東西釋放出來，讓他一陣劇痛，他想要站起身，結果直接嘔出一口血來。

身體疼痛得發顫，讓他向前一步沒能成功，整個人跌倒在地上。

他勉強用雙臂支撐起身體，又一次嘔出血來，吐了好大一灘。

身體裡就好像在燃燒，巧克力所到之處，全部都被侵蝕著，他甚至能夠感受到身體裡的器官在腐爛。

「我操，你怎麼了？」安子含嚇了一跳，趕緊過來扶蘇錦黎。

「是不是剛才吃的東西不對勁？不會是加了農藥什麼的吧？」烏羽也跟著起身，慌張地不知道該怎麼辦。

安子含因為著急，沒能控制好情緒，對烏羽吼道：「出去讓他們叫救護車！」

烏羽難得沒反駁安子含，趕緊跑了出去。

安子含一直扶著蘇錦黎，幫蘇錦黎順後背。

蘇錦黎卻突然掙脫安子含，快步進入洗手間，將房間門反鎖。

他靠著門，就看到洗手間鏡子裡的自己，嘴角跟脖子還有衣襟上都是血。

他擼起袖子看了一眼，看到手臂上已經出現魚鱗。

他的呼吸已經有些困難了，人類的呼吸器官被侵蝕後，他妖精的本能被喚醒，他的魚鰓快要出現，他要現出原形了……

意識越來越模糊，身體無法支撐，他只能勉強扶著洗手臺站穩。

接著，他用手指沾著自己的血，在自己的手背上畫了一個符文，符文畫完後，魚鱗終於全部消失。再也堅持不住了，蘇錦黎癱倒在地。

「蘇錦黎！你他媽幹麼啊！開門！」安子含在門外急切地拍打著門，卻得不到任何回應。

安子含情急之下只能用力地踹門，一下又一下，終於破門而入，就看到蘇錦黎暈倒在洗手間裡。安子含沒工夫在意其他的事，抱起蘇錦黎就往外狂奔。

其他選手紛紛過來看發生了什麼事，關切地問：「怎麼回事？」

安子含也不知道，急得滿頭是汗，大步狂奔，「我也不知道，趕緊救人。」

那邊烏羽已經通知工作人員，正好碰到抱著蘇錦黎跑出來的安子含，也跟著往外跑，同時說道：「我問了救護車來的路線，我們開車去迎救護車。」

「好。」

送蘇錦黎去醫院的只有幾個人，其他選手跟工作人員都留在原地。

周文淵目送他們離開，跟著其他選手一起回到訓練營。

「怎麼了啊？」

「聽說是吃了粉絲送的東西。」

「投毒了？」

「應該是，太可怕了。」

周文淵跟著微微蹙眉，似乎也很擔心，同時還不忘叮囑大家：「以後不要亂吃東西了，可能是黑粉送來的。」

「好。」

「天啊，這都算犯法了吧？得抓人了！」

「我剛才也吃了東西，好後怕。」

他們紛紛回到寢室，周文淵的寢室裡只有周文淵一個人是前十名，所以寢室裡只有他一個人。

他進入沒有攝像頭的洗手間，捏著手指算了算，忍不住「嘖」了一聲。

「還以為會現原形，沒想到還挺堅強的，不過……就他那點妖力，繼續唱歌是不可能了。」

只有安子含一個人跟著蘇錦黎上了救護車。

他怕耽誤醫護人員工作，老老實實地躲在一邊，然後看到蘇錦黎雖然已經陷入昏迷，卻還是會嘔血，胸口一顫一顫的。

醫護人員為他戴上氧氣罩，蘇錦黎嘔得氧氣罩內都是血，醫護人員只能再用其他辦法。

安子含看得直心疼，蹲在角落裡掉眼淚，哭著問醫護人員：「他不會死吧？」

「情況不大好，我們會盡力的。」其中一個人回答。

蘇錦黎的身上被戴上測心跳的儀器，安子含以前只在電視劇裡看過，一直盯著儀器，生怕突然變成一條直線，這種感覺真的是太糟糕了。

他目睹了所有事情經過，到現在大腦還處於一片空白的狀態。

蘇錦黎被送進醫院的急診室，其他人都被攔在門外。

安子含想留在門外等，趕過來的烏羽卻突然扔給他一件外套，他這才注意到，因為抱過蘇錦黎，身上都是血。

烏羽怕他這身衣服嚇到人。

「這他媽的是要殺人吧？」安子含拿著衣服，噙著眼淚，憤怒地問烏羽。

「我倒是聽說過此類的事情，比如糕點裡放了刀片，不過像他這樣嚴重的還是第一次見。」烏羽同樣很著急，聲音都是顫著的，看似淡定，手指尖卻在發抖。

「報警！無論如何也要把兇手揪出來，調取監控！」安子含幾乎暴走。

「嗯，一定要這樣。」烏羽回答。

然而他們在這裡沒待多久，就被節目組的工作人員強行帶走了。

安子含不願意，最後是被烏羽帶上車的。

「我得在醫院裡等消息！」安子含喊道。

「估計節目組想先控制消息，我們倆算是公眾人物，在醫院裡會引起關注，讓事件發酵。」

「為什麼不能發酵？就要鬧大了，讓他們關注這件事情。」

「然後讓兇手有心理準備，準備好潛逃？而且，比賽還要繼續……我們只能回去。」

安子含這回不說話了，沉默好一會才說：「我聽說，是帶有腐蝕性的東西，他好了以後……不會耽誤唱歌吧？」

烏羽沒回答，表情也不大好看。

蘇錦黎的聲音非常好聽，簡直就是上天的恩賜，讓人會因為聲音而中毒。

然而，偏偏是嗓子出了問題，以後就算好了也會有影響吧？

太可惜了，蘇錦黎的路才剛剛開始。

安子含又開始哭，然後坐在車裡罵了一路的髒話。

烏羽則是一路沉默，聽著安子含發洩，心情同樣糟糕極了。

回到訓練營，安子含跟節目組要了自己的手機，打電話給安子晏，一開口就說：「哥，你想辦法去醫院看看，別讓蘇錦黎死了……」

安子晏嚇了一跳，想問怎麼回事，結果安子含哭得連話都說不明白，安子晏只能掛斷電話，打給節目組的負責人。

知道事情的詳細經過後，安子晏破口大罵：「你們怎麼可以什麼東西都給選手送過去，都不篩選的嗎？」

安子晏目前在外地拍戲，查了最近的航班跟高鐵，都要再幾個小時以後，沒辦法，安子晏只好開車回來。

安子晏也是慌了神，從未想過他居然會這麼在意蘇錦黎，心臟都要跳出心口跟他抗議了。

此時，有一個男人牽著一名五歲左右的幼童，突然出現在山腳下，就好像是憑空出現的。

男人對著山布陣，設下保護的結界。幼童在一旁左右看，還忍不住問男人：「爺爺，你為什麼要變成年輕的樣子啊？白頭髮都沒了。」

「都告訴過你了，下山之後叫我哥哥。」男人回答。

「我們去找哥哥嗎？」幼童又問。

「嗯，你那個傻哥哥下山就跑丟了，我怕他被人騙了，得出來找一找。」

「我都想哥哥了！」

男人布置完結界，站在山腳下，手掌一擺，手指掐出手訣來，雙目緊閉。

接著，用手指在眉間上一點，念了一句：「開。」

再睜開眼睛，就能看到凡間的另外一面。

男人看到了一道熟悉的氣場，就在城市的邊沿。

「你看看你這個沒出息的哥哥，下山都快一年了，還在本市晃悠呢……」

話音剛落，就看到這道氣場變得微弱，顯然是受了傷，男子的臉色瞬間就變了，出了什麼事？

他想瞬移過去，卻被幼童拉住手，「爺爺，凡間不許用瞬移術。」

男人急得不行，接著居然在路邊看到山上的自行車，只是車鏈子斷了，被人扔在這邊。

男人用法術修好自行車，帶上幼童，騎著自行車順著氣息去找蘇錦黎。

【第十章】

大小錦鯉重逢

沈城聯繫節目組，想要近期過來見見蘇錦黎，讓他們安排一下，盡可能保密，結果卻得到蘇錦黎發生意外的消息。

他本來就要來見蘇錦黎，所以一直留在本地，很快就趕到醫院。

他已經盡可能地喬裝了，一路飆車躲避狗仔隊，確認安全後才進入醫院。他已經很久沒有到過人流擁擠的地方，沒有乘坐電梯，而是步行上樓。

進入病房後，他看到躺在床上臉色蒼白的蘇錦黎，心口就像插了一把劍，難受異常。

多年沒跟弟弟見面，再見面的時候，弟弟居然是昏迷不醒的狀態，早一點跟他見面就好了，就不會發生這種事情。

不該讓蘇錦黎經歷這些事情的，蘇錦黎應該一直純淨美好。

他讓其他人都出去，一邊走到床邊，一邊將帽子跟口罩摘下來，坐在床邊，伸手拉住蘇錦黎的手，看到蘇錦黎手背上的符文。

心中瞭然後，他左右看了看，看到病房裡的監控器，緊接著就聽到監控器爆炸的聲音。

他用手塗抹，將蘇錦黎手背上的符文擦掉，指尖沾了血跡也不在意。

其實醫生有嘗試擦掉他手背的血，然而一直沒有成功，這種符文只有特定的人才能夠擦掉。

擦掉符文後，蘇錦黎的脖子兩側出現了魚鰓，魚鱗也若隱若現。

沈城將呼吸機拿下來，掰開蘇錦黎的嘴查看裡面的情況，接著用手按在蘇錦黎的喉嚨上。

沈城的手掌心出現了充裕的靈氣，肉眼可見的綠色螢光環繞在他的手邊。

他的手從蘇錦黎的喉嚨緩緩下移，一直到小腹才停止。

就算是他，修復完蘇錦黎的身體，也耗光了自己的全部法力。

做完這一切，他虛脫地坐在椅子上。

因為法力幾乎耗盡，他也無法控制自己的身體，汗水洗禮過後讓他的魚鱗若隱若現，看起來有

些噁心，還有著一些味道。

靜坐了一會，沈城才緩過神來，坐在床邊，伸手摸了摸蘇錦黎的臉頰。都長這麼大了。

病房的門突然被打開，沈城立即怒視過去，他不喜歡被人打擾，所以都會讓啾啾嚴防死守，不敲門就走進來，讓沈城有些憤怒。

看到進來的人後沈城才沒有計較，這隻老狐狸好像也沒遵守過什麼規則。

「怎麼回事？」江古快步走到床邊，問道。

「你怎麼下山了？」沈城則是問了這個問題。

江古是他們這些成妖的妖精裡，輩分最高的一位，所有的妖精都會尊稱他為爺爺。一條千年妖狐，年輕的時候也曾意氣風發，老了卻被困在山上，保護山中尚未修煉成功的幼獸們。江古很少下山，偶爾下山也是在附近的小城鎮上逛逛，買點東西後就會回到山上。

這次來醫院，江古已經算是出了一趟遠門。

「你怎麼當哥哥的？怎麼讓我孫子變成這個樣子了？」江古情緒激動地質問沈城。

蘇錦黎下山的時候還好好的，整個人神采奕奕，興奮的樣子就像他當初剛剛長出腿的時候，腿腳不利索，還非得蹦來蹦去。

然而，這麼久的時間過去了，蘇錦黎卻變成了這副樣子。

「你為什麼不告訴我，他下山了？」沈城反問。

江古其實是想讓蘇錦黎找不到沈城後，自己回山上去，所以沒有告訴沈城。

現在，被沈城問起，江古亦無言以對，站在床邊，沉著臉一直盯著蘇錦黎看，接著壓低聲音問道：「是誰幹的？」

「我在來的路上瞭解了一些情況，是粉絲送的禮物，食物裡有腐蝕性的東西，讓他受了傷。節

目組的人一會就會把他收到的所有禮物送過來給我看，還會調取監控。」沈城回答。

「腐蝕性的東西？」

「是祭天血。」

「許家的人還是顧家的人幹的？」

祭天血，近些年裡只有許家的一位晚輩擁有。

這種血不僅僅是魂魄忌憚的，更是妖族懼怕的東西，一點點血液就能夠腐蝕他們的身體，讓他們原形畢露。

沈城搖了搖頭，「我認識許家的那位後生，並不是他做的，他也不知情。估計是當年被顧家留下的血液。」

「居然用了祭天血，這是多大的仇？」

「估計是在比賽的時候，擋了誰的道吧，他再不會跟其他人有交集了。」

江古看著沈城冷淡的樣子，就猜到沈城肯定已經有些眉目，只是不願意與自己多說。

「如果是顧家人……我絕對血洗他們全族。」江古面色陰沉地說。

「顧家的人跟許家曾有一戰，現如今顧家已經只剩殘兵敗將，全部躲回本家，估計是早先有顧家的人賣過祭天血。」

「你打算怎麼做？」江古繼續追問，就算是他，也總是捉摸不透沈城到底在想些什麼。

然而，沈城被問得有些不耐煩。

沈城都要煩死了，剛找到弟弟就碰到這樣的事情，心疼加憤怒，讓他整個人都處於一種焦躁的狀態，說不定什麼時候就會爆發。

然而，江古來了之後就一直追問他，但他根本不想說話。

抬頭看向江古，就看到江古心疼得額頭都是青筋，便又忍了下來，大家都是在關心蘇錦黎吧。

「等我調查清楚。」沈城回答：「既然敢做這種事情，就要做好覺悟。」

幼童走到床邊，爬上去看了看蘇錦黎，奶聲奶氣地叫了一聲：「哥哥。」叫了幾聲，蘇錦黎都沒有反應。

幼童立即變成了一隻小狐狸，渾身白色的絨毛，踩在蘇錦黎的胸口，蹭了蹭蘇錦黎的臉頰，結果卻被沈城拎著後脖頸的肉拎走，接著扔到一邊。

沈城在那座山上，也只對蘇錦黎比較友好，其他的妖，沈城是一點感情都沒有。

江古伸手，按住蘇錦黎的額頭，源源不斷地往蘇錦黎的身體裡輸送靈氣，幫助蘇錦黎恢復。

沈城站起身，打電話詢問他派去的人的調查結果。

「監控都看了，沒有人拿那盒禮物送到節目組，那個禮物是憑空出現的。」調查的人員回答。

沈城掛斷電話，等了一會後，啾啾敲門走進來，將一個袋子遞給沈城，「我從警方那裡要來的，盒子上只有蘇錦黎的指紋，沒有其他人的，應該是處理過。」

沈城接過塑封的袋子，仔細感受了一下，也沒感受到任何氣息，送禮物的人連氣息都處理乾淨了，一點線索跟證據都沒留下。

沈城看到這些忍不住深深地呼出一口氣，以此壓住自己的憤怒。

江古讓小狐狸坐到他的懷裡，抬手揉了揉小狐狸的絨毛，說道：「我想帶他回山上去。」

「他長大了，由他自己決定吧。」沈城看著蘇錦黎回答。

只有由他來親自保護，江古才能夠放心。

蘇錦黎在半個小時後才清醒過來，迷迷糊糊地睜開眼睛，就看到江古湊近看他的大臉。

「爺爺……」蘇錦黎叫了一聲，就發現自己居然可以順利地說話，不由得有些驚訝。

「欸。」江古剛回答完，居然哭了，堪稱老淚縱橫，「你感覺怎麼樣？」

「你哭什麼啊？我沒事。」

「你哥法力用盡了才把你修復回來，你能有什麼事！要是我跟你哥沒找到你，你是不是就成了一條爛魚了？」

「我也沒想到會這樣……」蘇錦黎回答完，突然意識到他哥也來了，立即朝旁邊看過去，就看到沈城也站在旁邊。

蘇錦黎本來有超級多的話想跟沈城說，然而話到了嘴邊，卻只說出了一句：「哥。」

「嗯，我在呢。」沈城回答。

蘇錦黎癟著嘴，努力讓自己不哭，結果還是淚眼婆娑。

「我把你的地址弄丟了……還找錯公司了……上次我去追你，沒追到，好多人都沒有你的聯繫方式……」蘇錦黎斷斷續續地說自己的遭遇。

「你先休息一下，以後慢慢說。」沈城趕緊按住蘇錦黎，讓蘇錦黎好好休息。

蘇錦黎現在的身體內部器官剛剛長好，還很脆弱，蘇錦黎情緒太激動，對身體不好。

結果，沈城一低頭，就看到蘇錦黎伸出一隻手，一直抓著他的衣角，眼巴巴地看著他，生怕他走了似的。

沈城的心軟得一塌糊塗，坐在床邊，又安慰了蘇錦黎幾句。

一個從來沒出過山，不懂很多人情世故的小妖，這將近一年的時間是怎麼生活的呢？沈城光是想想，就覺得心裡難受。

等蘇錦黎狀態好一點了，他們才開始聊天，不過還是一直在叮囑，讓蘇錦黎盡可能地少說話。

「祭天血都用上了，你是招惹了什麼人？」江古詢問。

蘇錦黎一聽說，不由得驚訝，這東西他以前都只是聽說過，沒想到居然被用到自己的身上，他只能回答：「我沒招惹人啊……」

「在節目組裡，或者選拔的時候，有沒有擋了誰的道？」沈城跟著追問。

蘇錦黎想了想後回答：「我搶走了烏羽的C位，可是他人不壞。」

提到烏羽，沈城也跟著思考了一會，緊接著又問：「還有誰嗎？」

「組裡有一個人……我很害怕，他的靈魂是扭曲的……」

沈城跟江古對視了一眼後，繼續追問：「他是誰？」

扭曲的靈魂……如果是惡靈的話，的確可以做到不被拍到，卻將東西放到禮物箱裡。

「華森娛樂的周文淵。」蘇錦黎如實回答：「但是我們的交集不多，不應該啊……」

「我會去調查的，你好好休息。」

「嗯。」蘇錦黎挪了挪身子，對沈城說：「我餓了。」

「我讓啾啾去給你買點粥，你現在的身體不行，只能喝溫度適中的粥。」沈城回答。

「我想吃肉。」

「不行。」

「喔……」蘇錦黎失落地回答完，又試探性地問：「皮蛋瘦肉粥可以嗎？」

沈城看著蘇錦黎可憐巴巴的樣子，再一次心軟，點了點頭。

他總是無法拒絕弟弟的要求，這些年了都改不了。

等粥的時候，蘇錦黎一直看著沈城。

沈城偶爾會發消息，確認那邊的調查結果，對上蘇錦黎的目光還有點不自然。

弟弟看他的目光帶著崇拜還有歡喜，讓他有點愧疚，他根本不算是一個好哥哥。

「你要不要跟我回山上去？」江古問。

「我還得比賽呢，不然努力都白費了。」蘇錦黎回答。

「別參加那個破比賽了，如果你想當藝人，隨便蹭蹭我的熱度，或者我捧捧你，你就紅了。」

沈城也不想蘇錦黎再回那個節目組了。

「我想再試試。」蘇錦黎依舊堅持。

「你都這樣了。」

「我下次不亂吃東西了！」

——這是亂吃東西的事嗎？是有人要害你啊！

不過沈城還是妥協了，之後有他保護蘇錦黎呢。

「哥，你抱抱我唄。」蘇錦黎扯著被子的角，小心翼翼地問。

沈城放下手機，對蘇錦黎張開手臂，蘇錦黎立即撲到沈城的懷裡，抱著沈城，還用臉蹭了蹭。

沈城因為剛才的勞累，導致身體不受控制，多少也有點狼狽。

——嗯……是熟悉的魚腥味。

沈城按著蘇錦黎，心疼地揉了揉蘇錦黎的頭，小聲道歉：「是我的錯，我該早點回去看看，沒能保護好你。」

「我都成年了，沒事，而且，我現在也是有工作的人了，你知道我一個月賺多少錢嗎？」蘇錦黎驕傲地炫耀。

「多少？」

「五千五百塊錢，我經紀人說，這已經算是高薪一族了。」

「……」

說到這裡，沈城鬆開蘇錦黎，提起合約的事情：「你之後就跟公司解約吧，如果真的想做藝人，就簽到我的手下來，我親自帶你，這樣也方便保護你，確保不會再出現這種事情。」

可是卻看到蘇錦黎搖了搖頭，「不行，我還沒給我的工作室賺到錢呢。」

「這方面，我可以補償他們。」

「不行啊哥，做人就要有感恩之心，不能忘恩負義，你說是不是？他們在我最困難的時候收留

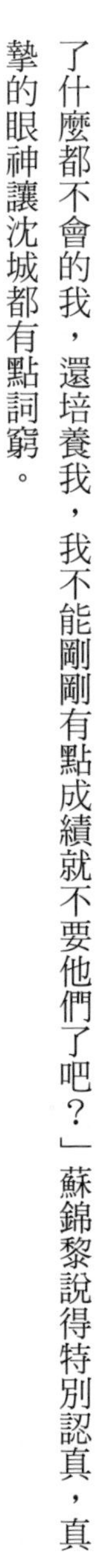

了什麼都不會的我，還培養我，我不能剛剛有點成績就不要他們了吧？」蘇錦黎說得特別認真，真摯的眼神讓沈城都有點詞窮。

「是這樣沒錯，但是他們的培養……真的不算什麼培養。而且，我也會補償你的工作室，至少會是他們培養金的幾倍，他們不會虧。」

「哥，你這樣想是不對的，做人不能忘本，我得報答他們的。我這麼做，跟我發達了就踢走糟糠之妻有什麼區別？我不能做陳世美啊，你說對不對？」

「呃……對。」

「所以我要留在公司，跟他們共進退，我相信你是理解我的。」

「嗯……」沈城非常不理解！

「哥，我就知道你是個好人，他們總說你壞，我從來都不信。」

「……」

江古一直坐在旁邊聽，扭頭看了一眼沈城此時的表情，沒忍住笑出聲來。

沈城算個什麼好東西？他也就對蘇錦黎沒轍。

沈城此時的心情真的是非常精彩了，他想說服蘇錦黎解約，但是看到蘇錦黎的表情，聽到蘇錦黎說的這些，他又詞窮了。

他只能同意蘇錦黎的想法，做一個「好哥哥」，接著低頭發消息給啾啾：就算改合約也要把孤嶼工作室給我收購了。

啾啾：好。

三分鐘後。

啾啾：老大，我打電話給侯勇了，他們說跟世家傳奇已經簽完約了。而且，侯勇他們都不知道蘇錦黎出事了。

沈城差點把手機摔了。

想到蘇錦黎會簽約到安子晏的公司去，他就覺得腦袋疼，便宜那個混血佬了。

他想了想，也只能說：「錦黎，你別跟公司續約，讓合約自動續約一年，這一年裡你好好工作，報答公司。一年後報恩完畢後，你再跟公司解約，到我這裡來，可以嗎？」

「就一年嗎？」

「對，哥哥想你了，想跟你多相處一段時間，到我身邊來比較好。」對蘇錦黎來說，這個理由是最能打動他的。

「嗯，好，那就一年。」蘇錦黎立即答應了。

其實，沈城連這一年，都不想讓蘇錦黎過去，安子晏那個死GAY！

「現在他沒事了，你們兄弟倆也見面了，我就回去了。」江古站起身來，讓小狐狸變回幼童，準備離開。

「爺爺，不多留一會了？」蘇錦黎趕緊問。

「我得回山上，一群小崽子在，我不放心。」

「好。」

江古又看向沈城，「你最好把這件事情解決好了，不然，我就要用我的方法行動了。」

江古的方法很簡單，就算錯殺三千，也絕對不放過任何一個有可能的人。所以，相較於讓江古出手，沈城來處理反而是理智的，至少不會血流成河。

「嗯，我知道。」沈城回答。

江古帶著幼童離開，這邊，粥也送了過來。

「你回到節目組之後，要裝出失聲的樣子，最好不要開口講話，讓他們發現你的身體恢復得太快，顯得不正常。」沈城拿著勺子，吹了吹粥，餵到蘇錦黎嘴裡。

「好。」蘇錦黎吃著粥含糊地應了一聲。

「一會我派人處理醫院的事情，給你辦理轉院，到我熟悉的環境病例可以作假。」

「好。」

安子晏風風火火地趕到醫院，走進病房的時候，就看到這樣溫馨的一幕。

他的死對頭，正在溫柔地餵自己在意的人吃飯。

嗯，溫馨得他腦袋都要炸開了，恨不得自戳雙目。

「你怎麼在這裡？」安子晏不爽地問沈城。

沈城看都沒看安子晏一眼，繼續餵飯。

安子晏也不跟沈城說話了，只是走過來問蘇錦黎：「你身體怎麼樣？」

蘇錦黎在裝失聲，沒能回答。

結果剛靠近，沈城就快速地說了一句：「你別靠近他。」

安子晏被沈城呵斥了一句非常不爽，偏要坐下來，結果就看到蘇錦黎被他身上的陽氣刺激得渾身難受的樣子。

安子晏又快速站起來，往後躲了好幾步，蘇錦黎才好一點。

安子晏看著那兩個人，自己一個人委屈巴巴地站在門口，氣都沒喘勻，就已經憋屈到胃疼了。

他從另外一個城市專程趕過來處理這件事情，還跟劇組請了兩天假。

在外人看來，他是真的很看中蘇錦黎這位人氣新人，出了事就千里迢迢趕來，也算是一個關心藝人的好主管了。只有他自己明白，他不僅僅是因為這個，還因為擔心，他對蘇錦黎有一種難以言

說的在意。沒有感情經驗的他，沒有辦法確定這是不是一種喜歡？

因為與眾不同的性向，讓他不得不對此事慎重考慮。

路上，他就一直在打電話，派人調查這件事情。

自己手底下的工作人員稱，有另外一批人也在調查這件事，並且很謹慎，沒有透露身分。

當時，安子晏還在想是不是蘇錦黎的工作室搞鬼。抵達醫院後，他先派江平秋去詢問醫生具體情況，自己到病房看望蘇錦黎，結果走到病房門口就有人攔著他，連節目組的工作人員都只能在門外等候。

好大的陣仗，連他都敢攔？還真沒有誰能攔得住。

他帶來的人跟那批人互相牽制住的時候，安子晏走進病房，看到沈城居然在病房裡，頓時覺得整個人都不好了，這是什麼情況？還餵飯？粉絲福利嗎？

他來病房看了蘇錦黎，結果就跟罰站似的不能近身，只能眼巴巴地看著他們兩人。

他退開後，沈城就繼續餵蘇錦黎吃飯。

蘇錦黎看著安子晏欲言又止，只能繼續裝不能說話。

安子晏進來後就覺得自己是個外人，於是只能問沈城：「你為什麼在這裡？不是說沈大影帝全年無休嗎？你的半個家就是機場。」

「我需要跟你彙報嗎？」沈城反問。

「前陣子蘇錦黎還跟我要你的聯繫方式呢，怎麼，現在你們倆聯繫上了？」

「我們倆只是暫時分開一陣子。」

這個回答，讓安子晏愣了一下。專業想歪二十三年的安子晏，這一次也沒往對的方向想，誰能想到一個姓沈、一個姓蘇，兩人會是兄弟？於是，這個分開一陣子，被安子晏想成「分手」。

「分開一陣子，不會吧你，他那個時候才多大啊！」安子晏難以置信地問。

沈城自認他的確沒做好一個哥哥，但是也用不著安子晏來管，忍不住反駁：「我們兩個人的事情，用不著你來管。」

「你……簡直禽獸。」安子晏真想不通，分開一陣子，他們倆交往的時候蘇錦黎才多大？那麼大點的小孩子，沈城居然也能下得去手，不是禽獸是什麼？

沈城放下碗，回頭瞪了安子晏一眼，「聒噪。」

「嘿，你知不知道我主持的出場費多少啊？我願意單獨跟你說話是給你面子。」安子晏不爽地雙手環胸，繼續聒噪。

不過吵歸吵，安子晏的眼神一直在往蘇錦黎的身上瞟，看到蘇錦黎的狀態似乎沒有什麼問題，才放下心來。

在路上，安子含形容的實在太嚇人了，什麼一直在吐血，吐了有幾公升，嚇得安子晏都懵了，吐了幾公升的血，是不是得輸血了？比割脈的效果還牛逼？

現在看來，蘇錦黎還能吃粥呢，也沒有在輸血。

門外有人敲門，接著啾啾跟江平秋同時走進來。

安子晏不敢過去床邊，於是在病房另外一側坐下，問江平秋：「大夫怎麼說？」

「情況不大好，從喉嚨到腸胃都被腐蝕了，估計會有幾天不能吃東西，只能輸營養液……」江平秋說完，就看到蘇錦黎在吃粥，屋子陷入詭異的安靜。

「你……你別瞎餵啊，他現在不能吃東西！」安子晏立即嚷嚷起來。

沈城反而很淡定，問安子晏：「他現在唱不了歌，估計演藝事業也會被耽誤，你要不要放棄簽約他的工作室？」

沈城依舊不死心，不想讓弟弟簽給安子晏，如果真的被安子晏成功簽走他的弟弟，這絕對是他們兩個人互相看不順眼後，沈城輸得最慘的一次。

「你還算是人嗎?這麼就輕易放棄了?肯定得找能治的地方給他治療啊,就算他以後是公鴨嗓,也可以試著唱搖滾。」

安子晏是真沒看出來,沈城居然這麼渣男。

沈城「嘖」了一聲,他是真的不願意跟安子晏聊天,總有一種突然去了東北,坐在熱炕頭上,一群人罵罵咧咧地聊天似的感覺。

沈城不是這樣,他被粉絲們譽為神仙美人,就是因為氣質儒雅,人也自帶一股子仙氣。一個就應該坐在茶樓裡優雅品茶的人,突然來了安子晏,坐在他面前抖著腿,一拍桌子喊了一句:「給我來兩手啤酒,要冰的。」

得多掃興?多煞風景?根本不是一個畫風的!

安子晏也沒理沈城的不爽,對江平秋說:「叫醫生來看看,剛才他吃了粥有沒有什麼問題。」

「好。」江平秋回答。

「不用叫。」沈城立即阻攔,如果叫來大夫就會被發現不對勁了。

江平秋則是客客氣氣地說:「抱歉,沈先生,我聽安少的安排。」

沈城則是對啾啾說:「收拾東西,立即轉院。」

「轉院幹什麼?他身體這樣,你帶著他折騰什麼啊,你……」安子晏話還沒說完,就看到蘇錦黎蹦下了床。

安子晏跟蘇錦黎對視了之後,蘇錦黎似乎是覺得自己裝得不大像,於是又慢悠悠地掀開被子,重新上了床,乖巧地坐著。

之前就聽說安子晏跟哥哥不和,現在看來他們倆的相處氛圍真是可怕,蘇錦黎慫巴巴地看著,總覺得自己一不小心,就會成為靶子,超無辜!

安子晏忍不住問江平秋:「確定他不是單純的吃壞了肚子?」

江平秋也很疑惑：「大夫說很嚴重，他們搶救的時候也覺得棘手，是從未見過的情況。」

安子晏又看了看蘇錦黎，緊接著就看到蘇錦黎悄悄地拽了拽沈城的衣角。

沈城側頭看向蘇錦黎，然後按住蘇錦黎的手，小聲說：「沒事。」

安子晏也算是跟沈城打過一陣子的交道了，知道沈城看著和善，其實骨子裡就是一個冷漠的人，從未對誰掏心掏肺地好過。

如果沈城突然關心，那證明這個人還有利用價值。

如果沈城保持冷漠，那麼就是正常的交往距離。

如果沈城對你微笑，恭喜你，沈城要算計你了。

看到沈城對蘇錦黎這麼好，蘇錦黎又很依賴沈城的樣子，安子晏心裡突然不是滋味。

他不知道他這樣千里迢迢地回來幹什麼，進來之後顯得像一個外人，那邊的兩人則是如臨大敵，安子晏難得地覺得受挫。

「你去調查這件事情，我聽說你們安家的手段不錯。蘇錦黎由我來照顧，我會給他辦理轉院，找醫生來看。」沈城說完，鬆開蘇錦黎的手。

啾啾送來衣服，沈城親自動手幫蘇錦黎披上，他們真的就這樣轉院了。

安子晏坐在椅子上看著他們離開的模樣，在即將出門前，他突然喊了一句：「蘇錦黎。」

蘇錦黎停下來，回頭看向安子晏。

安子晏這一瞬間的眼神，包含太多的情緒。

深邃的眼眸裡，帶著些許不甘，還有就是些許落寞。

「好好養身體。」結果安子晏只說了這句話而已。

蘇錦黎點了點頭，跟沈城一塊，在啾啾的掩護下步出醫院，坐上沈城的保姆車。上了車，蘇錦黎看什麼都覺得新鮮，不過很快就老實下來，對沈城說：「我覺得安大哥人挺好的。」

「好什麼好，還對視十五秒，噁心。」沈城不爽地回答。

蘇錦黎立即閉上嘴，不說話了。

對於安子晏對蘇錦黎的調戲，沈城真的是耿耿於懷，不揍他就不錯了。

安子晏又趕到節目組，親自去看監控錄影。安子含早就急得不行，在安子晏來了之後也跟著去監控室，一個勁追問安子晏：「蘇錦黎怎麼樣了？」

「我看他的狀態還可以，但是不能開口說話，大夫說嗓子跟腸道都被腐蝕過，器官也有些受損，沈城帶著他轉院了。」

「沈城？」安子含驚訝地回答。

安子晏知道這裡還有其他的工作人員，沒多說，只是點了點頭。

安子含也知道分寸，繼續問安子晏：「蘇錦黎還能參加比賽嗎？」

「需要一段時間才能康復，不過……康復後嗓子也……無法恢復原樣了。」

「操！」安子含氣得渾身哆嗦，「蘇錦黎唱歌那麼好聽，上次那首歌震驚全場，他要是嗓子廢了，以後怎麼辦？」

「唱搖滾吧。」

安子晏還在不爽呢，煩躁地看著監控錄影，發現禮物收取處的確沒有什麼異常，沒有人送過那個巧克力。

唯一一次不同是半夜三點鐘時，堆放的禮物突然倒塌了一下，看起來像是沒擺放整齊，所以倒了下來。

再去看蘇錦黎在寢室裡的監控，前幾分鐘蘇錦黎還高興地看自己的禮物，結果沒一會就出事了。寢室裡的片段是用攝像機拍攝的，所以特別清楚，蘇錦黎突然吐血的畫面讓安子晏看完之後直蹙眉。

蘇錦黎在視頻裡努力支撐身體，卻還是不斷嘔血，那種難受的樣子，讓安子晏跟著心口刺痛了一下。再看到後面，蘇錦黎進入洗手間，安子含踹門進入，將暈過去的蘇錦黎抱出來，安子晏才終於確定蘇錦黎之前經歷了怎樣的痛苦。

雖然沒有安子含說的吐了幾公升血那麼誇張，卻也的確嚇人，傷得這麼重，他到醫院的時候又生龍活虎的……

安子晏看著視頻，想著醫生說的病情，以及他在醫院看到的病例，再去想蘇錦黎的不一樣。

在之前，寢室裡只有安子含跟蘇錦黎在，內褲突然飛了過去。

蘇錦黎在馨月山莊的時候，說自己體質特殊，可以吸他的陽氣。

特別怕水，身上自帶奇異的香味……

難道……蘇錦黎會什麼特異功能？比如口技也是其中一個？

不過很快，安子晏就否定了，怎麼可能呢……若真有超能力，怎麼會像蘇錦黎這種傻乎乎的樣子？剛覺得是自己想多了，安子晏突然想起了沈城上次的異常，專程跑來問他誰摸過他的頭……當時好像是……蘇錦黎摸過？

安子晏又去看視頻裡禮物掉落的片段，翻來覆去看了幾次，又讓技術人員放大畫面，終於看到令人毛骨悚然的一幕。

在這些東西掉落的同時，讓蘇錦黎中毒的巧克力憑空出現在箱子裡，掉在角落的位置，放大數倍才能看清。

操！安子晏握著滑鼠的手都是一顫。

蘇錦黎轉院之後，跟沈城膩歪了兩天。他就像一個問題機，有問不完的問題似的，追著沈城問個沒完。

「哥，你這些年過得好嗎？」蘇錦黎跟在沈城身後，看著沈城倒了一杯水。

「挺好的，只是比較忙。」

「那你交過女朋友嗎？」

「差點交往過一個，不過後來還是沒在一起。」

「為什麼沒在一起？漂亮嗎？什麼性格啊？」

沈城停下來，思考了一會才回答：「長得不錯，性格……還行，不過在一起的話，會影響到我們的事業，就算了。」

「哥，你喜歡什麼類型的人啊？」

「安靜的。」

「太安靜不會覺得寂寞嗎，都不聊天的嗎？」

沈城拿出劇本看了看，同時回答：「安靜挺好的。」

「哥，你有看我的節目了嗎？」

「看了。」

「你覺得我表現得怎麼樣？」

「挺好的。」

「有沒有想給我什麼建議？」

「安靜一會。」

「喔……」蘇錦黎回到病床上躺下，其實他早就可以出院了，他就是想跟哥哥多待一會，才故意賴在醫院沒走。

沈城也沒說什麼，一直留在醫院陪蘇錦黎，並且一直照顧他。

等蘇錦黎安靜下來了，沈城幫蘇錦黎削了一顆蘋果，並且切成塊放在果盤裡，推給蘇錦黎。

蘇錦黎還沒吃完，沈城又剝了橘子放在旁邊，蘇錦黎接過來繼續吃。

等蘇錦黎吃完這些，沈城又起身去給蘇錦黎泡燕麥粥。

蘇錦黎趴在床上，美滋滋地看著沈城，又開口了：「哥，你怎麼這麼帥啊？」

沈城終於笑了起來，笑容十分寵溺，「你少說點話，嗓子剛好起來。」

就算沈城幫蘇錦黎治療過，蘇錦黎的身體也需要恢復一陣子，嗓子跟一些器官還沒有回到巔峰的狀態。

「我剛做人沒多久的時候，不也是天天說話嗎？」

沈城點點頭，「嗯，說話還大舌頭，什麼都說不清楚，成天跟在我後面一個勁地說話，我那段時間都煩死你了。」

蘇錦黎覺得很奇怪，納悶地說：「沒有啊，我覺得你挺喜歡我的。」

「可能是我太討厭其他的妖了，相形之下就顯得我很喜歡你。」

「哪有！你超好的。」

沈城又笑起來，端著燕麥粥到蘇錦黎的身邊，又坐了下來。

「哥！」蘇錦黎叫了一句。

「嗯。」

「哥！」

「有事？」

「我就是高興，想叫叫看。」蘇錦黎趴在床上，伸手又拽住了沈城的衣角，「你要堅持看我比賽啊，我要是知道你會看，我會特別努力的。」

「嗯，會看的。」

這個時候，沈城的手機突然響起來。

蘇錦黎探頭看去，看到手機的來電顯示上出現「陸聞西」的名字。

他指著手機，對沈城說：「我們節目組有人唱過他的歌。」

沈城拿起手機，接著站起身走出門，去接聽電話。

「許塵說，有人用祭天血傷害了你弟弟，這是怎麼回事？」電話那端是陸聞西玩世不恭的語氣，不過問得頗為鄭重。

「嗯，我弟弟看到節目組有一個扭曲的靈魂，我懷疑是惡靈附身，你幫我調查一下。」

「我問的怎麼回事是問你怎麼突然蹦出一個弟弟，還那麼大個！」

「……」沈城突然覺得，自己找的這個幫手，非常不靠譜。

「我聽說，你弟弟是純陰體質的？正好，我乾女兒也是這個體質，咱兩家結個娃娃親？」陸聞西繼續追問。

「不。」

「別這麼絕情嘛，試試看呢，萬一他們倆一見鍾情了呢？」

「你乾女兒才多大？」

「都會跑了。」

「滾。」

電話那端，傳來了另外一個男人的聲音：「哆哆還小，你太早談論婚事並不穩妥。」

「我就是想在沈城身上摳兩塊魚鱗下來當項鍊吊墜，說不定掛上就有好運。既然沈城不給，就

摳他弟弟的，當女婿的話，會比較容易吧？」

「你又不缺錢。」

「但是誰會嫌棄錢多啊？」

沈城聽著電話那頭的對話，突然發狠地說：「敢碰我弟弟，我讓你們兩個人徒手游長江。」

「那就……算了……」陸聞西失落地回答：「不過，用我相公的血作惡的人，我是絕對不會放過他的。」

《全民偶像》的突然爆紅，讓很多業內人士都很驚訝。

一個選秀節目，沒有在衛視頻道播出，初期的宣傳也不夠。然而，這個節目從播出幾天後，熱度就神奇地沒降下去過，甚至持續增加，不少選手也開始陸續霸占熱搜跟熱門微博。

最開始大家是被安家兄弟吸引，結果看了節目開始被蘇錦黎、烏羽、周文淵、魏佳餘等人圈粉。就在幾天前沈城這個低調的影帝，居然也關注了《全民偶像》的選手蘇錦黎，讓蘇錦黎跟沈城一起上了熱搜爆款頭條。

這讓蘇錦黎開始被人質疑，他真的是貧民窟工作室出來的藝人？看起來後臺很硬啊，連沈城都請動了。

然而沈城關注蘇錦黎後就沒有其他的動靜了，甚至沒再登陸過微博，大家漸漸也不再談論這個話題了，估計……沈城只是很喜歡這名選手？

不少蘇錦黎的粉絲跑去沈城那邊認親，問沈城是不是也喜歡他們愛豆。

沈城的粉絲大多很佛系，最開始有點排斥蘇錦黎的粉絲，覺得蘇錦黎是在抱大腿，不過後來就

好了很多，畢竟是沈城主動關注的，蘇錦黎到現在都沒回關呢。

前幾天蘇錦黎又上了一回熱搜——蘇錦黎錦鯉大仙。

有娛樂大V總結了一波網友們的微博，截圖裡是這些網友轉發蘇錦黎的微博許願。

過了幾天後，許願的網友們震驚地感嘆，蘇錦黎有點靈啊！居然願望都實現了，於是網友們又進行了一波還願。

接著，慕名而來的網友越來越多。

甚至有些人根本不知道蘇錦黎是誰，只是看到首頁有人轉發，且這條微博的轉發高達三百萬，右邊全是許願的，就跟著許願。

神奇的是，跟風許願的許多網友，不久後也會跟著還願。

經過這段時間的積累，蘇錦黎竟然莫名其妙爬上明星勢力榜第六名的位置。

現如今，明星勢力榜上，第一名是安子晏、第三名是陸聞西，沈城因為比較低調，很少發微博，所以排在第五名，倒是跟蘇錦黎並排了。

無疑，蘇錦黎一路神奇地成了《全民偶像》裡人氣最高的選手。

網上流傳的一句話就是：善良的人給蘇錦黎投票，會有好運喔。

蘇錦黎拉票的短視頻，也被不少人做成動圖的表情包，平時發微博的時候拿出來用，配上祈求一夜暴富的話，等同於錦鯉大王的存在。

尤拉有空的時候也轉發了蘇錦黎的微博，文字是：轉發這條錦鯉，期待有好事發生。

蘇錦黎可以帶來好運的事情，就這樣被傳得越來越多，讓網友開始催蘇錦黎趕緊發新微博了。

然而，今天蘇錦黎的熱搜卻出了奇怪的詞：蘇錦黎中毒、蘇錦黎被搶救。

點開微博就看到長期在《全民偶像》的訓練營附近等待的粉絲，拍攝到的模糊相片。

相片裡，安子含抱著胸口都是血，已經陷入昏迷的蘇錦黎跑出訓練營的大門，上了一輛車。

安子含因為著急跑得很快，動作都拍不清楚，只能夠從身影分辨出是他們兩個人。跟在不遠處的烏羽，在開車門的時候倒是被拍到了正臉。

緊接著，就開始有八卦微博發出消息，他們也不知道是怎麼得到的消息，直接爆出新聞，說蘇錦黎吃了粉絲送的食物後產生中毒反應，情況十分危險，估計會失聲。

網路一下子就炸了。這個選秀節目剛剛有了熱度就傳出這樣的醜聞，對節目組來說簡直就是毀滅性的打擊。

好在，公關出馬後，消息得到控制，很多微博都被刪除了。

消息得到控制後，節目組也沒有發正式聲明，熱搜被控制，熱搜詞被撤，關於蘇錦黎其他的熱搜也同時被控制了。

第二天一早，平靜得好像沒發生過這件事情一樣。

消息只是曇花一現就消失了，看起來像是一場無良的炒作。

安子含回到寢室，神秘兮兮地對烏羽、範千霆招了招手，常思音還在門口等著。

召集了幾位好友後，安子含把他們帶去洗手間，四個大男生聚在小小的洗手間裡，顯得格外的奇怪跟擁擠。

安子含從自己的衣服裡拿出來一臺平板電腦，打開螢幕是蘇錦黎的相片。

「你想他了？」烏羽看著相片，冷漠地問。

「呃……這張相片拍得不錯，MV的造型吧。」範千霆看完之後點了點頭。

「叫我來是為了看蘇錦黎的相片嗎？話說回來，他現在怎麼樣了，下一輪比賽能趕上嗎？」常思音跟著問。

安子含拿著平板電腦滑開螢幕，出現沈城的相片：「你們看他們倆，是不是長得很像？」

「進寢室的第一天我就說過這件事情啊，你們都特別不屑。」範千霆第一個這樣說。

「確實有點像，但是氣質完全不同，性格也不一樣。」常思音說道。

「你到底要表達什麼？」烏羽問安子含。

「蘇錦黎說他有一個哥哥，已經很久沒見面了，前陣子他瘋狂找人要沈城的聯繫方式。我哥去醫院的時候，看到沈城親自給蘇錦黎餵飯，你們有沒有想到什麼？」安子含看向他們所有人。

「蘇錦黎追星成功了？」範千霆問。

「不是吧……沈城是蘇錦黎的哥哥？姓為什麼不一樣？」常思音開始跟著猜測。

「一個跟父姓、一個跟母姓唄，他們倆分開這麼多年，父母離異唄。」安子含回答。

「沈城跟蘇錦黎的關係你確定嗎？」烏羽也跟著追問。

「我哥親眼看到的，我私底下追問我哥怎麼回事，我哥突然黑臉，肯定是他也猜到這方面的關係了。真沒想到，有一天我會跟沈城的弟弟同寢室。」

「我都跟安子晏的弟弟同寢室了，這回又跟沈城的弟弟同寢室，我覺得我牛逼壞了。」範千霆跟著感嘆。

烏羽一直沉默地聽著他們分析，想了想之後，把安子含手裡的平板電腦拿來看了看，接著說道：「這種事情不要出去亂說。」

安子含特別不服：「我知道，我是把你們叫到隱蔽的地方，才跟你們說的好吧？」

「首先，我們沒確定事情是真是假。其次，就算他們真的是親兄弟，也應該由他們來處理，公開不公開由他們自己決定。最後，蘇錦黎的情況還沒完全確定，所以我更擔心他的身體。」

烏羽說完，就把平板電腦又丟還給安子含。

安子含看著烏羽的樣子氣得不行，蹦起來罵：「就只有你關心他是不是，我也關心呢！每天都盯著消息。」

常思音也跟著說：「有蘇錦黎的消息告訴我們吧，我跟範千霆還得去練習。」

「嗯，行，我知道了。」安子含無精打采地走出洗手間。

安子含在寢室裡休息了一會，餘光看到有人走進寢室，他一抬頭，就看到蘇錦黎走了進來，背著一個大大的登山包。

安子含看到蘇錦黎後，千言萬語匯聚成一句話：「我操！」連寢室裡有攝像機都忘記了。

烏羽原本在寢室裡看書，看到蘇錦黎後也立即站起身來，放下書走過來問：「你怎麼樣了？」

蘇錦黎可憐兮兮地看著他們，然後從自己的口袋裡摸出一個小本子，寫字給他們看：暫時不能說話，嗓子壞了。

「那以後還能唱歌嗎？」安子含最關心的還是這個問題。

蘇錦黎繼續寫字回答：現在是啞的，需要好好養一養。

「吃藥嗎？要怎麼養？」

蘇錦黎覺得自己的登山包太重了，沒再回答，把包放下了，活動了一下肩膀，接著又去門口拉著一個行李箱走進來。

蘇錦黎打開背包，裡面都是一些維生素C、鈣片這些保健食品，單單創可貼就有三盒，其他還有風油精、速效救心丸、腳氣一次淨，都什麼亂七八糟的？

蘇錦黎看到他們震驚的樣子，不好意思地笑了笑。

他說要回訓練營，沈城就讓啾啾買了這麼多東西，非得讓他全部都帶來，他這一路走得這個累，也是真的快說不出話來了。至於腳氣一次淨……是沈城給他處理洗澡時會產生的魚腥味。

至於行李箱裡都是沈城給他買的衣服，從內衣、睡衣到平時的服裝，甚至準備了三套雨衣、兩雙雨鞋。蘇錦黎大致收拾了一下，抬頭就看到安子含跟烏羽都一直盯著他看，忍不住對他們倆露出微笑。

「什麼情況啊？」安子含直接嚷嚷起來，「我提心吊膽好幾天，差點鬧到節目組那裡讓他們推遲賽程了，你回來了什麼也不說，就在這裡收拾東西？」

蘇錦黎取出小本本，寫字遞給他們看：我見到我哥了！

然後就看到蘇錦黎大大的笑臉，甜得像塗了蜜。

安子含跟烏羽兩個人對視了一眼，心中了然。

緊接著，蘇錦黎又寫了一條：別告訴別人，我哥不讓說。

言下之意就是：我只跟你們倆說了。

安子含蹲在收拾行李的蘇錦黎身邊，盯著他看了半晌，「我發現，我突然得重新認識你了。」

蘇錦黎停下動作，奇怪地看向安子含。

安子含為了不讓攝像機錄到聲音，特意湊到蘇錦黎身邊說：「你哥的城府可老深了，你怎麼就傻乎乎的呢，你不會是裝的吧？」

蘇錦黎瞪了安子含一眼，用鼻子輕哼了一聲，不理安子含了。

在整個訓練營裡，他跟安子含、烏羽的關係算是最好的，如果安子含敢懷疑他在裝可憐，他可真要生氣了。

「別別別，別生氣，我說錯話了。」安子含趕緊哄蘇錦黎，然後伸手去掰蘇錦黎的嘴，「讓我看看你嗓子怎麼樣了。」

蘇錦黎趕緊躲開，然後用小本子寫字：沒事，就是最近不能暴飲暴食，而且不能開口說話，多注意休息就可以了。

「你那麼大的陣仗，這麼輕易的就好了？」安子含忍不住納悶起來。

蘇錦黎是被安子含抱著出去的，那畫面安子含隨便回憶一下都渾身冷汗，絕對是噩夢級的。

結果，蘇錦黎沒兩天就笑呵呵地回來了。

「不然呢，你還想他臥床不起，靠氧氣機維持後半輩子？」烏羽站在旁邊冷冰冰地問。

「嘿，你說話怎麼這麼難聽呢？」安子含不爽了。

「你不就是這個意思嗎？」

很快，兩個人就又吵了起來，蘇錦黎趁機繼續收拾東西。

有人聽到蘇錦黎回來的消息，剛剛去訓練不久的常思音跟範千霆都一塊回來了，來看看蘇錦黎的情況，知道蘇錦黎失聲了還挺緊張的。

再過一天就要進行第四輪比賽，蘇錦黎現在的狀態十分危險。

幾個人聚在一塊熱鬧了沒一會，就又有人走進來。

周文淵走進來，笑呵呵地跟蘇錦黎打招呼。

「蘇錦黎，你好了啊？我們這些天裡都很擔心你呢。」

蘇錦黎看向周文淵，微微蹙眉，只是隨意地點點頭。

周文淵揚了揚眉，眼睛在蘇錦黎身上上下打轉，接著笑了，「康復了就好。」

蘇錦黎整理好自己的東西，節目組的工作人員也過來他們這裡，想要詢問蘇錦黎的情況，發現蘇錦黎失聲了，交流有些困難。

於是，工作人員只能去跟侯勇溝通。

（未完待續）

【作者後記】

我想塑造一個帶給大家些許溫暖的偶像

我在寫《錦鯉大仙要出道》這本書之前經歷了半年的低谷期，接著頹廢了一個半月，一個字都沒寫，甚至有點自暴自棄了。我在晉江寫文這麼久，這一次的休息時間最長。

那陣子有點想轉運，微博有一個帳號是錦鯉大王，大家常轉發來轉運。我就想到如果寫一個錦鯉成精了，是不是會很有意思？加上我很喜歡看綜藝節目，從《超級女聲》開始看了不少相關節目，就將錦鯉精跟綜藝選秀結合在一起。

我想要塑造一個正能量的偶像，真的有實力並且很努力，外形優秀以及心地善良。他也會有缺點，比如演技不大好，甚至很多人情世故都不懂。

全書分為兩個部分：蘇錦黎參加選秀節目、蘇錦黎出道。

結果我把選秀寫完了之後，許多人表示有一種故事完結了的錯覺，當時真的很慌張，沒有啊！不要走！

我很喜歡寫蘇錦黎跟朋友們參加選秀的劇情，在一個綜藝節目裡培養了友情，明明是單人的比賽，大家都是競爭對手，他們卻成為最好的朋友。

尤其是範千霆說感謝詞的時候，我居然寫哭了。

就算後來真的出道了，他們都沒有改變那種最初的情誼，彼此照顧，願意在自己出道最關鍵的時期去幫助烏羽。

我個人其實很喜歡安子含這個角色，他很鮮活，雖然很多行為不大好，卻是個單純的大男孩。他是真的在意蘇錦黎這個朋友，對其他人也講義氣。

還有烏羽，因為過往的經歷，讓他性格有些孤僻。

好在他遇到這群朋友，得到了拯救。

幸好這幾個年輕人相遇了。

蘇錦黎跟安子晏，就是一對極陰、極陽的組合，在一起會彼此救贖。

可能我是親媽視角，覺得我們小錦鯉那麼軟，那麼萌，還是一個潛力股。安子晏這種天生彎怎麼可能不喜歡他呢？

安子晏很在意事業，蘇錦黎有潛力、有實力，被安子晏盯上並不奇怪。又因為陰陽之間的吸引，讓安子晏越發注意蘇錦黎，然後就此淪陷了。

真的就愛上了。

若不是真愛，不會看到那麼大一條錦鯉後還能淡定，命都不要了繼續喜歡。

若不是真愛，也不會那麼努力去保護蘇錦黎，讓他的祕密不被其他人發現。

蘇錦黎漸漸開始在意他，最後便宜了這個「大鼻孔」！

最後感謝大家會喜歡這本書，還能看到我寫的這篇後記。

我最大的希望就是寫出來的故事，能夠帶給大家些許溫暖。如果這個故事能讓你們笑一次，或者覺得心情轉好，都是我最大

作者後記

的成功。

寫書很多年了，很多時候覺得自己已經能淡定面對許多事，但是每次看到書評都會心情波動。被誇獎了會開心，被批評了也會好久緩不過神來，說到底是在意吧。

很在意你們。

很在乎你們。

希望你們一直在，我也會一直寫下去，感恩有你們。

感謝。

墨西柯

寫於二〇一九年三月九日

i小說 007

錦鯉大仙要出道1

國家圖書館出版品預行編目（CIP）資料

錦鯉大仙要出道1 / 墨西柯著. -- 初版. -- 臺北市 :
愛呦文創出版, 2019.04
冊； 公分. --（i小說 ; 007）
ISBN 978-986-97031-7-8（第1冊：平裝）

857.7　　108004958

愛呦文創

作　　者	墨西柯
封面繪圖	原若森
責任編輯	高章敏
文字校對	劉綺文
行銷企劃	羅婷婷
發 行 人	高章敏
出　　版	愛呦文創有限公司
地　　址	10691台北市忠孝東路四段59號10-2樓
電　　話	（886）2-25287229
郵電信箱	iyao.kaoyu@gmail.com
愛呦粉絲團	https://www.facebook.com/iyao.book
總 經 銷	聯合發行股份有限公司
電　　話	（886）2-29178022
地　　址	231新北市新店區寶橋路235巷6弄6號2樓
美術設計	廖婉禎
內頁排版	洸譜創意設計股份有限公司
印　　刷	沐春行銷創意有限公司
初版一刷	2019年4月
初版二刷	2021年8月
定　　價	320元
I S B N	978-986-97031-7-8

原著書名《錦鯉大仙要出道》由北京晉江原創網絡科技有限公司授權出版。